芒果雨

散文集

贾志红 著

中国出版集团

现代出版社

图书在版编目（CIP）数据

芒果雨 / 贾志红著. -- 北京 ：现代出版社，
2016.11

ISBN 978-7-5143-5456-0

Ⅰ. ①芒… Ⅱ. ①贾… Ⅲ. ①散文集－中国－当代

Ⅳ. ①I267

中国版本图书馆CIP数据核字（2016）第290370号

芒果雨

作　　者	贾志红
责任编辑	李　鹏
出版发行	现代出版社
地　　址	北京市安定门外安华里504号
邮政编码	100011
电　　话	010-64267325　010-64245264（兼传真）
网　　址	www.1980xd.com
电子邮箱	xiandai@vip.sina.com
印　　刷	北京一鑫印务有限责任公司
开　　本	787×1092　1/16
印　　张	14
版　　次	2016年11月第1版　2022年7月第2次印刷
书　　号	ISBN 978-7-5143-5456-0
定　　价	49.80元

写在水上（序）

李少咏

（一）

英国伟大诗人济慈临终前告诉他的朋友：不管你如何奋力，如何着意，还是如何漫不经心，结果都是一样的，名字一边写，一边随流水消逝了。因此，请在我的墓碑上只写上一句话：这是一个一生把名字写在水上的人。

与济慈一样，中国作家张爱玲也是一个一生致力于"Written on Water"的女子。她说，她的散文集《流言》就像写在水上的字，风过无痕。她说，《流言》就像一首华丽而苍凉的钢琴曲缓缓飘来，配着舞者舞动的身躯和嘴中滑过的文字，黑白键上下起伏，闭上双眸，触摸着那浮华背后的悲凉；那时候，文字与舞蹈在水中互融，钢琴与流言在空气中沉重地碰撞。

而在我的阅读印象中，我的朋友，那个给自己取名楚歌，喜欢一边行走一边舞蹈一边把随思随想记录下来的女子，则是一个行吟诗人，一个如张爱玲一样行在风中吟在旷野，把独异的潇洒与浪漫写在水上的诗人。

这样的写作姿态，这样的行走与言说，首先给我们带来了第一个阅读的惊喜，那就是让我们在不由自主追随着她的行走与轻吟的时候，一点一点地发现了她的世界与我们这个时代的普遍特征的交相辉映。

从惯常的籍贯填表方面的信息来看，楚歌应该是江南女子，却生长在武汉这样的现代都市和洛阳这样的历史名城。江南女子的灵秀与武汉的历史文化底蕴，加上背邙面洛、都邑华夏的洛阳拙朴的风物、淳厚的民风和古老的语词珍珠还有厚德载物的文化土壤，浸润出来一种端凝厚重的精神思想内涵，在她身上奇妙地融汇为一体，让她成为一个自足的世界主体。正因为如此，在她的文字中，我们随时可以跟随着她，感受到她的眼睛为她所遇见的任何一个人晃动了早霞的温热，她行走着的双足成了一些在荒寒与贫瘠中苦苦跋涉的人们的希望的翅膀；或者，我们还可以切近地感觉到她就像鸟儿问候树林，叮咚的小河问候岸边的青草一样的安详与温馨，于不知不觉中沐浴着情义与爱的光芒。

是的，楚歌送给我们的是清凉慰藉的情义与爱的光芒。在她的知性的行走、柔曼的歌吟、温馨的书写中，风和着舞蹈，话语和着一缕缕金色的阳光，延伸成为一条时间的河流。楚歌，还有我们每一个阅读她的人，便在这条悠游着鱼虾和浪漫的水草的河流中不断地泅泳，不断地淘洗，不断地浸湿着自己也浸湿着我们爱着的人们的记忆。

"非洲记忆"那一组文字构成的是一幅人文畅游图，也是一卷能够让人萌发倦鸟归林的意绪的奇异景观，一卷整体看来博大雄放偶或也有萧疏不群之意不时流露的一丝半缕的心书。不管它涉及的是什么，都能够借助一系列充满人文情怀的风景人物的描述，传达出一个胸怀万壑而又不无点滴落寞的知识者的曲折心路历程。

在人们的惯常思维中，非洲是一块荒寒中隐秘地透射出苦痛，也不时会散发出一丝丝奇异之光的神秘土地。它的神秘面纱背后的那些无可捉摸之处，正是叩动文字写作者的心弦和灵魂的所在。无论那是欣悦还是痛苦，都只能是写作者和感悟者自己的，任何别人，任何他者都只能旁观、唏嘘或者赞美与欣赏，却永远无法深入底里穷尽其极。我们能够看到能够感觉到的，只是那个人，那个把生命印记写在水上的女子的两肩荷风的形象。

（二）

米兰·昆德拉说过：文学家既不是历史学家，也不是预言家，他是存在的勘探者。而亨利·詹姆斯则认为：在文学作品提供给我们的东西中，我们越是看到那未经重新安排的生活，我们就越感到自己在接近真理；我们越是看到那已经重新安排的生活，我们就越感到自己正被一种代用品、一种妥协和契约所敷衍。楚歌的文字，也正是作为一种存在的勘探者的精神结晶呈现在我们面前的。而这部精神结晶最为突出的特点，就是作者为我们展示了一份差不多"未经重新安排的生活"。

就某种层面上尤其是某种精神层面上看，也许我们可以说，今天的我们已经进入了一个存在主义的时代。具体一点说，存在就是我们这个时代的基本主题之一，我们生活中一切的纷争、烦扰、成功、失败、幸福、痛苦等，无不是在围绕着"存在"这一轴心而转动。因而，我在世界之中，世界在我之中，或者说我在历史之中，历史也在我之中，大家都为存在而存在，便成为人们日常生活中一个最为所有人关注的话题了。

楚歌的散文从更本真的意义上说，是在向我们讲述一个个未经重新安排的生活故事。人们在倾听或者阅读故事的时候，往往会把故事的世界和自己所处身其中的世界组织在一起，通过故事的能指而使自己的世界获得可表达的意义。

也许就是得到了神圣的天启，楚歌领悟了剩余能指的非凡魅力所在，在楚歌写在水上的姿态悄然影响下，那些故事不动声色地实现着与我们生活的这个时代的生活主题的神奇遇合，使得它们一下子具有了思想的深度与对于人类隐秘的精神表现的力度。比如那篇《一个叫嘎宋的小男孩》中，那个名叫嘎宋的非洲小男孩就像是一个自然地生活在非洲大地上的精灵，一举一动一言一行一吟一唱无不透露出和他的黑非洲大地一般神秘奇异的特质。就像楚歌娓娓告诉我们的：望着那一颗最亮的星星，我突然有些感激这种语言交流的障碍，什么也不能说，什么也不必说，我们只需相视一笑，就都知道，每个人的心里都有一片自己的天空。

人类灵魂深处总是有一种共同的、迟早要面对的沙漠。寒冷，沉重，但却让你更清醒，让你在与生俱来的孤独的围困中无处可逃——在我们这个如罗兰·巴特所说的各种矛盾已达极限的世界上，谁没有过曾经陷入这种无可遁逃状态的内心体验呢？

你见过、遭遇过芒果雨吗？没有吧，那就随着楚歌的文字，做一场美丽的精神漫游吧。从如梦如幻的祖国西南小城到广袤无垠的西非洲，一段思绪，两场细雨，把所有的忧伤、欣悦还有孤寂寥落希望梦想，全都串联在一起，成为一串美轮美奂的艺术珍珠，发出同样如梦如幻的美丽光彩，这就是楚歌打造精致语词的梦幻结晶。

楚歌要找的东西，她自己有时候也说不清楚，就像她又一次去那座曾经魂牵梦萦的小城，"徘徊了两天，当然什么也没有找到。什么都过去了，什么都不存在，草荒了，墙颓了，门废了，我能找到什么呢？"真的什么也没有找到吗？我不再说了，您懂的。

文学作品的命运也是如此，比如这篇《芒果雨》，由楚歌之笔轻轻流淌出来以后，已经不再是可以把握甚至可以准确言传的存在，它是一个神秘的存在，完成在一个我们日常语言达不到的空间中。它的生命在我们人类无常的生命之外赓续延展着，这是奇妙无比的一个存在。真正的创造者自己就是一个完整的世界，在自身和自身所连接的自然世界中构建着一切也得到一切渴望得到的。

这就够了。

（三）

好像已经很久没有回家了。

读着楚歌，突然地，冒出了这个念头。我想，楚歌把我生命中一块轻易不愿示人的软肋用一双看不见的手触摸得酸麻疼痛了。

我们都知道，家是心之所安的地方。可是，我们阅读着的楚歌，很多时候是一个家在背包里的小女子。曾经读过的一本书的名字会在我阅读的过程中不时地冒个泡泡对我微笑一下："好女孩上天堂，坏女孩走四方"，嘿嘿。

爷爷奶奶所在的地方是家，父亲母亲所在的地方是家，而我们自己的小家，也是家啊。在楚歌的故事中，这个小家是缥缈的，也是实在的，多的，是疼痛与忧伤还有背后深藏着的爱与念想。

楚歌在这个地方展示出了自己独一无二的发现。她的《最后的温暖》，是整个集子中让我最魂牵梦萦终难忘怀的一段泣血文字。

题名《最后的温暖》第一次映入眼帘，我就似乎和楚歌心有灵犀一般，突然感觉到有一份久系于心的庞大的钝痛和时而闯出来摇撼一下的锐痛溢满了我的大脑和心灵。

温暖，应该是朴素的语言、浓烈而且直截了当的感情，毫无矫揉造作，如一泓清澈透明的山间溪水，坦坦荡荡地把作者的内心情愫展露在了读者面前。让你读着那样的叙说，仿佛就和女作者一起坐在随意一片广袤或者逼仄、热烈或者幽静的美丽草地上，在有意无意间倾听着她娓娓动听的情感故事。那声音如诗如画如歌如泣，丝丝缕缕地牵掣着你早已为世俗的繁杂事物磨砺得粗糙如风干百年的牛皮一样了的情感，你成了一个不由自主的人，在不由自主中体会着生命的真谛、爱的真谛。

在楚歌写在水上的对往事的追忆中，爷爷奶奶原本的那个家是一份支离破碎因而彻心彻肺的疼痛。她常常用问句的方式，将自己的心绪展开："可是，我真的能劝说祖母，在她生命的最后时刻，重新踏上中断了五十年的归乡之路吗？不，不，我其实不是要劝说祖母，更多的，我是要劝说我自己。我愿意祖母再踏上那一条她洒满了伤心的泪水的乡村小道吗？我愿意祖母再站在故乡吱吱作响的小木桥上，回忆祖父八年的杳无音信带给她的痛苦吗？我愿意祖母为了那一口棺材，去成全一个伤她最深的人的灵魂的自我救赎吗？还有，还有，还有随后五十年的孤苦无依，五十年的既不能走进又不愿远离的无望的守望……我能吗？能吗？"

楚歌的与众不同是她给予我们的不是那些世俗意义上的温暖，而是，或者更多的是爱的苦痛，相思的酸楚，尤其是，恨的彻心彻肺的绵长与坚韧带给人们的寒彻天地的伤与痛。这样的伤痛是没有办法可以完全消解的。因为它来自人的心灵，与人的灵魂紧密相连。它是一种千百年来纠缠着古今中外无以数计的痴男怨女的苦痛，是一种典型的由心理郁结而引起生理的苦痛的带有明显精神性特征的病症。对于故事中的爷爷和奶奶来说，这种疾病不仅是两个人，一个男人和一个女人的历史隐喻，也是对于他们的后辈儿孙的生命历史的一种历史隐喻的反射与烛照。

楚歌的聪明与高妙之处，就在于她在讲述祖辈故事的时候只是讲述与揭示。因为她知道，这是一种关乎灵魂的病痛，是只能由灵魂深处自然生长出来的抗体才能起作用的。血脉相连的亲人生命历程中的那些不堪回首的经历，既给了她无穷无尽的伤痛与遗憾，也不可否认地会给她留下一份永远让自己自省自励的力量。只有这样，所有的伤痛才真正能够找到对症的药物给予适合的疗救。

在这个很多人以"追求效用最大化"作幌子，疯狂地向社会攫取一切，贿赂成习，腐败成风，甚至人类生活中最美好的爱情也被肢解得令人惨不忍睹，人们只得在神话里让爱情"复活"的时代里，我们真的很少听到如楚歌这样给我们吟唱的天籁之音了。也正因此，我有了一份无法言喻的感动与感激，对楚歌，也对楚歌的文字。

（四）

一九八〇年诺贝尔文学奖得主、伟大的波兰诗人切·米沃什的一句"我站在地狱的屋顶上，凝望着花朵"，曾经为我们建构起了一个绝美的完全属于我们自己的艺术世界。在那个世界中，历史就是我们，我们就是历史，整个宇宙都为我们而存在，又都在为我们的快乐与幸福做着自己的奉献。

楚歌不是米沃什，没有米沃什那种能够从漫步中的妇女的眼睛、睫毛里看出整个世界甚至"最后的真理"的能力。然而，正如一滴水与整个大海同质同构一样，作为一个敏感而真诚的写作者，楚歌的一颗行吟诗人的心灵同样是鲜活、敏锐而善于发现与传达的。在她的几乎所有文字中，我们体验到了那种独放异彩的旋律。

是的，独放异彩的旋律。成熟和饱满、流畅的旋律中隐隐透射出由一颗重金属一般浑朴敦厚的心灵发出的颤音。每一段旋律都是一个动人的片段。清冷与温暖互相交织成一种奇特的色彩，每一节上半部分的清冷都是下半部分柔情的反衬。亦如正反的相对一般矛盾而又奇妙，你从中甚至可以清晰地听到那双纤纤素手下流淌出来的感情光色的微妙变化。是的，当这所有的氛围感包裹住你时，你仿佛已经看到一幅印象派的画作：有着莫奈的笔触与雷若阿的线条，无论表面多么热烈热闹热情如火，骨子里却总是沉淀着某种无奈中包含着欣喜的寂寥与沉静。我想，这样的文字，是更适合那些大风缱绻或者雨雪霏霏的日子里插上耳机听着《挪威的森林》或者由彭斯诗歌谱写的苏格兰风笛慢慢品读的。

我们在时间中生活。时间是我们的场也是我们的根。

当一切远逝的美丽都积淀为我们内心或喜悦或者伤感的回忆，当世纪之船以一种义无反顾的姿态，缓缓地、隆重地、一点一点地小去，再小去，在一个瞬间，突然消失了，那时候，你会怎么样？

时间消逝于历史，就像水消失于沙，绝世的空茫之感一下子便由生命深处伸出的蓬须藤蔓一般牢牢地抓住了我们的整个心灵。我想。这时候，就是我们阅读楚歌和她的文字的最佳时候了。那么，就让我们开始吧。请相信我，在阅读的过程中，您一定会和我一样，很容易地感觉到一种足以烛照现实人间的清新之风的吹拂。

目录
contents

非洲记忆

第一辑

一个叫嘎宋的小男孩

是一个很英俊的小男孩。或许，他不叫嘎宋，他怎么会叫嘎宋呢？他应该叫芒杜？叫穆萨？这是班巴拉人惯常用的名字。嘎宋在法语里是小男孩的意思，而一个乡村的小男孩是不会取一个法语名字的。

一个傍晚，我在Niena附近的村子里散步，在一个简陋的农舍旁，我遇见了一个机灵的小男孩。我随口喊了一声："嗨，嘎宋。"他就乐呵呵地跑了过来，伸出他瘦瘦的小手，要和我握。我从口袋里掏出了一粒糖，拍了拍他的小手，放在了他的手心里。他很腼腆，看着我笑，紧紧地攥着那颗糖，并不急于剥开吃。我用刚学来的法语，问他叫什么名字，他迷茫地摇头，我想一定是我的法语不够标准、不够地道，就指了指旁边的一株芒果树，像小学校的老师一样，夸张而清晰地说："Mango"，又指了指稍远处的一株猴面包树，一字一顿地说："Baobabe"，然后指指他的小鼻子，自作聪明地等着他回答我他到底叫什么名字。他看着我愣了片刻，就笑了，然后出乎我意料地以极快的速度像一只伶俐的小猴一样只蹭蹭几下子就爬上了那棵高大的芒果树，在我的愕然中，给我摘了一个大大的芒果。

那个傍晚，这个听不懂我任何问话的小家伙，就那样一直跟着我，刚开始是怯怯地跟在后面，我冲他微笑了几次以后，他就紧撵几步，和我并排走在了一起，大大的清澈的眼睛闪在浓密的微微上翘的眼睫毛里，那么好奇地偷偷地看我。褴褛的衣衫，宽宽大大地穿在他瘦小的身躯上，赤着脚，走在一条土红色的乡间小路上。落日的余晖，斜斜地从原野里洒过来，照在我手里捧着的那个黄灿灿的大芒果上。他的手心里则攥着一粒小小的糖。

直到分别的时候，我还是不知道他的名字，只好一直叫他"嘎宋"。我每喊一声嘎宋，他就腼腆地笑一次，露出格外洁白的牙齿。他在我们驻地的大门外站了好久好久，很新奇地向里面张望着，大而深的眼睛里，弥漫着渴望。

后来，他小小的身影就消失在铁丝网外的田野小径上了。他的面貌在我的脑海里也随着天色一起模糊起来。我努力地想记住他，不让他湮没在那些在我看来几乎一模一样的面孔里。

在马里的乡间，在我们驻地的周围，有很多这样的十几岁的男孩子，个个都很俊朗，都有大大的眼睛和浓密的睫毛，都穿着破旧的宽大的衣衫，都赤脚，都灵巧得像一只猴子一样在树上荡来荡去。他们不上学，不识字，不懂官方语言法语。他们放牛、放羊，雨季到来的时候，和成年人一样扶犁耕田赶牛种地，天天奔跑的那一方原野既是他们童年的乐园，也是他们一生要为之辛劳的整个世界。

他到底叫什么呢？就叫他嘎宋吧。他会认可这个名字吗？我看着手里那个鲜艳的芒果，望着他离开的方向，心里这么想。

此后的许多天，就像有一种默契一样，我们总是在黄昏的时候，在那条曾经一起走过的小路上相遇。他远远地看见我就会从牛群里飞奔过来，很兴奋地挥着手臂，气喘吁吁地跑到我跟前，用脏脏的衣袖擦着黑黑的小脸，然后又怕我不认识他似的，嘴里不停地喊着："嘎宋！嘎宋！"直到看见我笑了，才放心了一般，露出他惯有的腼腆的笑，还有那一口格外洁白的小牙齿。

如果天色还早，他不急于赶牛回家，他就会陪我跑步，就在那条土路上，来回地跑。我们不说一句话，我们也没法说话，我们微笑，他冲我笑一下，我再冲他笑一下，有时候我还会伸出手，摸摸他贴着头皮长的软绒绒的卷发，他就更加腼腆地笑，在腼腆里还有一丝羞怯。我们边跑边看夕阳，看天边绯红的晚霞，看风从芒果树的树梢掠过，看不知名的小鸟大胆地站在他的牛背上，而那些背上鼓着一个大大的水囊的牛儿，悠闲地啃着茵茵的青草……为什么要说话呢？不说，只要喊一声嘎宋就够了，就这样喊："嗨，嘎宋。"

跑累了时，他就会带我到附近田野里的某棵树下，从一个小树洞里取出一把用树枝和橡皮筋自制的弹弓，捡一块小石头，嗖的一声射出去，再调皮地递给我，用眼神鼓励我也试试。这时的嘎宋，脸上少了腼腆和羞怯，更多的是一个机灵的男孩子的天生顽皮。

而当他陶醉般地弹着那一把他从树枝上取下来的、显然也完全是他自制的小琴的时候，我真的为这个被我叫作嘎宋的小男孩感动了。

那是一把琴吗？一支小木棍的一端捆着一个废旧的小塑料瓶了，一根细细的尼龙线固定在它们的两端。我拿在手里时，无论怎样也无法将这些和一把琴联系起来。嘎宋看见我在发愣，拿过他的小琴，非常熟练地抱在胸前，用右手的大拇指弹拨着，那根尼龙线竟发出了欢快的声音。是的，是欢快的声音。是我在马里的很多地方听到过的节奏极其紧凑欢快的一种旋律。嘎宋，也完全陶醉了，他像一个真正的乐手一样，沉浸在他的音乐里，头和双肩都随着旋律有节奏地摇摆着，赤着的一只脚在红土地上一顿一点地和着节拍，那张瘦削的小脸，那双乌黑的眼睛，在夕阳的映照下，快乐而生动。

那真的是一把琴。谁又能说那不是一把琴呢？能让欢快的音乐在田野里飞扬，能让惬意在心间流淌，那就是一把真正的琴。

那个傍晚，我是哼着小曲儿走回驻地的。而嘎宋，和他的牛群一起，在一群群归林的倦鸟的啾啾声中，一定也唱着一首他自己的歌。

也有许多天见不到他的身影的时候，我就会在某一个闲暇的黄昏，衣袋里装满了糖，去我第一次遇见他的那个小村庄里找他。其实我也没有刻意地去找，我不敢贸然地闯进这个非洲小国的任何一户普通的人家，尽管他们非常友好。我只是在那间茅草顶土坯墙的农舍外，多徘徊了一阵子，在那株他为我摘下一个大芒果的树下，多张望了一会儿，甚至在一些牛圈里，看到和他酷似的小小的忙碌的身影时，眼前亮了一下，但都不是他。虽然他们大都和他一样，有着瘦瘦的单薄的身板儿，有着卷卷的绒绒的头发，有着黑亮的清澈的眼睛，但他们没有他那样的腼腆而羞怯的微笑。有几次，我甚至带了相机，拎着三脚架，想为他和他的家人，好好地拍几张照片，然后用我们的彩色打印机打印出来，送给这个也许从来就没有走出过这片土地，也从来就没有拍过照片的伶俐的孩子。但我却从来没有在他的村庄里找到过他。

我又一次从那个小村子里略带失望地往回走。还是一个洒满夕阳的黄昏，还是那一条乡间的土路，一辆驴车正被一群调皮的男孩子们赶得飞快，他们站在车上，大声地说笑，打着呼哨，从我身旁疾驶而过。我站在路边，看着他们在荡起的一阵轻尘里远去。就在我打算收回视线的瞬间，一个小身影，敏捷地从驴车上跳了下来，快得像一阵小风一样，奔到我跟前，喘息着伸出他瘦瘦的小手拉住我的手，我惊喜地大喊了一声："嘎宋！"竟然觉得眼睛有些潮潮的了……

那一天，嘎宋穿得很齐整，还破天荒地穿了一双真正的鞋子，而不是很多孩子们惯常穿的那种夹着脚趾头的拖鞋，小脸也格外干净。我想，那一天难道是一个什么节日吗？他不用衣衫不整地放牛，不用灰头土脸地帮助父母干活，而是这么体面地和小伙伴们一起赶着驴车出远门？那一天的嘎宋，许是穿了新衣服和鞋子的缘故，竟然有一些扭捏，不像以往那样，一见我就不由分说地和我一起跑步。他站在原地，有些犹豫地看着我，我猜想，也许他的节日里的节目还没有全部演完？那些和他一样在那一天穿得很整齐的小伙伴们，还在他们约定的地方等他？于是，我微微地冲他笑了一下，拍了拍他的头，做了一个再见的手势，就继续我的跑步了。

然而，他仍然站在原地，并没有去追赶他的快乐的小伙伴们。我跑出了一段路，回头看他时，却发现他正在脱鞋子，很麻利地，一手一只地那么拎着，以很快的速度追了上来，脸上又露出那种我熟悉的羞怯的笑。那一刻，我站在那里，看着他瘦瘦的小手，小心翼翼地护着一双显然很旧却被爱惜得很好的鞋子，心里暗暗涌过一些久违了的心酸。

嘎宋，又那么自然又坦然地赤脚跑在满是碎碎的石子的红土路上了。鞋子对他来说，倒像是一件束缚他自由自在双脚的多余的物件。我们就这样跑着，依旧是迎着那一缕晚霞，依旧有云朵悠悠地在天边飘过，依旧有很淡很淡的月牙，像薄薄的纸片一样，早早地贴在淡蓝的天幕上。依旧没法交谈，依旧在暮色深了的时候，隔着铁丝网，看他远去的小小身影……

在Niena的许多个寂静的夜晚，我在驻地发电机送出的灯光下静静地看一本书的时候，常常会想起和我同在一个夜幕下的嘎宋，想起这个无法和他有任何语言交流的黑皮肤的异国孩子，他在那间没有灯光的小茅草屋里，做着一个怎样的梦呢？梦里一定有他赤脚奔跑的田野，有和他朝夕相伴的牛群，有他顽皮的小伙伴，有他美丽的芒果树，还有那一把藏在树枝上的他的琴。

我走出屋外，仰望长空，没有灯火的地方，星光总是那般明亮，望着那一颗最亮的星星，我突然有些感激这种语言交流的障碍，什么也不能说，什么也不必说，我们只需相视一笑，就都知道，每个人的心里都有一片自己的天空。你肯相信吗，在他的天空下，其实他是快乐的。

芒果雨

除夕那一天凌晨，我被一阵淅淅沥沥的细雨声惊醒。很奇怪的雨声，它若有若无飘落的声音，怎么听都不像是在雨势来去都轰轰烈烈的西非。西非从不会下这么缠绵的雨，它总是不来则已，一来就倾盆如注、声势巨大。而这样的细润、这样的轻柔、这样的如袅娜的女子婆娑地走过的雨声，幽幽怨怨的节奏令人想到南方。

雨从凌晨开始下。在黑暗中只有雨声。循着这样的雨声，我的思绪回了一趟西南。

有一年的除夕，我在西南的一座小城里度过。天空就飘着这样的蒙蒙细雨。

那座小城，有一条清澈碧绿的小河环城而过，四周是苍翠的山峦，一重又一重隐在薄薄的雨雾中。重重叠叠锁住这座小城的，除了山峦，除了细雨，还有从清晨一直到正午才会散去的雾岚。这些时浓时淡的雾气，笼罩着依山而建的古旧的房子，斑驳的墙壁在朦朦胧胧中平添了几分梦境的迷离。层层的环抱使得这座小城即使在除夕这样热闹的节日里，也依然宁静得像一幅悬挂在墙上的风景画。小城里的人们却不喜欢这样的宁静，他们向往大都市的繁华和喧嚣。所以小城的年轻人都纷纷在外打工，纵使过年也少有回来。在这座安静的小城里，破旧的粉墙黛瓦的屋檐下，慢慢走动的大多是步履迟缓的老人。青石板的街巷里，奔跑着的孩子们，站住凝望你时，神情有些落寞和怯生。

我一遍又一遍地穿过小城窄长的巷子，巷子尽头是哗哗的河水，每一条巷子都通向河边，青石板的小路一直延伸成下河的台阶。平缓的河水在石板桥下的浅滩上，碎成白色的水珠。虽是在南方，毕竟是这样隆冬的时节，雨中的河边，风也很有几分寒意。从除夕到初一，我一直在这些巷子里穿行，撑一把碎花小伞。有时会在一扇长满了荒草的门前站立很久，知道这扇门没有人进了，也再不会有人出，都荒废了，只是门前的青苔在雨中分外苍翠。也常常伫立河边，看一叶小舟在细雨薄雾中漂浮，不知道它会去往哪里，又会在一个承诺里如期归来吗？在雨停了、河上的雾气也散去之后，还会在台阶上坐一会儿，晒一晒小城难得的慵懒的太阳。这些异常的举动常常招来老人们探究的目光，有一个老婆婆一直追在我身后问："姑娘，你是在找人啊？"我就笑着摇摇头，走开。我在找人，我也不找人，我眼前是一堵墙，我试图翻开一个隐在斑驳水痕下的久远的故事。我很喜欢这里的宁静，虽然我并不仅仅是为了寻找一份宁静才千里迢迢地在一个几乎人人都回家的重要的节日里，独自逆流而出的。

确实有一个故事，牵引着我，来到这座小城。

是他的故事。他青春里最绚丽的故事在这里凄美地结束。

在此前，我根本不知道在一重一重的大山里，有一个安静的小城，有一条碧绿的河流。它们日复一日、年复一年地用它们听得懂的话语，轻悄地说着被不知名的藤蔓掩盖在斑驳的墙壁下的故事。

我踏上那次旅途时很忧伤，却因为有忧伤而并不觉得旅途漫长或枯燥。忧伤除了让我一路不知冷暖饥饱外，还填充着我的时间。我在腊月二十九登上南下的火车，在火车开动的一刹那，我知道我离他越来越远了。远到我无法走近他，远到我只能在他的故事里，找一点温情来暖暖又湿又冷的心。在火车的上铺，我侧躺着一直在听一首曲子，十几个小时边睡边听。是一首忧伤的古筝曲，琴弦被一只苍白的手轻轻地拨动，如诉如泣。心随着旋律被徐徐地提起，又在一阵激越过后被胡乱地放下，但却空落落的找不到原来的位置。我不知道这首曲子叫什么名字，当时不知道，后来还是不知道，仿佛也一直不想知道。我很担心我一旦知道了它有一个明确的名字时，它就不是我的忧伤了。

我在那座小城里徘徊了两天，当然什么也没有找到。什么都过去了，什么都不存在，草荒了，墙颓了，门废了，我能找到什么呢？在寻找的徘徊中，我爱上了小城的宁静，它静静地端坐在山脚下，与世无争地与外面那个嘈杂的世界隔绝着。再后来我沿着那条碧绿的河，继续往上游走，在越来越静谧的大山深处，我的忧伤越来越淡薄，直到二十几天以后我钻出大山，结束漂泊，走在豁然开朗的春天的阳光下，突然有一刻，茫茫然，忘记了这次旅行的初衷……

但是，紧接着，我开始为自己不再忧伤而陷入恐慌。像乍然从梦里醒来而茫然无措一样。在那次旅行结束后的很长一段时间里，我又反复地听那一支古筝曲，寻找曾经的感觉，仿佛只有忧伤才能证明我真情地爱过，才能证明我曾经在西南的小城里寻找过一个无果的故事。还是那一支曲子，还是那一只手倾情抚过，旋律中，心却没有被提起来，心还在原来的位置……

这是一场梦吗？我是否从未真实地爱过？也从未去过那个西南小城？甚至从未有故事在那里发生或是结束？

一些事情，在过去了许久以后，是否会变得没有人肯相信了呢？包括自己？是否需要用什么去证明一下呢？

而这场在西部非洲罕见的宛如南方的倾诉的小雨，还在淅淅沥沥地下着。它在这个凌晨惊醒了我，把我拉入一个故事，又把我推进一个虚幻。

这是不是就是西非传说中的芒果雨呢？它怎么就这么神奇地下在除夕了呢？

芒果雨这个名字，我是从龙翻译那里听来的。

从去年的九月份，雨季里的最后一场雨，告别这个有一半疆域被撒哈拉的沙粒覆盖着的干旱的西非国家的时候，雨就成了一个远去了的回忆。它挥一挥手，带走了所有的云彩。在此后的几个月里，我常常站在蔚蓝得没有一丝杂质的天空下，看着远方。远方是同样颜色的天空，辽阔得没有尽头。有干热的风从北方的沙漠吹来，卷起一阵沙尘，湮没了雨的讯息。而在十一月份的时候，芒果树依然在这样干热的环境里长出了鲜嫩的新芽。我曾经很担心这样嫩嫩的生命是否经得住烈日的炙烤。这份担心还没有落下帷幕，十二月份，它们就轰轰烈烈地开出了满树的花！起初是淡褐色的，一点也不显眼，像一个羞于见人的小丑丫头，试探着露出半张脸。紧接着就毫不客气了，粉褐色，一粒一粒组成一串一串，饱满而热烈，恣肆而张扬。

其实我知道我对芒果树和芒果花的担忧是杞人忧天。西非干热的气候是很适合芒果树生长的。倒是我自己，一点也不适应这样的干热。在非洲工作了十几年的龙翻译，看到我大瓶大瓶地喝水，却仍然常常流鼻血，又总在不停地往脸上和手上抹保湿乳，就笑呵呵地安慰我："也许在芒果树挂果的时候，会下一场芒果雨。"见我眼睛亮了一下，又赶紧补充道："但是很少见，很多年一遇吧。"

那时，芒果花开得正浓。整条路上都是芒果花的芳香！我一直试图让我的同事小孙相信芒果花有那样的一种特别的气味。之所以选择小孙，是因为这个小伙子来自中国北方。是的，北方！我固执地认为，如果一个人在中国北方生活过，他就应该能识别出芒果花特别的味道。

我在傍晚的时候，很神秘地领着小孙去我天天跑步的芒果园。选择傍晚，一个原因当然是为了避开毒如火舌的烈日，更重要的是，只有在每天的傍晚，太阳斜斜地垂挂于西边的地平线，芒果园笼罩在一片落日的余晖里，那些花儿，只有在这个时刻，才会抖落尽与骄阳搏斗一天后的疲惫，在一阵阵柔和起来的晚风里，毫无戒备地散发出它最真实的味道。

我对小孙说："你闭上眼，想象着自己就站在自家的院子里。"

小孙照做了。过了一会儿，我问："闻到什么味道了吗？"

"淡淡的清香。"

"再闻！"

"还是淡淡的清香呀？！"

我有一些失望，我冲着这个自称在中国北方的农家小院里生活过的腼腆的小伙子喊道："你难道没有闻出来？是一种浓郁的、用当年的新麦子磨的面、蒸熟了、刚刚揭开笼屉、在笼屉的袅袅蒸汽中、虚腾腾地挤靠在一起的大馒头的香味呀？"

我连珠炮似的说完了以后，小孙又深深地吸了一口气，然后笑了。我还是无限失望，我从他的笑容里没有看出对这种特别气味的认可，那是一个无奈的笑。我不知道是他太迟钝还是我过于敏感，抑或是我的嗅觉出了问题。或许，某一种气味对于人，也是有缘分的？

我找不到第二个人来帮我鉴别芒果花的味道了。我的其他的同事们大都来自中国南方，这种味道对他们而言，一定遥远又陌生。或者这个鉴别的过程，对于他们这些常年在海外搞工程的粗犷的大男人来讲，本身就是一件很可笑的事情。那就不用了吧，我只是依然在每一个傍晚，伴着这种最朴素也是最温暖的味道在芒果园跑步。其实我在北方的生活很短暂，但寒冷又苍凉的北方留给我的记忆是那么的温情！我喜欢北方的食品，喜欢那些粗粗糙糙的散发着粮食本身的香味的制作简单的饮食，喜欢吃妈妈蒸的大馒头，喜欢喝妈妈熬的玉米粥，喜欢黑乎乎的荞麦饼子，还喜欢和馒头一起出笼的、烫得没法拿、边吹气边剥皮的蒸红薯……曾经和妈妈一起回忆那段日子，她说，那段最艰苦的岁月是她一生中最快乐的时光！或许因为最快乐，才使那些哼着歌儿做出来的粗粗糙糙的简单食品，却香甜得那么久长！

但是，我找不到第二个人来证实了。在芒果花香逐日淡下去的那一段时日里，我心里常常有一丝莫名的恐慌。快要留不住了，快要留不住了呀。这又是一个虚幻吗？

后来花儿慢慢地凋谢了，整个园子里再也没有一丝一毫特别的香味了。那种气味因为消失得没有踪影而充满虚幻。我找不到任何东西来证明芒果花开满枝头的时候，曾经散发过那样一种令我无比亲切和怀念的气味。

没有了芒果花的芳香，我开始期待那场很多年一遇的芒果雨。那时，小芒果已经挂满枝头了，一根根细细的藤，像胎儿的脐带一样连着它们和母体的血脉，那些在干旱的风里苦苦支撑了几个月的母体，还有多少汁液供它的孩子们尽情吮吸？但是，天空中仍然没有一点要下雨的迹象，总是万里无云，骄阳暴晒大地。夜里，或明月皎皎，或淡月如钩。我常常在熄灯入睡前，出门去看看天色。我没有看天色识气象的本领，我只是担心，雨在我睡着的夜晚悄无声息地来过，又在清晨被干燥的空气偷走，了无痕迹，而我什么也不知道。

就这样，一直等到了除夕。等到了除夕的凌晨，被一阵轻柔的沙沙声催醒。

这一场雨，就是我一直在等待的芒果雨了。

没有烈日的日子，真惬意！我们把桌子搬到屋外的树下，桌子上撑起伞，在伞下包饺子，而人站在小雨中，不躲不避。我们的周围站满了黑人，他们黑黑大大的眼睛一直盯着我们忙碌的双手。他们知道我们今天过节，屋檐下红艳艳的灯笼告诉了他们。至于是什么节日，他们并不关心，只是从我们兴奋的神情里知道一定是一个类似于他们的宰牲节一样的重大节日。他们津津有味地看我们怎么过节，他们是观众，我们在舞台上表演包饺子，雨帘是我们的大幕。

就像我在宰牲节时，站在他们的院子里，看他们祷告、宰羊、吃古斯古斯一样。

而整个上午一直下着小雨，如丝如缕，绵绵不绝，像多年以前的那个西南小城。

这一场雨，真的是我一直在等待的芒果雨？我没有问龙翻译，那一天我找不到他，听说他喝醉了。

中午的时候，我给三百公里以外的巴马科的同事小齐打电话，我很兴奋，说："下雨了，下雨了，芒果雨呢！"

她诧异地回答："没有啊！太阳毒着呢！"

我又给七十五公里以外的锡卡索的中国医疗队的杨翻译打电话，已经没有了兴奋，只有询证："小杨，你那里下雨了吗？"

"你想雨想疯了？要到六月份，雨季来了，才会下雨的。"小杨回答得干脆利索。

我挂了电话，看看天空，雨已经停了，钻出云层的太阳，如火如荼，干热的风肆意地吹过。

饺子也吃完了，桌子已经收进了屋子，黑人们早就散了。

大红的灯笼依然在屋檐下、也在烈日里，像火焰一样。我手里的那把小花伞，干干燥燥的，没有雨的足迹，只有阳光的味道。

我找不到了，找不到那一场芒果雨来过的印记了。我站在烈日下，迷茫地看着天空，然后低下头默默地念叨，我又找不到了。

恍然嗅到芒果花的芳香。亦恍然回到了很久以前我钻出大山，站在春天的阳光下，茫茫然的那一刻。

涓　流

　　走出屋子，走出大门，往南走三公里，有一条小河，听在附近淘金的法国人说那是巴尼河的支流巴戈埃河。每天傍晚，我都在逐渐西沉的阳光下，迈开大步，走到那条小河边，然后在寂静的河畔，静静地坐上一会儿。

　　虽然二月还不是西非最热的季节，但傍晚时分还是热浪滚滚。原野里不见一个人影，偶尔看见的牛羊，也是懒懒散散的，仿佛被阳光晒得没有了生气。放牛牧羊的孩子，怕是早就躲到一株芒果树下了吧？这个时节，正是芒果开花的时候，馥郁的芳香，随着阵阵微风，吹遍了原野。

　　虽然骄阳似火，但毕竟是傍晚的太阳，已经退去了正午的毒辣，以一种稍微柔和的光芒，照耀着河的两岸。偶尔会有一叶小舟，行在碎碎的波光里。看见它朝我驶来，我就大声问，有鱼吗？其实有没有鱼，我不在意，况且有时我身无分文，根本没有带买鱼的钱。我只是想在这个寂静的时刻，对着河面说说话，也听听河面上微风送来捕鱼人和善的声音。河边常有一对挖沙的小姐妹，她们用小小的筐子，把沙子一筐一筐地运到河堤上，当然是用头顶着。我们的目光若是遇见了，就相视一笑，而后，她们继续干活，我则望着河水静静地遐想。

　　通常是顺着水流的方向，一直往远方看。但我心存畏惧，不敢看得太远。我知道在不远的下游，有很多淘金者，他们昼夜不息，把河床挖得面目疮痍，把河水翻得浑浊不堪。我不知道富藏金子，对一个地方或一条河流来说是幸抑或是不幸，我只看到，从此这个地方就失去了宁静，这条河流就失去了清澈。而一条河流，它最善的结局应该是两岸芳草、一路清澈地流向一条更大的河流，或者直奔大海。我也知道巴戈埃河是一条弱小的河流，弱小得就像一条在原野里爬行的蚯蚓。但我还是尽我的目力，往远方望去，人们都说它最终会流入巴尼河。或许，我就是听说了它是巴尼河的支流，才兴趣盎然地在每个傍晚，走过长长的尘土飞扬的土路，走过一段据说雨季里是一片池塘的低地，像去看望一个熟知的老友一样，来到河边。我沿着它的流向往前看，一直到粼粼的波光刺得我的眼睛酸涩才稍稍收回。它是在一个我看不到的地方，汇入巴尼河的吗？是在哪里呢？它还要流多远？路上还要有怎样的经历？才能融入那条比它的水量大得多的巴尼河的怀抱呢？

巴尼河，那是一条这片异国的土地上，我首先熟知的河流。

我曾经沿着巴尼河行走，长长地行走。

在夏纳噶，我在巴尼河的碧波倒影里，拍过一座独特的清真寺，因了河水的映衬，那座建造独特的清真寺在那个午后的烈日下，那么宁静而肃穆，阵阵诵经声也如水上音乐般美妙动听。在杰内，这条河流缓缓流经一座具有千年历史的文明古城。是缓缓地、不惊扰地流过。城内泥土建造的建筑，正是因为这样的轻柔呵护，才历经千年仍然坚挺如初的吧？在莫普提，巴尼河则一改我往日看到的温文尔雅的姿态，以一种不可阻挡的狂喜之势，奔入了著名的尼日尔河，和它的母亲河一起，冲积形成了巨大的内河三角洲。每到黄昏，宽阔的河面上，渔舟、渡船往来穿梭，鸥鸟阵阵飞过，而落日正徐徐坠向河心小岛，又在坠入后的极短的时间里，所有的逼人的光芒在刹那间被收入，令人疑惑是小岛人家悄悄藏起了它，却又藏得不严实，漏出万道霞光染红河面。

在那时，我不知道巴尼河的身体里，融合着巴戈埃河的血液。

这个星球上，是不是所有流动着的水都是相连相通的？那么，在某种意义上，我眼前的巴戈埃河就是我想象中的巴尼河，抑或尼日尔河，或者更远更远，我的长江、我的汉水、我的黄河。

河流总是息息相通的。它们流动，融合，再流动。

只要它在流动，就能把我带到我想去的地方吧？这是不是就是一条流动着的河流，总是令人遐想无边的原因呢？

比如此刻，我的思绪就沿着巴戈埃河流向了巴尼河，又附着在巴尼河的一叶小船上，顺流而下，驶向了尼日尔河。在那里，我曾经站在一条穿梭于尼日尔河和巴尼河的交汇之处的舟子上，立于船头，张开双臂，豪迈地仿佛要拥抱整个世界。而那时那刻，站在这条著名的非洲河流之上的我，却突然深刻地想起了我的长江、我的汉水。我在长江和汉水的交汇处出生和长大。晴川历历汉阳树，芳草萋萋鹦鹉洲，是刻在我骨髓里的风景。

就在我沉醉其中时，那个聪明伶俐的黑小伙儿船夫，在他的小船的篷顶上，为我拍下了一幅动人的照片。我的身后是撒网的渔船、忙碌的渡船，他们都是我灿烂笑脸的背景。我和那个机灵的船夫还有一个没有来得及兑现的约定：在某个水量丰沛的时候，驾一叶小舟，沿着尼日尔河，驶向著名的沙漠古城通布图。他在那个晚霞映红了他黝黑的脸的黄昏，如醉如痴地描绘着通布图。一座沙漠古城，历经沧桑，饱受撒哈拉沙漠的侵蚀，又独具沙漠驼队和尼日尔河商船水陆交通的转换带来的繁华。我听着听着也陶醉了，随后是无尽的落寞。他肯定不知道，我的思绪穿越时空，回到了我的黄河岸边的碛口古镇。黄河岸边的那个晋陕交界处的寂寞小镇，在两百年前，一样的船筏穿梭，一样的驼铃回响。我曾经在一个早春的黄昏，坐在小镇的一孔窑洞前，滚滚黄河从我眼前流过。料峭的风里，隐约着黄河落日的余温。

是的，这个星球上，所有流动着的水都是相连相通的。它们在一个遐想者的眼里，哪里有异域本土之分呢？甚至不需要名字。只要它能载一叶小舟，在涓涓的细流里，在粼粼的波光中，驶向远方。

我常常就这样，坐在巴戈埃河寂静的岸边，在微风里听它潺潺的水声，也展开自己无限的遐想。如同和一个老友叙谈。有时听着听着，会突然产生一些忧思，担心在某个极其干旱的年份，小小的巴戈埃河，用尽了全部的力气，也游不到巴尼河的身边，那可怎么办呢？那么我的怀念、我的思绪，是不是也要了断在干涸的原野里了？

这个时候，我总是会情不自禁地抬头仰望天空，就像你突然对一件笃定的事情失望时，会去寻找一个更加强大的心里支撑一样。有什么比天空更加强大的呢？

最后我总能在这种仰望中释然。我知道，纵使巴戈埃河蒸发在干旱的原野里了，它也不是消失了，它升入空中，变成了一朵漂泊的云，以另一种更加轻盈的姿态，走过迢迢千里，走过漫漫长路，去到某一个它想去的地方。

这些都是一条小小的河流带给我的遐想。巴戈埃河静静地流淌，没有波澜。作为一条原野里的小河，它的全部理想大概就是到达巴尼河，而后，它就完成了它作为一条小河的全部使命。而我，我却沿着一种波光，流得更远，更远。

虎　子

Niena的每一个清晨，天空都飘浮着悠闲的白云。这些清晨，只要我在Niena，我都和虎子在一起。我们在一条乡村的土路上徒步。

那是马里一天中最美好的时刻。一条红色的土路，在原野的村庄之间，曲折蜿蜒。这个叫作Niena的小镇，位于马里自然条件最好的东南部，在它的原野里，到处都有葱翠的绿色。在过于热烈的太阳还没有完全醒来之前，它的早晨是那么清新。一个远离喧哗、夜晚也没有灯火的小镇，就像一个在安静中睡得透透的人，早早地自然醒来了，舒展、自如。晨曦微露中，小路的两旁，间或有一两株高大的猴面包树，带着迥然的异域风情。有着伞一样的浓荫的芒果树下，常常会站着一个亭亭的黑姑娘，安静地站着，头上顶着盆罐，里面装满了在树上打落的果子，即使腰里系着个娃娃，也仍然腰板笔直，身姿婀娜。而那孩子，也不哭不闹，瞪着大而圆的清澈眼睛，长长的睫毛微微翘起。这时，我便对虎子说："你看小宝宝像一个可爱的玩具娃娃。"女人们静静地站在那里，注目我们，直到我们远去，那树那人，宛如一道凝固的风景。也会有衣衫褴褛的少年，赶着驴车和我们擦肩而过，怯怯地向我们问好。虎子就常常冲着远去的驴，威风凛凛地大喊几声，惹得赶车的少年，惊慌地笑。还会有穿着深色衣服的瘦高男人，不声不响地站在田间，走近了的一声问候吓得我一愣，我就笑着对虎子说："你瞧他，像个树桩子一样。"

我不知道虎子听懂了我的话没有，因为虎子是一条狗。但我在整个早晨，仍然很认真地和它说话，就像和一个懂汉语的朋友聊天一样。

虎子是一条非洲狗，但是，虎子确实怎么看都不像一条非洲狗，倒像一条地地道道的"中华田园犬"。素来对养狗毫无经验的我，之所以知道"中华田园犬"这个很专业的名词，是在一个很偶然的场景里听朋友说的。那是在山西黄河岸边的一个小镇，正是夕阳西下的时候，苍凉的黄土高坡、浊浪滚滚的黄河、沉沉西下的落日、沧桑的牧羊老人、缓缓归家的土白色的羊群……一幅画卷就在那个特定的时刻展开了，我们正沉浸其间的时候，朋友说："牧羊的老倌儿要是再带一只'中华田园犬'，这幅画就完美了。"他说话的时候，微微地眯着眼睛，陷入一种遐想中，他的脸沐在一片夕阳里，生动而温暖。我就在那个美妙的意境中，问了一个至今想起来还会后悔的问题："何为'中华田园犬'？"朋友愣了愣，过了好久，在我以为他不会给我答案的时候，甩出了两个字："土狗。"然后就起身走了。只一刹那，那幅美丽的画就被朋友的这一句最通俗的解释击碎了。我恨恨地冲着他远去的背影叹气，心想，他在心里也一定恼恨着我这个很煞风景的问题。但从此，我记住了"中华田园犬"，并在心里为它们勾勒出了最标准的长相：身体要是土黄色的，那是土地的颜色，也是家园的颜色；摇摆着的尾巴上要有一撮白毛，那是活泼可爱的象征；一定不能太威猛，要有一点蔫头蔫脑，这样才能跟在驼背的老祖父后面，在老祖父被旱烟呛得咳嗽的时候，摆着它的尾巴围着老人转，烟袋锅子砸在脸上，也不能躲；还要有一双和善耐心的眼睛。在一些个黄昏，在村边、在路口，和老祖父一起数他们的羊，数着数着就乱了，乱了乱了的时候，老祖父一拍脑门儿，再来！重数！它就摇着尾巴，在一边儿傻乐……这才是真正的"中华田园犬"。

而我之所以觉得虎子像一只"中华田园犬"，就是因为第一次见虎子时，它的外形完全符合我对"中华田园犬"下的定义。那时，我刚到非洲，对这个完全陌生的环境充满了胆怯，每天，不敢出驻地的大门，除了工作，就是在我们驻地的院子里溜达。几乎每一个黄昏，我都看见虎子很乖巧地卧在张先生的小屋门口，落日的余晖照在它趴着的背上，毛茸茸的身体在夕阳中有了一层淡淡的光泽。张先生的屋檐下挂着两盏大红的灯笼，在落日的光影中，随风飘摇出一种令人微微温暖的风情。这个时候的虎子，不是一只"中华田园犬"，还能是什么呢？

和虎子慢慢熟识，是在我请求晨练的张先生带着我一起去驻地以外的原野上徒步的时候。每天早晨，我们站在院子里，张先生晃晃手里的链子，虎子就不知从哪一个角落里，撒着欢儿地跑出来了，先在张先生面前摇头摆尾一番，再径直冲向大门口，就在黑人保安慌慌忙忙地去关大铁门的时候，它却又掉转头来，奔到蹲下来的张先生跟前，很乖巧地把脖子伸得老长，张先生把链子往它脖子上的皮圈儿上轻轻一扣，另一端绕在自己的手腕上，在保安的早安声中，我们一起向驻地外的原野跑去。

圈了一天的虎子很兴奋，奔跑着跳跃着，又会突然停下来，莫名其妙地瞪着一棵树狂吠几声。或许是树上婉转的鸟鸣引起了它的注意，或许是树下蠕动的小虫惊起了它的警觉，它像个淘气的孩子，在小路上忽左忽右，在草地上上蹿下跳，链子被它拽得紧紧的，我们气喘吁吁地跟不上。张先生低声地吼它，像家长训斥一个顽皮的孩子，虎子就善解人意地慢下来，然后不住地回头看我们，等着张先生夸它，张先生温和地拍拍它的额头，它便很享受地眯着眼，在张先生腿上蹭蹭脸，然后像得到了鼓励一样，乐颠儿乐颠儿地一路领跑。有时，它也会狂野地挣脱了链子去追扑一只小羊，在这样的紧急关头，张先生只要轻轻地吹一声口哨，虎子就会像士兵听到了口令一样，乖乖地回来，继续有组织守纪律地好好走路。

土路的尽头是村庄，Niena附近的村庄，在辽阔的原野和高大独立的树的映衬下，是瘦小单薄的，土坯的院墙和低矮的草房，掩映在稀疏的灌木林子里。我对这样的村庄充满了好奇，想知道这些在我眼里不能住人的茅草棚子里，那些黑皮肤的人们，演绎着怎样的人间故事。慢慢地我发现，虎子也很喜欢这样的村庄，凡是路过小村庄，它都会固执地带紧了链子，领我们进去绕一圈。在那些残破的院墙里，它能遇到它同类的伙伴，有时是一只，有时是一群，这时的虎子就很亢奋，斗志昂扬，完全是一个寻衅的侵略者。它低低地吼着，激动地喘息，僵持一会儿，仿佛在思考战略战术，然后就是一场奋力的拼杀。这时的链子是拴不住它的。在我大惊失色的时候，张先生却很轻松，戏称虎子"舌战群儒"。而虎子，不论是战败还是战胜，都会心满意足地摇着尾巴，撤离战场。在回去的路上，它会格外乖巧，仿佛整个早晨，就是为了这一场和同类的征战。我想，张先生一定是懂虎子的，日日禁锢在一个小天地里的虎子需要一场战斗，来排遣日常的孤独，如果撕咬也是一种交流和证明的话，那么就让它去战斗吧。

虎子对我产生依恋之情，是在张先生回国休假以后。有一天早晨，我照例在发电机的嗡嗡声里醒来，睡眼惺忪地去推门，感觉门外有些异样，软软地有一点阻力，心里咯噔了一下，壮着胆子继续推，门缝慢慢扩大，我看见虎子像一只温顺的小猫一样，卧在我的门口，惊奇之余，心里升起一种暖暖的惬意。虎子从来没有对我这么亲昵过，这是它第一次卧在我的门口，此前，这份殊荣一直是属于张先生的。

张先生临走时，把那条链子郑重地交给我，再三叮嘱："一个人不要走得太远，为了安全，一定要带着虎子。"这条链子就这样传递到了我的手里。在一个个单独带着虎子徒步的早晨，我边和虎子说话，边想：细心的张先生，到底是把虎子交给了我，还是把我交给了虎子呢？

我谨记着张先生的嘱咐，尽量不往太远的地方去，距离控制在五公里之内，运动量不够时，就来回重复地走。但虎子刚开始显然不习惯这种方式，它执拗地要带我去远处的村庄，它想去温习它的战斗。我们常常在某一个十字路口，绷紧了链子，僵持不下，我的手腕被链子勒得生疼生疼，有几次，眼泪几乎都要急得落下来了。还会有一些孩子们，站在路边，看人狗相峙的热闹。虎子这时，全没有了在张先生面前的乖巧，犟得像一头牛。我一会儿拍拍它的额头，讨好它："虎子乖，回去给你牛肉吃。"一会儿捡一根棍子，威胁它："明天再不带你出来了。"……有时我妥协，有时它妥协。我妥协时，回去让它啃骨头。它妥协时，回去喂它精牛肉。默契就在妥协中慢慢建立了。直到后来，链子丢了，没有了约束的虎子，并没有狂野，依然摇着它的长着一撮调皮的白毛的漂亮尾巴，不远不近地在我的前后左右，摇头摆尾地陪着我。遇上十字路口，它会犹豫着停下来，回头看我。或者一会儿左、一会儿右地来回走，像一个苦苦思考的哲人。有时我想逗逗它，就藏在一棵大树后，屏住气息，就像童年时和小伙伴们玩藏猫猫一样。只一会儿工夫，虎子就会焦急地狂奔回来，喘着气在路上找我。我站在树后，看着这一幕，心里暖融融的，终于憋不住，温柔地喊一声："虎子"……

慢慢地，我以为我已经像张先生一样了，能够完全控制住虎子了。这时候，虎子却给我惹了一场不大不小的麻烦。

那天早晨，我们经过一片雨后的草地，一群山羊在闲适地啃着青草。我正在哼一首歌，虎子突然地就站住了，冲着山羊发愣，我那时还没有意识到会发生什么，也停了下来，顺着虎子的眼光望过去，顺便问了一句："虎子，你看见什么了？"可是我的话音还没有落，虎子就像一支离弦的箭一样，射了出去。它选中了一头黑山羊，狂追不放，张开大嘴，锋利的牙齿直逼山羊的脖子。那架势，哪里还像一条温厚的"中华田园犬"，分明是一只兽性大发的狼。我焦急万分，学着张先生吹口哨，却怎么也吹不响。我跺着脚大喊："虎子！虎子！回来！回来！"嗓子喊哑了，它依然毫无收敛。那只可怜的山羊发出绝望的惨叫，只一会儿工夫，它们就消失在一片灌木林子里了，身影消失了，声音也消失了。我急得原地打转，却不敢到灌木林子里去看，那里一定有一个不堪的场面：黑山羊的脖子在汩汩地涌血，那个被我授予"中华田园犬"称号的家伙，是不是正像一头真正的野兽一样，在血腥里恢复狼的本性。

我在林子外面发呆，看见一个黑人提着一根木棒子从林子里走出来，我意识到他可能是山羊的主人。我用半生不熟的法语夹杂着班巴拉语更多的是手语，告诉他，可以去我们的驻地找我，我会赔偿他的羊。然后就赌气似的不管虎子，跑了回去。

整个白天我在惴惴不安中度过，没有黑人来找我，也不见虎子回来。我开始焦虑，担心虎子的安危，那个黑人手里的木棒子，老在我眼前晃悠。

或许它已经死了，命丧在那根棒子下。但我仍然只是焦虑，并没有很多难过，虎子如狼一样向小羊扑过去的画面冲淡着我对它的良好记忆。

虎子不回来，或许这正是它通人性的地方，它羞于回来见我，假如它没有死去的话。

然而，我还是期盼着虎子能够回来。上午，我在心里咬牙切齿地对虎子说："这一次，我一定要狠狠地惩罚你！我一定取消你'中华田园犬'的称号，你不配。然后再饿食你一天。"

下午，仍不见虎子的踪影。我内心开始虚弱，"如果你现在回来，我可以考虑给你一次将功补过的机会。"但虎子听不见我心里的妥协。

整个大院空空荡荡，热带的风刮起一阵阵沙尘。

黄昏，山羊的主人来了，很诚实地告诉我，虎子并没有咬他的山羊，它只是追逐它，但山羊受了惊吓，病了。他很艰难地表达完这些以后，从衣袋里掏

第一辑　非洲记忆／21

出一张给山羊看病的证明，要我赔偿。我突然很激动，"那么，我的狗呢？狗呢？你打死了它吗？"山羊的主人听不懂我的中文，他一直歉意地耸肩膀。

我没有看那张皱巴巴的证明，我知道羊和狗都没有死，我知道虎子终究是一只狗，它不是狼。我给了山羊的主人一张纸币，凭经验我知道那张纸币远远大于他的索求。他拿了钱，向我鞠躬致谢，嘴里念念有词地离开了。

然而，虎子还是没有回来。我开始难过，从我知道清晨的场面是一场嬉耍而不是杀戮的时候，我开始难过。

夜晚，我听到了小屋外轻微的动静，我推开门，看见虎子蔫蔫地站在我的门口，它和我对视了片刻，就躲开了眼睛，扭头一瘸一瘸地往外走，尾巴也耷拉着。我喊了一声："虎子！"它站住了，但是并不回头看我，片刻之后，它走向夜幕。

我听见我自己的声音很沙哑。

太阳照常升起，几天以后，虎子跛着一条腿，又随我穿梭在村庄的土路上或是田埂上了，它再也不追逐小羊了。

我常想，若是有机会，我想带虎子去一条河边走走，像"中华田园犬"在黄河岸边一样。我知道在离Niena三十公里的地方，有一条巴尼河，每次出差去首都巴马科都会从那里经过。是一条小河，浅浅的水，常看见黑人撑着独木舟在河上捕一种叫作Captain的大鱼。他们对我说，在雨季的时候，巴尼河会涨满水，两岸会有青青的草。当然在首都巴马科还有一条更大的河，那是宽阔的尼日尔河，但巴马科离Niena太远了，尼日尔河里还有凶狠的鳄鱼，这会吓着虎子的。所以我还是想，就带虎子去巴尼河吧，等到雨季的时候。

还想支起三脚架，拍一张照片，要选择在黄昏的时候，晚霞映在河面上，波光激滟，有独木舟缓缓划过，空中有云朵慢慢飘浮，两岸青草茵茵。我和虎子在这样的画面里，走着，走着……我轻轻地回头，问一问我黄河岸边的朋友：这幅画面，完美吗？

粉红色

我能够想象一团绚烂的粉红色点亮一个女人双眸时的那种情景……

我的朋友小齐说，她一下车，身上那件粉红色的上衣和一顶同样粉红色的阔边帽，就像非洲原野上飘过的一缕美丽的早霞一样，牢牢地吸引住了阿兰夫人。

阿兰夫人是担任我们工程总监的比利时阿兰先生的布基纳法索籍妻子，一个喜欢粉红色的黑人女士。

她涂粉红色的唇膏，抹粉红色的指甲油，穿粉红色的裙子，戴粉红色的手链，拿粉红色的手包。

她扭动着腰肢，从门前走过的时候，像一抹霞光滑过葱翠的青草地。

黑人妇女被一团粉红色包裹着时，对比的反差，常令人愣怔片刻。

但粉红色，那是梦幻般的颜色，女人不管她是什么肤色，不管她是年老还是青春，都喜欢梦幻般的色彩。

所有的女人都被一种色彩点亮过。所有的女人也都有一双渴望梦幻的眼睛。在某个梦境里，粉红色，为一个个无法言表的故事镶上醉人的边框。

阿兰夫人也是一个有着粉红色故事的女人吗？这个来自非洲贫穷闭塞的布基纳法索一个小乡村的年轻姑娘，两年以前嫁给年长她三十岁的欧洲男子时，一个粉红色的故事是刚刚开始？还是已经完结？

阿兰夫人摸着小齐的上衣和草帽，是不是像触摸到了自己的梦？这样的一种粉红色，比她的裙子的颜色还要绚烂，像早霞的光芒。只有她，这样热爱粉红色的人，才能敏感地捕捉到各种粉红色之间细微的色差吧？小齐说，她一只手小心翼翼地抚过，眼里竟有了晶莹的光泽。

如果不是衣服和帽子都是旧物，小齐几乎想当场把这两样东西送给这个如醉如痴的女人。

我拍摄下了小齐那件粉红色的上衣和镶着一朵玫瑰花的阔边儿草帽，准备等雨季回国休假时，按照这种牌子买来作为礼物送给阿兰夫人。而做这些事情，并不困难，女人喜欢做这样的事情。女人为女人做这样的事情时乐此不疲。我甚至想象着，当阿兰夫人看到这两件意料之外的礼物时，双眸再次被点亮的绚丽！

但我没有等到这一天，这一天永远也不会来临了。那双渴望梦幻的眼睛，令人无法置信地熄灭了，熄灭在非洲如火的骄阳下……

阿兰先生说她死了，葬回了布基纳法索。

似乎没有什么病就死了。比利时人耸耸肩，像阿加莎克里斯蒂的波洛一样，推理着别人的故事般轻松。

在这块贫瘠和疾病肆虐的土地上，一个生命就是这么脆弱和无常。

这个令人黯然神伤的消息传来时，小齐已经准备踏上归国的路途了，她把那顶粉红色的草帽送给了我，自己穿着那件粉红上衣消失在我视线的尽头。我把草帽斜斜地挂在我的三脚架上，那朵玫瑰花就那样耷拉下了脸。那么忧伤！玫瑰花知道了它曾经点亮过的一双眸子，熄灭了吗？

两个月以后，阿兰先生挽着他的新妻子，又从我眼前的青草地走过。也是一个年轻的黑姑娘，肌肤像绸缎般光滑，绚丽的花裙子如花朵般开放在雨后的晴空。

我在那个雨季的午后，老爱抬眼看着天空。天空上飘满了被雨洗刷得纤尘不染的云朵。是洁白的云朵。有人知道那是梦幻退却后的颜色吗？

我没有见过阿兰夫人，一切源自小齐的叙述。

粉红色，我见过。

中国结

西腊先生是马里巴马科BIM银行的高级主管，是分管我们公司业务的客户经理。初一看，他和一般的黑人朋友没有什么区别，高大却瘦削的身材，西装革履；眼睛隐在浓黑的睫毛深处，善意真诚。

那一天和龙翻译一起去BIM银行办业务，是我第一次见西腊先生。他从长长走廊的那一端走来，远远地就伸出了右手掌，轻轻地握了一下我的手后，开口道："你好！"对这一句寻常的问候，我并不奇怪，很多黑人朋友都会说这一句，只是西腊先生的发音更加圆熟而已。可就在我把目光转向龙翻译，准备请翻译转述此次业务的具体内容时，西腊先生却操着一口流利的汉语令我目瞪口呆了！

那一天办业务出奇地顺利，我不必走到哪儿都离不开龙翻译了，不用费劲地听龙翻译那一口比听法语轻松不了多少的湖南话了。西腊先生可是一口纯正的普通话，不看着他时，会以为自己在和同胞交流。他告诉我他在广州留学八年，深深地热爱着中国南方那座美丽的城市，常常怀念珠江之畔那些流逝的岁月。那些话一下子拉近了我和他的距离。一个异国人热爱着你的祖国，就如同一个在你的家里做过客的朋友和你拉家常，说他喜欢你的家，喜爱你的老妈妈，想念在你家里度过的快乐时光一样，这是一件令人感动的事情，尤其是当你身处异国的时候。

从那以后，因为有了精通汉语的西腊先生，我常常独自去BIM银行，再也没有了沟通方面的困难。渐渐发现，西腊先生不仅热情豪爽，还幽默风趣。他记得中国的所有节日，会恰到好处地给你一个小小的问候。会在你愁容满面时开一个善意的玩笑，然后自己并不笑，睫毛深处的眼睛很笃定地注视着你，等着你笑……

有一次，在交谈中，我发现他的眼睛亮了一下，也是一种被什么东西点亮的闪烁。一双隐在睫毛深处的眼睛闪烁时很感人！顺着他的目光找过来，是一枚小小的精致的中国结，鲜红鲜红的，悬在我的提包带上，正在椅子的靠背上，悠悠地摇摆……

这个中国结勾起了西腊先生那些往事的回忆吗？在长达八年的时光里，在一个美丽的城市里，这个异国青年都经历了怎样的故事？每一个故事是不是都是一根红丝线？把他和那个古老的国土联系起来？把他和那些过去的时光联系起来？它们凝聚在一起，缠绕起来，盘成一个结，从此系在了他的心里？

我想，西腊先生在长达八年的留学生涯中，不仅仅接受了中国的文化，而是已经完全学会了东方人的含蓄和内敛，因为他并没有像他的很多同胞一样开口就无所顾忌地向我要东西，尽管他的眼睛明白无误地告诉我，他是多么地喜欢这枚精致的中国结。而我，当然不能把我的友人赠我的礼物再转赠给他人。于是在那一刻我想，等我雨季回国休假时，一定给西腊先生带一枚更加精美的中国结。

但是，我也没有等到这一天。这一天也永远不会来临了。藏在我内心深处的那个暗暗的许诺，就这样一直隐隐地埋在角落里，没有了见天日的可能。

因为那一双隐在睫毛深处的眼睛，也熄灭了……

而我还不知情，在需要他的帮助时，依旧去找他。办公室换了一位女士，高大肥硕。当然她不会说汉语。提起西腊先生，她表情顿时凝重起来，说了一长串我根本不懂的法语。看我愣在那里，她拿起桌上一叠粉红色的便签，用粗壮的手指撕下一张，写下：He is die……

一张粉红色的小纸片告诉了我西腊先生的死讯。

怎么恰巧也是粉红色？

我走出BIM银行。走在这个临近赤道的非洲国家炙热的阳光里，没有像往日一样撑着小伞，裸露在外的皮肤被晒得有一些疼痛。这个时候，我需要一些疼痛。就那么走着，不遮不避。我知道那枚小小的中国结，悬在我的提包带上，在阳光下，一定鲜红鲜红的！这个阳光绚烂的正午灼疼了它吗？

对话尼日尔河

有些地方我曾以为终生都不会抵达，它们遥远陌生，不是我的脚力能够触及的地方，甚至连思绪也不曾光顾过它们。却突然在某一个时刻，会真切地来到了它的身边。而一条河流，它的源头之水在山涧里汩汩涌出时，那一线还远没有形成一条大江大河气势的涓涓细流，是不是也不一定知道自己的方向？更不一定知道自己日后能够到达的地方呢？

这些思绪充盈我的脑海的时候，我正行走在撒哈拉沙漠的南端，位于西非马里的一个叫作布朗的小镇。是沿着一条河流在行走。在它的波光粼粼里行走。

那条河流，是尼日尔河。

两岸是荒芜的沙尘和矮小孱弱的植物。我坐在一截被沙尘掩埋了大半个墙体的残垣上，向远方凝望。望见了随风流动的沙丘，望见了低矮倔强的沙棘，也望见了寂静流淌的尼日尔河。它正缓缓流经一望无际的沙漠。在漫漫黄沙的怀抱中，它泛着碎水晶一样的光泽，从远方流来，又流向更远的地方。

炽烈的阳光照在我的头顶上，风从眼前盘旋而过。我的影子在中天日光下的沙漠里聚成了一个点，一个渺小的点，如一粒沙尘般沉淀在浩大的荒漠里。而河流，在同一方天空的骄阳下，安宁平静，波澜不惊。

燥热的风里，我保持这种凝望的姿势很久很久，并不觉得疲乏。就像一群蝴蝶在我身旁的一蓬沙棘里保持翩跹的舞姿也很久很久了一样。

我想，蝴蝶一定是在用曼妙的舞姿和沙棘交谈吧？就像它们擅长和花朵低语一样。我是不是也应该开始与一条河流对话了呢？用这种凝望的姿势？蝴蝶和沙棘的交谈一定很早就开始了。

或许我和这条河流的对话也是很早就开始了。我并不是第一次凝望这条河流。

如果用凝望这个词能够表达我对一条河流的敬仰的话，我并不是一开始就懂得凝望它的。

第一次知道这条河流，是在地图上。一条曲折的蓝色的线是它蜷缩在一张纸上的身姿。站在地图前的我，读到它的名字时，联想到的是一派异域的热带风情，除此之外，没有过多的人文的内容填充空白的想象，因为它太陌生了。和它相关的一切都是遥远的。遥远的大西洋、遥远的几内亚湾、遥远的非洲……我触摸着它蓝色的线条，不会产生如同对长江如同对黄河般的丰富的情感的牵连。只看见它发源于距离大西洋仅有两百余公里的几内亚的山地，却没有就近往南奔向海洋，而是掉头北上，流向非洲的腹地，疾行一千余公里后，缓缓折向东，走进干旱荒凉的南撒哈拉，再急急南转，费尽周折几千公里后，在尼日利亚注入浩瀚的几内亚海湾。

一个巨大的"几"字，就这样画在西部非洲辽阔的原野上。和众多的陌生的河流一样，在没有真实地走进它的波光里之前，我不懂得它的心声。

所以，我也不懂得凝望它。

一条河流，一条异域的河流，它会那么容易地让我懂得它的心声吗？

我不知道，我只是在行走，在它的波光粼粼里行走，在它的浊浪滚滚里行走。很多时候，这种行走没有任何目的，也没有任何思索，只是习惯地行走。

比如在那个暴雨骤停的雨季的午后，我走在巴马科最繁华的临河大道上，越过拥挤嘈杂的车流，我看见尼日尔河浊浪滚滚，两岸的树木都淹没在上涨的河水中。这个号称"鳄鱼之都"的城市，因为这条宽广的河流而平添了几分大气。

或许这个作为一国之都的城市太喧嚣，这不是我喜欢久留的地方，也不是我想静谧地凝望一条河流的地方。

那么，我是在什么地方开始凝望它的呢？是在塞古吗？

塞古的尼日尔河畔，在傍晚时总是聚集了太多洗衣取水的人们，他们在夕阳下，是劳作也是嬉戏。妇女们可以毫无顾忌地裸了身体，旁若无人地清洗自己。她们洗澡的动作宛如原始的舞蹈。一块艳丽的花布，随意地往身上一裹，袅袅娜娜地走来时，又是别具风情的一幅画。

我不知道在两百多年前，西方殖民者从西海岸出发，沿着尼日尔河探险，到达这个尼日尔河上游最古老的、曾经是班巴拉帝国的首都的城市时，是否也惊奇地看到了这一幅原始拙美的画。踏上这片土地的第一个西方人蒙哥帕克在日记里赞叹"尼日尔河在阳光中闪烁着波光，河上无数独木舟穿梭，如泰晤士河流过威斯敏斯特一样，庄严地缓缓往东流去"时，是以一个殖民者的身份在狠狠地窃喜呢，还是如我般只是用纯粹的欣赏的眼光为这幅图淡淡地镶上一个单纯的画框？

这些，我不得而知。但我知道，从此以后的一百多年里，这条河流不再庄严，或者说，缓缓东流的尼日尔河，见证了太多太多不再庄严的事情。

塞古的尼日尔河畔，至今还完好地保留着一八九二年征服塞古的法国军人路易阿奇纳将军的塑像。他耸立在高高的台子上，却背对着尼日尔河而立。我不知道这是一种什么寓意的象征，或许就像殖民时期的黑人妇女们见到法国官员时，都要以背相对，以示敬意。这位不可一世的征服者沿着尼日尔河征战多年，最终是不是也对这条河流充满了敬意？更确切地说是敬畏？还是有另一个缘由？让他无法面对穿梭在尼日尔河上的舟子？无法正视每一个黄昏沉沉地坠入河里的落日？那轮落日坠落的方向正是他沿河顺流而来的方向。

这位狂妄自大的殖民者，他在这片土地上除了征战以外，还经历过什么？在他踏上这片土地之前，是不是只是一味地认为：这片土地是一块荒芜之地？那些黑皮肤的人们只是刚刚从丛林里走出来的荒蛮之人？是殖民者书写了西非的历史？

或许，就是在塞古，就是从塞古开始的，在路易阿奇纳将军的塑像前，我开始凝望这条河流。我凝望这条闪烁着美丽的波光的河流，那时，正如蒙哥帕克所写的那样：无数渔舟穿梭，河面广袤无边。

只是不得而知的事情太多太多了。时光如尼日尔河水般走来又远去。许多事情在过去了许多年之后，也许就什么也不必说了。

但我总是在凝望它的波光时，想起殖民者说过的一句话：尼日尔河的流向充满了诡异。我也不止一次地想到这条河流的流向，由此也常常联想到它的源头。

孕育尼日尔河的几内亚高地的那条富塔加隆山谷，被叫作"河流之父"。我听到这个名称时，心微微震颤了一下。被叫作"河流之父"而不是惯常的"河流之母"，按照我传统的思维，这中间是不是又有了另一层更深的意蕴？我拟人地想象一下吧：冠之以父，除了温厚，更多的是力量；除了孕育，更广的有教诲吧？那又是一条怎样的山谷呢？坡顶浓荫蔽日，藤蔓如须发？半坡山泉叮咚，如切切的细语？深不可测的谷底，常常荡起浑厚的回音，如远行前的叮嘱？

总之，在富塔加隆山谷，一条溪流初出山涧了，那就是年轻的尼日尔河。往南，只有区区两百四十公里，就是浩瀚的大西洋。毋庸置疑，所有的河流都是向往海洋的，那里是河流们最美好的归宿。只需两百余公里，就能平平安安地完成一条河流的使命，把自己汇入永不干涸的海洋，做大海母亲怀抱里的一朵悠闲的浪花，这对每一条河流来说，都是无法抗拒的诱惑吧？但那条初出山涧的小河，却出人意料地舍弃捷径，义无反顾地北上了。确切地说是东北方，那里有什么呢？荒原、峡谷、山崖、绝壁，最可怕的是地球上最大最荒凉的沙漠。多少条河流，踌躇满志地来了，又无声无息地风干了躯体里的最后一滴汁液。

也许它犹豫过，在选择方向时，在山涧里徘徊，在谷底彷徨。一条河流的方向是如此重要，如同人的前行。不知道在这个徘徊彷徨的过程里，"河流之父"会有怎样的教诲？它会不会从谷底发出悠长的回音，告诉它的孩子，不要犹豫，走吧，你自己就是你自己的方向。

于是，尼日尔河来了，它仿佛是上苍派来恩泽这片土地的。从和几内亚毗邻的南方进入马里，经峡谷，过绝壁，在索图巴险滩附近折向东北方，又在通布图开始流向正东方，浩浩荡荡地在马里境内流淌一千七百多公里。这是怎样的一次行程呢？在塞古，文明了古老的班巴拉帝国；在杰内，孕育了具有一千三百多年历史的灿烂的伊斯兰文化；在莫普提，与它的支流巴尼河一起，形成了非洲西部最著名的尼日尔河内陆三角洲，那是几万平方公里的鱼米之乡和天然牧场。正是这个原因，才使得莫普提的尼日尔河落日格外绚丽吧？

沿着它前行，和它保持同一个方向，是我试图和它对话的唯一方式。我用这种方式已经走了很久很久。

从古老的塞古走到号称"马里的威尼斯"的莫普提，从莫普提走到杰内的大清真寺，又从杰内，走到位于南撒哈拉的布朗。在这个漫长的行程里，它每一次"诡异"地转身，我都试着对它说：走吧，走吧，你自己就是你自己的方向。

现在，我坐在沙漠小镇布朗的一段坍塌的土墙上，依然在凝望它。此时的它宛如被饥饿干渴的孩子吮吸尽了乳汁后的瘦削的母亲。撒哈拉的南端，因为有了这条河流的润泽，不再是死亡之地。

从这里开始，没有任何预兆地，尼日尔河突然急转南下了，那是海洋的方向。它迢迢几千公里后，终于又嗅到了从南方飘来的海的气息了吗？那个气息在呼唤它、在告诉它，它作为一条河流的使命已经最慈悲地完成了吗？

我想，是的。

远方飘来了海的呼唤。

那个离大海近在咫尺的富塔加隆山谷，深深的山涧里，是不是也传来了"河流之父"清扬的笑声？

伫立岸边，在一轮落日的余晖下，我凝望着尼日尔河，在心里对它说：慈悲之河，我读懂了你的心声了吗？也许我没有读懂，也许一个渺小的人永远也读不懂一条博大的河流，但是，我，正在最大限度地接近你。

巴郎桑

那是一个夜晚，是我来到遥远的西非国家马里工作的第二个雨季的一个夜晚。那个夜晚没有月光。我很肯定地说没有月光，是因为在这个贫穷的国家的许多地方，夜晚是没有璀璨的灯火的，就像我暂居的这个小镇，日落以后，寂静和黑暗淹没一切。而没有灯火的一个个异国的夜晚，谁又会忽略那如水般的皎洁月光呢？

没有月光的夜晚，车窗外的原野在暗淡的星光里，黑沉沉的一派寂然。这条毗邻科特迪瓦的公路，由于邻国的动乱、边境的关闭而车辆稀少。雪亮的车灯，是原野里唯一的光芒。

那个晚上，我护送病重的龙老师从小镇尼埃纳出发，驱车三百余公里，赶赴位于卡迪的中国医疗队。这是我在非洲度过的最黑暗也是最难忘的一个夜晚。

近乎虚脱的龙老师躺在放倒的车座上，瘦削的胳膊软软地搭在扶手上，我一手扶着吊在车厢顶上摇晃不定的输液瓶，一手轻轻地摸着龙老师冰凉无力的手臂，在黑暗中，努力地去听药液一滴一滴地流进他血管的声音，希望这个幻想的声音能多少冲淡一些内心的焦虑和慌恐！三百余公里，不算漫长，但对一个需要争分夺秒的病人来说，每一公里都是漫长的挣扎。

龙老师并不是一位职业老师，他是一位在非洲工作了十几年的老翻译，同事们都尊敬地称呼这位年过花甲的老人为龙老师。记不清龙老师是第几次得疟疾了，只记得这种在非洲极为流行的热带病，一次一次，令原本健朗的老人，渐渐佝偻了挺直的脊背，慢慢苍白了红亮的脸膛，两鬓的白发也在热带天空明亮的阳光下逐日增多地闪现。直至这次，普通的青蒿素再也镇不住血液里的疟原虫，本地的黑人医生使用了双倍的奎宁，在抗击了疟原虫的同时，羸弱的龙老师也因奎宁中毒而倒下。

汽车在寂静的公路上飞驰。那个漆黑的夜晚，我就那么坐在颠簸的车里，守着一个虚弱昏睡的病人。守着病人的我忐忑不安。有一阵子，甚至想到龙老师万一挺不过去了，我在这个荒僻的原野里，没有电话信号，没有求救的语言，该怎么办？黑暗的夜空下，也许只有微弱的星光，能照见我无助的惊惶吧？这个不祥的念头就像黑暗中那些模模糊糊的树影掠过原野一样，暗沉沉地压过我的心头，无边无际。那个夜晚，我多么渴望天空中有一轮皎洁的明月，哪怕是淡淡的银光，只要让我能够看见原野里的那些树影，我的心就会像一只鸟儿一样栖息在那些枝枝丫丫上，或者像一阵阵自由轻松的风，掠过原野，掠过树梢。我多么不想这样内心紧张慌乱地坐在黑暗的车内，满脑子的疟原虫，满脑子的奎宁，满脑子的对死亡的恐慌。

而车窗外也是一片黑暗。我知道那黑暗里是辽阔的原野。两年里我无数次在烈日炎炎下走过这条公路。道路的两旁是一株株或挺拔傲立或低矮倔强的树。贫穷的地方，没有华美的建筑来装饰道路两旁的风景，唯有那些树。树是上苍赐给原野的礼物。它们散落在原野里，因为并不成林而彰显个性。粗大的猴面包树，在雨季里枝繁叶茂，如原野的君王般，俯视着那些细弱却并不示弱的公然和它分享阳光雨水的小植物。每每看到它们，我就想：生命就应该是这样的，就应该没有高低卑微之分，在自然的原野里，不屈不挠地拥有它该拥有的，无拘无束地绽放它能绽放的。旱季里这些猴面包树会落尽繁华，遒劲的枝干伸向沙尘弥漫的长空，干硬的果子垂满枝头，以独一无二的身姿成为这片土地的象征。芒果树却是一年又一年，绿荫如盖般地繁茂着孕育着。如果以芒果树的花事和果实为计时的标志，我会觉得一年是多么短暂，仿佛只有两个季节，要么繁花似锦，要么果实累累。而一树一树的木棉花，则用火红火红的硕大的花朵，提醒旱季里凋敝的原野：生命没有枯萎，生命仍然如火如荼！

但在这个黑沉沉的夜里，我看不到车外那些我心中的风景，看不到那些树，但我知道它们依然站在那里。车灯掠过原野，那些树在光芒下乍然一现。我其实不喜欢看强光下的那些树，它们如同从深度睡眠中被惊醒的人一样，一阵一阵的茫然，是它们被打扰后的僵硬的表情。我喜欢看它们在静谧的月光下安然的样子，抑或是在晨曦中初醒的姿态。那是它们最本真的模样。好在它们还可以迅速地沉入黑暗，沉入那些和原野和天空有关的梦境。

只能这样遥想了，遥想着它们站在原野里的风姿。从一株单薄的小苗，站在炙热的阳光下，站在连续几个月的干旱里，站得精疲力竭，站得哀怨满腹，站得奄奄一息。以为等不到了，以为会夭折在原野里。是的，那样的话，沙尘会很快掩盖它来过的痕迹，一阵狂风过后，就什么都没有了，就像它从来就没有来过这片原野一样。很多生命就是这样的，还没有展开就消亡了，且不留印迹。然而，忽如一夜，风带来了雨的讯息。这是一个令人多么振奋的讯息！看着一片片灰色的云朵步履沉重地从天际而来，那些艰难的等待，霎时变成了骄傲的回忆。就这样，日复一日，年复一年，它在一个个漫长的等待里站成了风姿绰约的大树，根越扎越深，终于有一天，它不再惊恐于雨季的晚来，不再对着每一朵傲慢的云谄媚地笑。这时，它是一棵多么安然的大树，它的树干饱满挺拔，它的绿叶在炙热的阳光下依然苍翠，它的枝丫上仁慈地收留着疲倦的小鸟。一切都这么安然，并因为安然而静美。

这样想着，内心果然开始安静下来。而恰在此时，缓过劲儿来的龙老师，突然开口向我要水喝，我一阵惊喜，急忙递过水去。龙老师呡了两口，用沙哑的声音说："让你受惊了……我能挺过去的……别怕……"这一声轻微的"别怕"，竟然就说出了我忍了一路的眼泪。在这片陌生的土地上，我相信经历丰富的龙老师说的每一句话！就像那一次他摔伤了腰，我去扶他，他也是坚定说："会好的！"就像另一次，他被恶犬咬伤，看着缝了四针的伤口，他自嘲地安慰我"哪里会这么轻易地死哟！"真的，我相信这个坚强的老人说的每一句话！于是我长长地舒了一口气，不安、惊慌和胡思乱想，都随着两行泪水，释然流出。我紧握着龙老师的那一只手，也终于慢慢舒缓了。

心情放松以后，我的思绪继续在原野里飞驰。如果龙老师不是虚弱不堪，我其实多么想和号称"老非洲"的渊博的龙老师聊一聊非洲原野里的那些树。两年来，我从龙老师那里认识了很多树。我每从林子里捡回一枚陌生的果子，都要拿给他看看，如果他认识，就会写出那种树的法语名字，并耐心地教我读。如果他也很陌生，他就会拿去请教他的黑人朋友，最终，一个拗口的名字连同它的中文读音就会标记在我的笔记本上。我像个小学生一样生涩地读着它们的发音，而它们站在原野里的模样、盛开的一树一树的浪漫花朵和奇异的果实，就那么鲜活地标记在了我的心里！

如果龙老师不是那么虚弱不堪，我其实多么想再问一问他：还记得那些生长在塞古的原野上的"巴郎桑"吗？整整四千四百四十四棵巴郎桑啊，还记得吗？那也是一个雨季，我们沿着尼日尔河，一路向北，走向马里最著名的古都塞古。马里的母亲河尼日尔河，在连续几个月的暴雨中暴涨，浊浪滚滚。广袤的原野也在充沛的雨水的滋润下，生机盎然。几乎所有的树木都迎来了自己生长的最旺盛的时节。放眼望去，处处都是葱茏的绿意。就在我陶醉在这片无边无际的绿野中的时候，龙老师说："你看到那些枯树了吗？"我顺着他的目光看过去，在一片一片的碧绿中，果然有一些高大苍劲的枯树，树皮斑驳，树干苍老，枝丫干涩，就像一棵棵枯死了多年却仍然坚挺着高大的身板，不甘心轰然倒下的死去的树。

它们枯死了很多年了吗？哪一年的干旱格外肆虐？哪一年的风沙强劲无比？哪一年的雨季久等不来？终于等不下去了？枝丫朝着云来的方向，以这样的死而不倒的身姿，昭示一棵树对生命的眷恋、对命运的抗争吗？

一定是我伤感的表情打动了龙老师吧？他笑了。告诉我这种叫作巴郎桑的树，是塞古的原野上独有的树，并没有枯死。因为它们的根在地下深达几十米，因而与众不同地在旱季里繁茂，在雨季里干枯。相传在这片古老的原野上，这种独有的树共有四千四百四十四棵。

于是我看到了这样的一个画面：当第一场雨终于在期盼中来临，原野上的植物开始欢呼，雨水一层一层地渗透，根须浅的小灌木，首先被唤醒了知觉，片片新绿萌动，野花匆忙开放，林子里蜂飞蝶舞，好一派喧闹的景象！但巴郎桑在一片繁茂中默然无语。只是这时它并不孤单，很多高大的树如它一样，不为最初的雨水所动，和它一起沉默着。紧接着，第二场、第三场雨也如期而至，那些当初陪它寂静无声的树，终于抗不住雨水的撩拨，纷纷向着原野吐露心声，在越来越多的雨水中，绿色的覆盖越来越高，越来越广。而巴郎桑依然在原野里沉寂。终于，一只只鸟儿也弃它而去，飞向邻近的浓荫了，这时，在雨季的尾声中，它干枯的枝丫一定拍打着粗大的树干，把焦急的心语传达到深深的地下吧？然而，那些深达几十米的根，还没有品尝到雨水的甘甜，它必须沉静地等待，纵然身躯干枯如死，也必须在黑暗中寂寥地坚持。

四千四百四十四棵！这个奇异的数字里，另有一个美丽的神话般的故事吗？

龙老师一定记得这些，一定记得的！

如果龙老师不是这么虚弱不堪，我其实还想告诉他：在那个雨季过后紧随而至的旱季里，为了看巴郎桑，我再一次去了塞古。还是在那片原野上，雨季的繁茂已经不见了踪影，干涸的原野沙尘弥漫，一些小沙丘借助着风的脚力，在原野里任意行走，所过之处，埋葬了一些弱小的植物。就在这片苍凉的黄沙漫漫中，不用我细细地寻找，一棵棵巴郎桑傲然挺立，枝繁叶茂，成为塞古原野里旱季最美的风景！树干仍旧是那么沧桑，树皮也依然斑驳，但是，枝丫间那一簇簇介于阔叶和针叶之间的片片绿叶，随风舞动，曼妙婆娑。它在旱季的原野里和着风声唱响一首生动的绿色的歌！

我还想告诉龙老师：那时，我久久地站在那棵树前，看它被狂风掠去沙土而裸露在外的苍劲错乱的树根。对于这样一棵树，我们是不是在意它的根应该超过在意它的叶呢？深达几十米的地下，我知道那是一种怎样的等待！一种怎样的坚持！在黑暗的深处，孤独、困窘，或许还有被浅薄地嘲笑的忧伤……直到有一天，雨水终于抵达，它灿然地绽放了，而地面早已是一派萧条，云走了，雨去了，带走了原野里生动的色彩。这个绽放似乎是迟了些，但，迟了吗？不，没有！一颗顽强的灵魂，穿越黑暗，穿越荒凉，在原野里亮起一盏明亮的灯！

四千四百四十四棵？我无法验证这个古老的传说，当然也无须去验证，也许这个数字只是这个民族的一个吉祥符号。就让那个藏在这个数字里的不为我知的神话故事，永远藏在这片原野里吧！我只要知道，在这片广阔的土地上，生长着这样一种树：巴郎桑！

我多想告诉龙老师，在这个黑暗又漫长的夜晚，我想起了那些遥远的树。我是不是应该不顾他的虚弱和他说说这些树呢？其实也无须多说，只要我握着老人的手，说一声"巴郎桑"，也许，他就懂了。

乳油树下

　　贡芭来我们尼埃纳应聘厨娘的时候，主厨嘎佳正在厨房里忙着做午饭里的最后一道番茄蛋汤。炉子上水在沸腾，嘎佳哼着歌曲、踩着节拍，把鸡蛋打碎。许是在等后勤主管的最后决定吧，贡芭坐在厨房门口。那时，两个黑人姑娘没有过多交谈，她们只是互相打量了几眼，用班巴拉语问候了几句，嘎佳就继续忙着，贡芭则安静地坐着，看见我在认真地注视她，眼帘旋即低垂，羞怯地一笑，情不自禁地往上提了提衣服的领口。种菜工杰内芭从菜园子里的木瓜树上，摘了一个又大又黄的木瓜，穿过一片乳油树的浓荫，朝厨房走来。帮厨的阿芙则在水台子上不紧不慢地洗着那些锅锅碗碗。虎子和小泉在她的身边摇头摆尾，盼望着她能给它们一些残羹剩饭。阿芙一边干活一边轻声呵斥它们，把被它们舔过的锅子再洗一遍。那是一个三月，正是西非小国马里最干燥的旱季。正午里，阳光热烈灼人，院子里的三株乳油树，浓密的叶子间藏满了蓄势待发的一簇簇的小花蕊。

　　这个空旷的院子，除了正中间的三株高大的乳油树外，在院子边缘的铁丝网处还有几株小一点的，都是浓荫如盖，站在树下，常常令人忘记原野里似火的骄阳。整个下午，我到厨房里溜达了好几次，只看见嘎佳在忙忙碌碌，并没有见到贡芭，就想，她或许是因为厨艺的问题没有被主管留用吧？但是也未曾见主管拉开架势验证她的厨艺，心里就有一些困惑，总想着她中午安静地坐在厨房门口的神态，往上提衣领的羞怯笑容，依稀有一些东方女子的韵味，这在奔放的黑姑娘里极其罕见。傍晚下班的时候，后院试验室的几个本地工人，涌到厨房门口，听说来了一个漂亮的贡芭，他们来看美丽的厨娘。我勉强地听懂了几个单词，其中一个就是"美丽"。再回想贡芭的模样，浓黑的大眼睛、尖俏的脸庞、丰胸翘臀，确实是一个无可挑剔的健美的黑姑娘，可能我太在意她身上罕见的东方韵味，倒是忽视了她五官和身材的美丽。当然小伙子们失望而回，他们也没有见到贡芭。贡芭就像一道美丽的雨后彩虹，匆匆地绚丽了一面天空，又匆匆地无影无踪了。

此后的很多天，我都没有再见到贡芭，听说她已经被录用并被派到四十公里外的另一个驻地恩股哈拉担任主厨了，和我的同事何冰在一起工作。我仍然和嘎佳、阿芙、杰内芭在尼埃纳的院子里，看日落日升，看日子在树影的移动里一天天滑走。

乳油树开花了，是碎碎的小白花。在有着四季的地方，三月正是花枝绽放的绚丽春天。这个旱季，或许是虎子和小泉的春天。就在这个春天里虎子开始追求小泉了。想当初小泉被抱来的时候，虎子已经是一只雄壮的大狗了，对小不点儿小泉是不屑一顾的。但生性憨厚的虎子还是像哥哥带妹妹一样，处处让着小泉，从不与它争饭食。遇到外来的狗，挺身而出，舍身救美。小泉在虎子的呵护下，没有一点战斗力，对人十分缠绵依恋，像一只宠物狗，还时时欺负虎子。我常常看见任性的小泉咬住虎子的耳朵不放，而虎子一动不动地任它调皮地嬉闹。是不是从这个乳油树开花的时节开始，虎子眼里的小泉长大了？连我都看出来了，就在这个时节里，小泉的眼睛里常常流动着一种虎子绝对没有的母性的润泽。

晨曦沐浴中的乳油树下，是一天中最美的光景。树上是碎碎的小花，一簇一簇的，躲在树叶的后面，有几分初醒的羞涩。空气清新，朝霞正在染红天际的一缕缕游云，不远处芒果园里的芳香也依稀可嗅。这个时节也正是芒果树花枝绽放的时节。杰内芭总是我看见的乳油树下的第一个人，不知道她什么时候起来的，等到我起床时，院子已经被她打扫干净，刚从菜地里摘来的新鲜的青菜也摆放在厨房门口了。

每每这样的清晨或是稍后某个安静的上午，阿芙把洗好的衣服晾挂在树下的铁丝上，水珠滴滴答答落下，像风带来的雨的声音，我就想在乳油树下读诗，读我的同事法语翻译何冰在四十公里外的恩股哈拉写的诗。我喜欢读他写的明朗的诗，我从他的诗里知道，他那里开满了艳丽的三角梅，爬满了整面墙。爬满了三角梅的墙在年轻的何冰眼里，是一道爱情的屏风。他还说，三角梅还有一个名字叫九重葛。我常常沉醉在这些诗里，内心明媚又柔软。但他的诗大多很忧伤，有"轰然降落、一株邪恶的植物、指尖的风颤抖如风中的小蛇"这样我读不懂却感觉压抑的句子，这个时候，我就想自己写诗，写"如果你不相信这里有春天／请来尼埃纳看看／乳油树的叶子间藏有羞涩的花朵"这样简单如儿歌的诗，再在这几株树下，读出来。嘎佳听不懂、阿芙听不懂、杰内芭也听不懂，但是我自己懂，就像何冰的诗，他自己一定深深地懂。

下午是一天中最燥热难耐的时候，也是厨房里最忙碌的时候。嘎佳虽然会做很地道的中国餐，但毕竟不是很娴熟。她需要早早地就开始准备十几个人的晚餐。三个炉子上，都是噗噗作响的高压锅，厨房里烟熏火燎、热气腾腾。只见阿芙一趟趟地往来于厨房和水台之间，洗几棵葱、剥几瓣蒜，被嘎佳吆喝得团团转。杰内芭很有眼色，常常不等嘎佳开口，就已经把青菜洗净并切好了。等到做最后一道汤的时候，一定是嘎佳心情最轻松的时候，因为她总是在这个时候，扭动腰肢，踩住鼓点，唱上几曲奔放的歌。

每天傍晚，厨房门口，等我们吃完了晚餐后，三个黑妹围坐在地上，趁着一个大盆子，吃她们的晚餐。黑妹们几乎不吃中国餐，她们习惯吃一种用牛羊肉熬制的很油的汤汁拌合在一起的米饭，上面像撒胡椒面儿一样撒上一种树叶的碎末，嘎佳很权威地指着这些碎末子告诉我：维他命，这里很多维他命。我就静静地看她们吃饭，看她们不用任何餐具，手指头灵巧地在米饭里拌和，慢慢地聚一小撮儿，揉成饭团，送入口中。活泼缠人的小泉在她们身边磨磨蹭蹭，虎子倒是远远地卧着，阿芙常常一只手揽着小泉，另一只手不紧不慢地揉着饭团，有时候看见我专注的样子，就做个手势，邀请我和她们一同品尝。这个时候，铁丝网外往往会有几个很小的孩子，他们穿着褴褛的衣衫，站在那里，睁大眼睛往这边看。杰内芭总是在这个时刻，低头不语地吃饭，然后匆匆离开。后来我才知道，那些有着一双双渴望的眼睛和脏脏的小脸的男孩女孩是杰内芭的孩子们。他们的家就在我们驻地的对面，他们来看他们母亲的晚餐。后来我还知道，杰内芭是一个年轻的寡妇，被毒蛇咬死的丈夫留给她五个高低如楼梯般排列着的孩子和两间土房。她家的土房子在一片灌木林的掩盖下，像无人居住的废屋。没有院墙的土房子正好和我住的小屋遥遥相对，只是我的目光从未穿过一片乳油树的浓荫落到过那里。晚餐后，杰内芭就要回家，她不能像嘎佳和阿芙一样住在我们的院子里，她要回家照顾她的孩子们。那个院落在黑夜降临以后，静悄悄地。我不知道杰内芭会搂着她的哪一个孩子入睡，是最瘦弱的加戈加？还是最年幼的玛玛杜？

忙完了全部的活计后，尼埃纳的夜色降临了。这个院子是方圆几十公里唯一有灯光的地方。但在星空璀璨或月色如水的夜晚，我更喜欢熄了灯火，像周围的村庄一样，融在夜色的安宁和温柔里。但嘎佳和阿芙不喜欢这样，她们喜欢明亮和喧闹。她们常常会在乳油树下的那一盏乳白的路灯下，跳一段奔放的班巴拉舞蹈。这个时候她们脱掉了日常干活时随便穿着的衣服，洗了澡，穿着图案艳丽的裙子和紧身的吊带衫，把收音机里的音乐开得大大的，扭腰送胯，踢掉拖鞋，赤着脚。情绪高涨时，她们就来拉我，教我，看我生硬的样子，又开怀大笑。小泉在这个时候也是不甘寂寞的，它上蹿下跳，兴奋无比，不停地挑逗憨厚的虎子。节奏简单而欢快的音乐声，在静谧的乡村夜晚，传得很远很远。忽然在某个瞬间，那个和我只有一面之缘的美丽姑娘贡芭，会闯入我的脑海。这个时候想起她不全是因为她的东方韵味，而是因为这种节奏鲜明、舞姿奔放的民间舞蹈的名字就叫作"贡芭"。不知道具有东方羞涩感的黑姑娘贡芭，是不是也像嘎佳和阿芙一样，娴熟而性感地跳这种热辣的舞蹈？

乳油树挂满青枣一般密密麻麻的果子的时候，嘎佳被爆炸的高压锅烫伤了。那一天她从医院回来，手里拿着医生开的药，满眼是泪水。走进她和阿芙合住的小屋，撩开她的裙子，让我看她大腿上一片白色的水泡。我看着这个即使在切菜时也会脚步踩着节拍跳舞的姑娘，安慰她好好养伤，不用担心医疗费和工资。她带着眼泪笑了，搬一把椅子，坐在乳油树下。杰内芭正在给菜园子浇水，阿芙慢条斯理地做着饭，虎子和小泉在树下追逐嬉闹。

不能跳舞的嘎佳，晚上也会把收音机开得大大的，这个国家的电台好像永远在播放那种热烈奔放的曲子。嘎佳边听音乐边在树下的灯光里给阿芙梳头，先散开阿芙满头的仿佛永远也长不长的绒毛一样的卷发，再一撮一撮地把假发接到她的卷发上，辫成小手指般粗细的小辫子，边辫边抹油，是厨房里的烹饪油。小辫子们在油的润泽下，顺顺贴贴地听任她的摆布，最后再在一个个发梢上系上阿芙喜欢的小饰品，通常是五颜六色的塑料小花。梳头是一件很费时间的事情，整整一个晚上，嘎佳坐在椅子里，阿芙坐在她腿前的地上，小泉趴在阿芙怀里。嘎佳手里忙活着，脚在音乐声里踩着节拍抖动，间或还扭一下陷在椅子里的腰。那份专注，是不是令她忘记了起满水泡的大腿？忘记了疼痛？见我饶有兴趣地看她给阿芙梳头，她一把拉住我的头发，也要给我辫满头的小辫子，我犹豫了片刻，终是那腻腻的烹饪油让我望而却步，我逃也似的躲开了，乳油树下传来两个姑娘脆朗的笑声，也在夜空里散得很远很远。

记不清嘎佳休养了多久，只记得附近村庄的女人们来我们的院子里捡拾乳油果的时候，嘎佳还在树下，往粉嫩嫩的伤口处涂抹一种乳黄色的油脂。她告诉我那是乳油树的果核油，就像宣布那些树叶的碎末含有很多维他命一样，很神秘地指指乳油树，又拍拍自己的脸和裸露着的双臂。我明白她的意思，也知道这种树是上苍对非洲独有的恩赐。它的果核油，是非洲妇女的美容佳品。等到果实成熟的时候，风把它们吹落到原野，女人们走出家门，头顶筐子，鲜艳的衣裙是灌木林和杂草丛里一道道流动的风景。女人们起早贪黑，一个季节下来，青枣般大小的果实，堆满了院落。有走村串户的贩子来收购这些果子，再转卖给专业的工厂。这是一个普通农家一笔不菲的收入。

院子里的乳油树终于在一日胜似一日的炎热里，卸下了它全部的果实，穿着五颜六色衣裙的女人们不再来了，这里又恢复了日常的安静。嘎佳的伤完全好了。但养好了伤的嘎佳，决定离开尼埃纳了。她和工地上的七号水车司机好上了，要和她心爱的人远走他乡，去过她想要的幸福生活了。那个晚上，我们在乳油树下告别。我们拥抱，嘎佳流泪了，一向强大健硕的嘎佳，在那天晚上分外柔弱，眼睛里除了泪水，还有一种盈盈的波光。日渐燥热的夜晚，那刻却凉风习习，嘎佳在裙装外面穿了一件男式的夹克。这身装束，一下子令我想到爱情，小说电影里，被人爱上的女人总披一件男式的外衣，仿佛那就是男人的爱，既可以抵挡一时的风寒，也寓意着它能带来一生的温暖。但阿芙并没有祝福嘎佳，她一直劝阻嘎佳离开，告诉嘎佳，七号水车司机是一个帅气的花花公子，他一定是看上了嘎佳辛辛苦苦积攒下来的钱。我想对阿芙说，不要劝说一个陷在爱情中的女人，爱情是一道迎面而来的强光，雪亮雪亮的，让你什么也看不见。但终因这层意思太复杂，翻译何冰又不在这里，只好作罢。我和阿芙看着嘎佳，坐在七号水车司机的摩托车后座上，揽着他的腰，绝尘而去。

尼埃纳的厨房终于无法在阿芙的手忙脚乱中继续维持了，正好恩股哈拉的工作结束了，何冰把贡芭送到我们这里，不久之后他就离开了非洲，听说他去法国留学了。不知道这个爱好写诗的小伙子，在法国某个喧闹的都市或宁静的小镇，学习、谋生之余，是不是还在用母语吟咏着一首首他心中的诗？

美丽的贡芭终于如了试验室那几个小伙子的愿，在尼埃纳的院子里工作了。只是再也没有看见小伙子们涌到厨房门口，一睹美丽厨娘风采的热闹场面。或许美丽只是一道风景，总在未知的远方，才发出诱人的光彩。

这段时期院子里很安静，很少有节奏鲜明的歌声和恣肆的舞蹈。贡芭是一个安静的姑娘，连走路都像极了东方的古典女人，碎碎的、悄无声息。她夜晚喜欢一个人坐在后院的石堆上，看着星空接电话。那是一个很长的电话，我猜想电话的那一头一定有一个痴情的男人，有一段需要很长时间才能表白清楚的誓言。而贡芭很少说话，只是从只言片语的应答里，能听出她语气里的柔软和温情。

乳油树在果实落尽以后，像一位怀抱空落的疲惫的母亲，枝叶间暗淡落寞。树下没有了小泉调皮的撒欢，小泉死了。在公路上被一辆疾驰的汽车撞了以后，跌跌撞撞地走回院子，死在虎子身边。几天之后，虎子就失踪了。

……

提笔写下这些记忆里琐琐碎碎的事情的时候，已是另一个三月了。尼埃纳的工作结束了，贡芭和阿芙离开了，她们在另一家中国公司找到了工作，厨艺也越来越精湛了。不知道那里是不是也有小伙子们涌到她的门口？她是不是也是羞怯地笑着赶走他们？杰内芭回家了，她用攒下的工资为她家的两间土房子换上了铁皮瓦，还修建了一圈半人高的土围墙，她的孩子们的衣着也比早前体面多了。或许用不了多久，那个小院里也会像我们曾经的小院一样，飞扬出她日渐长大的孩子们的歌声。

院子里的发电机运走了，水塔运走了，我也要离开了，这个院子将像周围所有的农家院子一样，在夜色里陷入真正的黑暗。我在我的小屋里，收拾我的行李，也在收拾我的思绪。从移走空调挖开的墙洞里望出去，看到了那几株乳油树，像一幅油画挂在即将空无一人的小屋里。画上的乳油树正开着淡淡的小花，一片蓝天上缀满了鱼鳞样的碎云彩。云彩就是蓝天的心事吧？一如花朵是植物的诉说一样。

　　离开即是到达，结束是另一种开始。有一天，我会在千山之外，听到乳油树开花的声音，知道风的脚步正走过小院，干净的云彩下面飘扬着绚丽的衣裙，而初升的太阳正照耀着一个新鲜的故事。

杰杰纳的故事

在杰杰纳，我每天清晨都是被一阵阵悦耳的鸟鸣声叫醒的。叽叽喳喳地，它们从一株高高的乳油树上飘落下来。

乳油树正开着白色的小花。我住在离那株树不远的集装箱里。当然集装箱是经过改制的，已经不是运送设备配件的大箱子了，而是装置了木头的吊顶和内壁、配置了空调的一所小房子。

这所小房子是被大吊车从尼埃纳的项目部吊上大拖车，运到杰杰纳来的。

开吊车的林师傅在卸这所小房子时，问了我一句，小贾，卸在哪儿？我当时正站在一阵大风卷起的沙尘里，看着这个悬在半空中的大家伙，内心一片空茫。无论放在哪里，终究是放在一个荒凉的小院子里，终究是在一个动荡的异国他乡，终究是短暂的过往，也终究是临时的驿站。那时，我荒凉的眼神掠过这个荒凉的院子，看到当空的烈日正炙烤着每一寸裸露的土地，呼啸的风夹带着沙尘肆虐刮过。我就看到了那株树。它没有很大的树冠，在这个看起来很空旷的院落里，这株乳油树孤独又单薄。我指了指树，小房子就在离树最近的一块平地上，落了下来。

鸟鸣声也就在每一个清晨，从树上落了下来。

那是三月。正是国内春光大好的时节。而这里是西非。三月里的西非是一年里最干燥的季节，总是刮风，风里裹挟着来自撒哈拉的沙子。那段时间，也正是这个西非国家政权动荡、治安混乱的时期。大量的同事都撤离非洲回国了。只留下七八个人退守到这个偏僻的小村庄，处理工程遗留的一些问题和看护价值几千万元的施工设备。杰杰纳，是一个连电话信号都没有的小村庄，或者因为闭塞，便恰好是安全的。在杰杰纳，田野空旷宁静，放牛放羊的孩子衣衫褴褛、悠悠闲闲地走过，田间地头的乳油树和芒果树依季开花。骄阳和风沙中，这里与世隔绝般地风平浪静。

但在院子的一周，我们还是安置了铁丝网，还挖了深达两米的沟壑。这些装置，让人联想到外面世界的动荡和千里之外那个世界上最大的沙漠里正在进行的战争。而在这株满是鸟巢的乳油树上，其实还藏着一盏很亮的灯。只是这盏灯，在那段时间的黑夜里，为了避人耳目，总是像个摆设一样，并不光芒四射。在每个清晨，大风还没有从远方赶来的时候，鸟鸣声从高处飘下来，又被微风吹到远处，在院子里回荡，这是这个寂寥的院落里最动听的声音。

我总是在这个声音里走出我的小房子。晨曦中，几缕云被太阳镀上了粉色，而太阳并没有爬上天空，这些粉色的云彩是太阳的使者，是太阳即将渡涉天空的先兆。我也总是习惯地看看集装箱的底下，看见非洲狗胖胖仍然一如既往地卧在那里。我和它对视一会儿，它的眼神就躲开了，看着地下，一动不动，想把地看穿的样子。我就轻叹一声，又抬头看天上的云彩，粉红色的云彩，像娇羞也像愠怒。我知道胖胖不会有任何反应，再也不会有任何反应，再也不会像在尼埃纳一样，一跃而起，来蹭我、来摇尾、来开始一天的跟随。

清晨的院子，凉爽又安静。当地的工人们也大都被遣散了，只留了一些保安和两个洗衣做饭的黑妹。丽莎就是其中的一名黑妹。

此时，高挑的丽莎正袅袅娜娜地从我的门前走过。她已然做好了早餐，现在是她悠闲地去两公里之外的小山包上打电话的时间。

她每天都去。大家都说她是去给远在中国的小杨打电话。我一直不知道她和小杨到底会用什么语言交流？简单的法语？简单的班巴拉语？简单的汉语？总归只能是简单的。小杨不是翻译，丽莎没有上过学，他们远隔重洋，看不到彼此的肢体语言和面部表情，他们怎么交流呢？或许相爱的两个人，什么也不用说，只要有声音发出就好。但是，他们相爱吗？

我在餐厅看着被丽莎摆放在长条餐桌上的标准的中式早餐时，这个问题也总是随即跃上脑海。摆放整齐的早餐，颜色搭配得也很醒目，像非洲姑娘身上的衣裙，总是以色彩夺人眼睛。

粥被放在一个大盆子里，覆着盖子；雪白又蓬松的馒头码放得整整齐齐；

油炸的花生米，圆滚滚亮晶晶；油煎荷包蛋艳黄欲滴；还有鲜红的辣椒酱，放在一个白色的碟子里。

趁着温度还没有升起来，早餐一般是大家最有食欲的，粥和馒头很快就见了底。我喜欢搬一把椅子坐在院子里吃早餐。大风未起，微风习习，鸟鸣阵阵，正是一天里最好的时辰。

院子里养的几只狗，也在这时，磨磨蹭蹭地围到我脚边，等着我丢一嘴馒头或是扔半只荷包蛋。白粥，它们是不稀罕的，除非拌了油腻的汤汁。这群狗里，还是不见胖胖。胖胖这个时候，仍然卧在我的集装箱下面的空隙里，闭着一双忧郁的眼睛，茶饭不思地回忆着那些个不堪的日子。

想起来胖胖，我顿然就没有了食欲。

如果一只狗有漫长的记忆的话，它能越过那些不堪的日子，记起我们在尼埃纳的那些曾经的快乐吗？

两年以前，我用两千西郎从一个黑孩子手里换回胖胖时，它像一个圆乎乎的小绒球一样。在田埂上，走路还不太稳的小家伙总是摔跤，圆滚滚的身体扭动着，煞是可爱，我便叫它胖胖了。起初，我的同事们都不相信，从来就不养任何动物的我，能有耐心把胖胖养大。但是，狗就是这样一种动物吧，粗贱、忠诚。从嗷嗷待哺到膘肥体壮，我几乎没有花费什么精力，倒是日日享受胖胖的亲昵和追随。我在家时，它卧在我房间的门口；我出门时，它像个影子一样尾随。有时候我去散步，明明没有看到它的身影，以为它到附近的田野里去撒欢了，但我在芒果园里抑或是桉树林里走着走着时，一回头就又看见它无声地跟着我。这让我在尼埃纳小镇成了一个带狗的外国名人。偶尔没有带胖胖，黑人们就会问，乌鲁乌鲁？乌鲁就是狗的意思。或者，有老乡的羊被狗咬伤，他们也一准儿找到我，一口咬定是胖胖干的，抱着受伤的小羊，在我的门口，能等上大半天，要我赔偿。这些无法理论的事情，也是尼埃纳寂寥生活的有趣点缀。

不知胖胖是否能够忆起这些？忆起那些天天走过的红土路、日日穿梭的青草地？迎着朝阳从小村庄走向大村庄的田埂？

怕是不会了，最后的那个残忍的记忆，覆盖了一切。

再也不会了，胖胖再也回不到从前了，只有无边的忧伤被它含在眼睛里。

用黑妹丽莎的话说，是我抛弃了胖胖，就像小杨抛弃了她一样。

丽莎没有说出抛弃这个词。虽然丽莎是一个具有传奇色彩的黑妹，很多传说叠加在这个健壮泼辣的黑姑娘身上。比如说，她是几次声势浩大的当地工人罢工活动的首领之一；比如说，我们中方的几名同事，为了争夺美丽性感的她，曾经大打出手，几乎酿成流血事件；比如说，她能听懂很多汉语，厨房里的各种用具及常吃的蔬菜、作料，她都能用汉语，硬硬地说出来；比如说，她和小杨的故事，流传万里。但是，纵使有这么多传奇包裹着这个非凡的黑妹，她还是不会说出抛弃这个词，无论法语还是汉语。但她用了一个更加恐怖的动作来诠释这个残忍的词，她拿起一把菜刀，当空一划，然后决绝而忧伤地看着我……

我看着被她咣当一声扔在案板上的菜刀，定了定神。在这个动作下，我必须定定神，才能继续我的思维。

我是这样抛弃胖胖的吗？用刀，斩断了那些快乐的记忆？用刀，抹杀了它的信任？

在很多个清晨，我站在鸟鸣声里，看着丽莎走向小山包的背影，这样想。

又在很多个夜晚，因听见胖胖断断续续的呜咽而无眠时，也这样想。

如果不是那一天撤离得太匆忙，我不会丢下和我朝夕相伴的胖胖。

可是，谁相信呢？这个理由，连我自己都觉得苍白。

我带着我的行李箱，带着我的文件柜，甚至带着我的瓶瓶罐罐，坐上一辆皮卡，绝尘而去。就是没有带胖胖，没有带一个活蹦乱跳的生命。不是那辆车坐不下，那辆皮卡，后斗上有的是地方，胖胖又能占多少呢？一个小缝隙就够了。那一天，我把胖胖忘得一干二净。不只是那一天，在局势紧张起来的很多天里，我待在尼埃纳的院子里，我在一地的纸屑中，忙忙乱乱地收拾文件、凭证，收拾我的行李，全然忘记了胖胖，忘记了胖胖那一双天生乞怜和依恋的眼睛。

直到一个星期以后，我在杰杰纳安顿下来，又恢复了往常的锻炼习惯时，才赫然发现，那日日陪伴我跑步的胖胖，被我遗忘在尼埃纳空无一人的院子里了。

这个惊醒带给我的慌恐甚至超越了当时的局势动荡。

那是一个日日相伴的生命呀。那也是一个以我为唯一依靠的生命。我怎么就忘了呢？

在我的恳请下，林师傅十分不情愿地开着皮卡从尼埃纳找回了胖胖。他说，为了一只狗，值得吗？终究是要抛下它回国的。我几乎什么话也没有说，我能说什么呢？抛弃这个行为一旦产生，再周全的弥补也是枉然的吧？就像一件东西被打碎了，它就是碎了，再补再缀，它仍旧是碎。胖胖就是碎了，由身体到灵魂。从找回来的那一天开始，它像在我的集装箱下扎了根一样，棍棒和美食都不能让它离开。或许，夜深人静时，它会黯然地爬出来，去觅一点吃食以维持生命，然后，复又陷入无边的破碎中。抑或这也是一种守候。一种由抛弃而生的恐惧，由恐惧而生的守候。再也不离开你的房子半步，你就再也不能抛弃我。

但我倒是认真地想过林师傅的话，终究是要完全彻底地抛弃它回国的，那时又该有什么解释来安慰自己呢？或者，把胖胖托付给丽莎？有了托付，是不是就不构成抛弃？

而丽莎，恰巧也托付给我一件重要的事情。

有些清晨，若是时间凑巧，我就和丽莎结伴去小山包上打电话。

出院子，往北走两公里，再爬上一座小山，就能接收到微弱的电话信号。通向山顶本是没有路的，这条路是先前在这里施工的同事们寻找电话信号，生生从乱草丛中踏出来的。又有稍懒的人，不愿走路到达，开了皮卡，将它碾压得更宽。虽然有路，但仍然荒僻。在杰杰纳住了很久的林师傅说过，有几次，在小山顶，他被眼镜蛇追着跑了几十米。又说被一个鬼鬼祟祟的黑人跟踪过。这两个场景，都足以令我心生恐惧。于是，我要往小山顶去时，离开驻地前一定会告诉同事一声，嘱咐一下，若是时间久了不回来，一定要去找我。每每絮叨这些话时，就恍惚觉得时光倒流了，心中不免生出一些在电影或小说里看到的悲壮来，也顿然觉得听我絮叨的同事，宛如战争年代里并肩战斗的同志。

但和丽莎一起，胆子就会大了很多。这个高挑健壮的姑娘，性格泼辣。她其实也不过才十八岁。尽管早熟的黑人姑娘们，十八岁常常看起来更像是二十八岁，但丽莎的微笑，暴露了她的真实年龄。常常在午后，还没有开始做晚饭时，她坐在院子里，坐在她晾晒在树下绳子上的一大片花花绿绿的衣服下，很安静。有时用五颜六色的线编织一只手链，有时什么也不做，像在想着一件悠远的心事。黑人们大都能安静地坐很久，只要有一片树荫，他们可以什么都不做，只是安静地坐着，坐很久。不像我的很多同胞们，总是急急火火地，难得安静。我喜欢在远处悄悄地看她，看她凹凸有致的身体陷在一把椅子里也是那么迷人；看阳光透过树荫洒落在她光洁细腻的肌肤上，她裸露在外的脊背宛若黑色的绸缎。进而猜测着关于她的那些传说：罢工、争夺、爱情、堕胎……这种偷窥，常常被她发现。女人和女人之间，是不是心有灵犀？隔着种族和年龄，也会心有灵犀？她并不改变坐姿，只是朝着我的方向，抬头或扭头，一笑，淡淡然然，如一朵白云浮现蓝天，干净，不藏心机。在收起笑容时，又轻轻地眠一下嘴唇，略带了一些令人不易察觉的羞涩。这让我坚信，她确实只有十八岁。那样的笑容，属于十八岁。

这也让我喜欢和她结伴去做很多事情。

若是和丽莎结伴，我们便商定在上午七八点钟的时候去小山顶。这个时候天已大亮，强烈的阳光下，想必眼镜蛇是不会贸然出动的。而以懒散和及时行乐而著称的当地人，大约在这个时间也不会出门。恶人和好人，穷人和富人，此时都在浓荫的芒果树下悠闲地就着小炭炉煮茶喝咖啡，这是他们共同的爱好和生活的方式。这样也免除了被人跟踪劫财的可能。而这个时间恰巧是国内下午的三四点钟，尚是工作时间。

我们一人找一棵树，于阴凉处坐下，开始遥远的倾诉和倾听。独处久了，渐渐感觉自己拙于语言的表达了，每每不想多说什么时，我便将用手机录下的清晨的鸟鸣声，放给远隔万里的那一端的一个人听，我自己也在这天籁里，忘掉一些忧和烦，忘掉酷热和沙尘，忘掉动荡和战争。

丽莎果然如传说一样，是给小杨打电话。我听不懂，但她大声地喊着，杨，杨……这个想必人人都懂。

不知道电话的那一端，小杨会说些什么？用什么语言？他对这个黑姑娘有什么承诺吗？或者，他们在向着同一位神，祈祷？丽莎的神是无所不在的真主阿拉，但小杨是没有神的，中国人都没有神。没有神的人会信守承诺吗？我深藏着的迷惑，无法言说。我就只好继续听那悦耳的鸟鸣声。

最后一次从小山包回来的路上，丽莎从她的手腕上摘下一个色彩绚烂的手链，一个像彩虹一样在雨后的天幕上闪烁光彩的手链，系到我的手腕上。她比画着说，带给杨。我懂了，就像每每在院子里，懂了她的微笑，她十八岁的微笑。

还会有一些傍晚，我和丽莎一起去三公里外的河边买鱼。一条叫作巴戈埃的小河，缓缓流过。独木舟上的渔人，将新捕的鱼卖给我们。丽莎趁机和这些她的乡亲们说说话。我安静地坐在河边，并不催促她。

一叶叶的小舟，在宁静的河面上划过。河流总是令人想到悠远，顺着它的流向想到更为广阔的地方。想到漂泊也想到故乡。想到人生的故事。

这个叫杰杰纳的小村庄，有故事吗？这也许是我在非洲住过的最后一个地方了。巴戈埃河缓缓流过，流向远方。过不了多久我就会离开，离开丽莎，离开胖胖，离开集装箱小屋，还有清晨的鸟鸣。看着一叶叶小舟由远及近，它们荡起的涟漪，被阳光镀上碎金。又由近而远，碎金般的涟漪很快又被河的沉静平复了耀眼的光芒。一切重新陷入静谧无边中。我想，这段时日里发生的那些琐琐碎碎的事情，是不是就像这些漂浮在水面之上的涟漪呢？它们藏在一条岁月河流的沉静里，有时被掩盖、被忽略，然后又总会在一些不经意中再次浮出水面，被看到、被分辨，被明亮的阳光打上金色的印记，然后被人称作故事。

杰内芭

（一）

乌云从远方压过来，在每天下午四点钟左右积聚在这一方原野的上空，翻滚过几个回合后，瓢泼的大雨就下来了，在铁皮瓦上敲击出铿锵的声音。院子里水流成河。原野被大雨带来的雾气笼罩。

我们站在敞开门的餐厅里。我们是指我和黑人勤杂工杰内芭，有时候还有非洲狗胖胖。我们躲在餐厅里，听震耳的雷声在小院上空炸响，随后看到暴雨如注。

我通常站在餐厅门口，对这凶猛的雨充满好奇。来非洲之前，我几乎没有见过倾盆的大雨。这雨敲打在餐厅的铁皮瓦上，节奏急促密集，听起来像千军万马在战场上的鸣金擂鼓。

胖胖则躲在餐桌下面，一副忧伤的样子。我注意过很多非洲狗，它们大多表情忧伤，少有凶狠。

杰内芭也往雨地里看，她看着餐厅对面房子的屋顶，雨水在铁皮瓦上顺着凹槽流下，她眼里露出羡慕的神色。

我知道杰内芭羡慕我们院子里的房子都有铁皮瓦做的屋顶，即使是厕所。她家没有。她家的房子是茅草顶。

她的家离我们的院子不远，中间隔着一小片灌木丛。

非洲原野的暴雨，来得急去得也快。暴雨停歇之后，杰内芭回家，她要看看她家的两间茅草顶的屋子，是不是已经不堪这阵狂风暴雨的袭击。

那屋檐下住着她和她的五个孩子。

她把头巾系紧，两只手稍稍拎着裙摆，蹚过流水的院子。

她穿着非洲妇女惯常穿的系腰长裙和夹着脚趾头的拖鞋。我看着她穿过院子，出了铁丝网大门，瘦削的背影在那片灌木丛里消隐。

院子上空升起了一道彩虹。

……

我一直记得这一幕，在马里尼埃纳小镇长达半年的雨季里，这一幕情景反复重现。

然后，在彩虹还没有消失的时候，杰内芭就回来了。我不用看表，知道这时间很短，彩虹不会在天空长久停留。她家的茅草房该是安然无恙。

雨后的天空格外明净，彩虹绚丽。我从没有见过这么宽阔的彩虹，像从没有见过那么激烈的暴雨一样。我兴奋得手舞足蹈。我指给她看，我比画着和她讲，我冲着彩虹的方向喊"若力、若力"，这在法语里是美丽的意思。她茫然地看着我，她听得懂"若力"，但她显然对这道雨后的彩条毫无兴致，她的眼睛又去看房顶上的铁皮瓦，只有看着屋顶上的铁皮瓦时，那双凹陷的大眼睛才会闪现光芒。

接下来，她开始准备晚餐。她不直接做，她给主厨贡芭和嘎佳打下手。她拿着盆子，去菜园子里摘下干瘪的西红柿或者是被虫子咬得千疮百孔的黄瓜，把能吃的部分，洗干净，放在厨房的案板上备用。或者拿一把刀，割韭菜。韭菜长得很旺盛，像原野里的草。

又在水台子上洗肉。有牛肉羊肉，间或也有猪肉。她是穆斯林，穆斯林是不碰猪肉的，但她是勤杂工，她得碰。

黄昏，我的男同胞们从工地回来了。他们脱去沾满红土的工作服，把脏衣服放在水台上的大盆子里。那是次日清晨，天气晴好的时候，杰内芭的另一个工作内容。

发电机开始轰鸣，院子里的灯亮起来了，这也是附近没有供电的村庄唯一的光亮。雨后的飞蚂蚁找寻光亮而来，它们在灯光里疯狂舞蹈。此前的整个旱季，它们在泥土里蛰伏。现在，借着一场场雨的滋润，钻出洞穴，找寻配偶，黑压压地罩住了灯光。累了又坠落在地，产下卵，完成生命的传递，然后一大片一大片地死去。

杰内芭拿了大桶，一层层地收集。她说飞蚂蚁十分好吃，在锅里炒熟，很香。

她的晚餐是在我们的院子里吃的，和贡芭、嘎佳一起，在厨房的门口。那是工作餐，每个受雇于内勤的黑妹都在我们的院子里享有一日三餐的福利。

她低着头吃饭，她一直不抬头。我看见铁丝网的外面，她的五个孩子，像阶梯一样，并排站着，直直地睁着眼睛，看着他们的母亲吃饭。

孩子们在节日里才能吃到的牛羊肉，被他们的母亲放进嘴里，并快速地咽下。

（二）

我在一株紫色的芒果树下，第一次看见杰内芭。那时是旱季，她还不是我们的勤杂工。

那段时间，我们工程项目的本地工人，正轰轰烈烈地罢工，中方和外方各自为着自己的利益争论不休，导致整个工程全面停工。我便有的是时间。我天天在原野里和村庄间转悠。拿着相机，拎着三脚架，口袋里装着廉价的糖，身后跟着一条非洲狗。

我在红土路上行走，遇到村民的驴车，也搭载一程。不用说什么，跳上去就成。

我穿过一片片桉树林又蹚过一块块野燕麦地，从一个村庄走向另一个村庄。

我从村庄走过，总能引起很大的动静。先是我的狗和村子里的狗咬起来了，接着孩子们呼啦一下围了上来，讨要糖吃。然后是女人们围住我，摸摸我的头发、捏捏我的胳膊，然后她们交换神色，叽里咕噜地说话，又看着我哄然大笑。

我知道，除了七十公里以外的锡加索有一支中国医疗队外，这一大片地区，没有和她们肤色不一样的外国女人。甚至偶有较小的孩子，被我的模样吓得哇哇大哭。

走得远了，常会迷路。空旷的原野，除了树，没有参照物为我提供标记。我常常在灌木林里兜圈子，找不到通往村庄的小路。胖胖也急。我注意到一条狗急得找不到路径时，是更加频繁地在一株株植物旁小便，企图留下它更多的气味。但胖胖从不会带领我，它只会跟随我。好在只要找到村庄就好了，这一带几乎所有的人都认识我，他们都叫我玛达姆贾，他们知道我住在哪儿。

小姑娘法蒂姆，在一次最远的迷途中，送我回了驻地。由此，我走进了她的家，认识了她的妈妈杰内芭。

杰内芭家所在的村庄，和我们的驻地算是近邻，只隔着一片小小的灌木林。这个村子也是我闲暇时漫无目的的游走之地。我常常隔着低矮的院墙，看某一家的女主人在院子里忙碌。她们在自家的院子里干活，连上衣都不穿，只用一块花布围着腰，算是裙子。弯腰洗衣，丰满的乳像两只饱满的紫茄子，直抵膝盖。女人们看见我在墙外张望，大多豪爽地邀请我进去，看我显出扭捏羞涩状态，便张嘴大笑。非洲女人大多嘴阔，这张扬的笑，使得那口腔里的物件，全部展现。但她们大多牙好，白而亮。

杰内芭家，却没有院墙。有一株高大的芒果树，结着硕大的紫色芒果。两间土坯房，几个孩子在门前嬉耍。初次看见杰内芭，她正在门前洗衣服，穿着红色印花的上衣和裙子，头上是一块同花色的头巾。她弯腰在一个大塑料盆前。我喜欢看非洲女人干活。我在很多村庄的井台边，支起过我的三脚架，我拍她们压水、洗衣服、头顶着重物袅娜行走。我觉得非洲女人干活像舞蹈一样美，我惊奇她们的腰肢能够弯曲一百八十度，且能长时间坚持。她们仿佛不习惯"蹲"这个动作，也极少坐在小凳子上，她们无论洗多久，都是弯腰站着，臀部高高翘起，随着搓洗的节律而抖动。洗好的衣服，杰内芭并不晾晒在绳子或是细铁丝上，而是摊在门前的一片野草地上，花花绿绿的，在太阳下很是绚丽。

小姑娘法蒂姆拉着我走进她的房间，屋里除了一张大床之外，还有一个看不出颜色的旧柜子。屋角堆放着一袋袋东西，我猜想那大概是粮食，是玉米或是花生，这一带地区种植玉米和花生。

吸引我的，还有斑驳的墙上的一面镜子。镜面上起了锈。我很久没有照这么大的镜子了。我在那面镜子前站了一会儿，我看见自己的牛仔裤和运动鞋，沾满了红土路上的灰尘，也看见自己的脸被赤道的阳光灼晒得黝黑粗糙。法蒂姆和我并排站在镜子前，她亲热地搂住我的腰，没有初见的胆怯了。我们挤进一面镜子，一面窄窄的镜子。

十二岁的法蒂姆，不完全像一个孩子。非洲的女孩子发育早，她们身体里有性感的基因，婀娜的身形，仿佛与生俱来。我们在镜子里盯着对方看，她看我黄颜色的肌肤，我看她凸凹有致的身形。这么待了一会儿，她像突然想起来什么似的，她喊一声"弗都达"，就在衣柜里翻找，嘴里还在嘟哝着什么。我明白"弗都达"是拍照的意思。这一带的人们看见我，都会说这个词。他们远远地就会冲我喊："玛达姆贾，弗都达，乌鲁乌鲁"，我将这句由三个词组成的短语译成"带着相机和狗的女人"。

法蒂姆在衣柜里找出了一身新衣裙，是她的妈妈杰内芭为她做的，在宰牲节才能穿的。我支好三脚架，法蒂姆像个小妇人一样在镜头前扭捏做作起来，将胸脯挺得高高的，眼睛笑出了几分妩媚。她十二岁，上过几年学，会简单的法语。她现在不上学了。到了十五岁左右，她就可以出嫁了。她快速地走在长成一个女人的路上。

那是我第一次去杰内芭家。我喜欢那株悬垂着紫色果实的大芒果树，我在那株树下拍了很多照片。法蒂姆带领她的弟弟妹妹们，在我的镜头里穿梭。四岁的小男孩玛玛杜全裸着小身体，在滚动一个废旧的轮胎玩。或许是在我这个外人面前觉得不雅吧，法蒂姆像抓一条泥鳅一样，捉住玛玛杜，硬给他套上了一件大人穿旧了的体恤衫。玛玛杜一定觉得这件长袍太碍事了，阻碍了他追撵废轮胎的步伐，他急躁地脱下那件衣服，扔在屋门口，又赤条条地追他的大玩具去了。杰内芭一直在门前干活，洗完衣物之后，又在几块石头支起的一口铁罐子里煮食一种粥样的食品，那大约是她和孩子们的晚餐了。我闻到了铁罐子里散发出来的诱人的粮食香味。后来我知道这种食品是一种叫作"古斯古斯"的谷物熬的粥，这一带的田野里种植这种作物，只是我没有像认出玉米和花生一样识别出它。

黄昏来临了，我道别，女主人杰内芭停止手里的活计，看着我笑了笑。我略微愣了一下，我看见杰内芭微笑的嘴巴里，黑洞洞的，没有牙齿。

以后很多次，我又去村庄散步，经过杰内芭的家，并不进去。我远远地站在一株树下，看这个没有院墙的家里正在进行着的生活。草屋、缀满果实的树、灿烂的阳光、几只鸡、一条狗、铺在地上晾晒的花花绿绿的衣裙。若是清晨抑或是黄昏，门前石头垒砌的灶火上，有粥锅腾起淡淡轻烟。

如果不往深处想，这该是一幅静谧的田园画。

（三）

在一个炎热的上午，农妇杰内芭，穿戴齐整，拿着一封村长的推荐信，来到了我们的院子。她穿了体面的新衣，是一身颜色很绚丽的衣裙，站在院子里，像一件物品，拘谨地等待主管的验收。

推荐信上说，杰内芭是个寡妇，她的丈夫死于蛇毒。她有五个孩子，从四岁到十二岁。

那会儿，黑人们的罢工还在持续，我的男同胞们得以有空闲坐在院子里的树下逗黑妹。他们喜欢贡芭和嘎佳。这两个姑娘，饱满性感。嘎佳的舞跳得棒极了，妖娆奔放。

在这样的兴致中，瘦弱单薄又略显苍老的杰内芭，像乳油树上的一片枯叶般，遭到男同胞们的一致厌弃。

他们说杰内芭干瘦得像一截木炭，他们说她没有牙齿，嘴巴像个黑乎乎的窟窿。他们说若是杰内芭做饭，他们咽不下。他们还说她的家离得太近了，厨房里的那些食品，难免不会被她悄悄地拿回家，喂食五张嗷嗷的嘴。

我很庆幸站在院子里等待主管答复的杰内芭听不懂中文，这些刻薄的话，像风一样，掠过她期待的眼神，散去了。

她离开我们的院子，在很多目光的注视下，走进灌木林。她的衣裙上绘着紫色的花朵，这令我想起那株紫色的芒果树。我突然觉得那株树像一只巨型的手臂，从天上伸下来，慈悲地搂着两间瘦弱的房子。

后来罢工结束了，男同胞们又各自投入自己的工作。他们黎明前离开院子，黄昏后才返回。忙碌和疲惫，削弱了他们对黑妹的挑剔。碰巧那个洗衣打杂的法杜玛达在三个月一次的例行体检中，被查出了艾滋病，杰内芭终于在体检合格后，成了我们的勤杂工。

她第一天来上班时，恰遇我从首都巴马科出差回来。她殷勤地为我打开车门，帮我把行李拿到房间门口。她不敢进我的房间，也不敢把行李放在地上，只那么站着，等着我腾出手来，一件件接过行李。然后，她回到厨房，很有眼色地等着嘎佳和贡芭的使唤，在水台和灶台十几米的距离间来回穿梭。

她不轻易说话更不轻易微笑，紧闭着嘴巴，谨小慎微地干活。

这个季节，阳光总是很好，很灿烂。天空中没有一丝云，裸露的太阳，把最强烈的光线，普照在尼埃纳小镇的这个小院落里。光线透过树影，有一些斑驳。

清早，凉风习习，这是热带地区一天中最好的时光。甚至，不远处的芒果林里，还有依稀的香味飘来。我走出我的小屋，走过碎石铺就的小路，去菜园子旁边简陋的女厕。杰内芭看着我走向女厕，随即提一桶水，放在女厕门口。我看见那桶水，便知道女厕的抽水马桶又坏了。

她打扫院落，清理树下聚拢在一起的落叶。

她在水台上洗衣服。我的男同胞们的工作服，又硬又脏。一件件泡在大塑料盆里，倒入洗衣粉，在搓板上揉搓，再漂洗干净。她依然不坐，她站着洗。腰身弯成一百八十度，臀部高高翘起。

她去整理蔬菜园子，给豆角搭架子，给蔬菜捉虫。我们没有杀虫剂，这里买不到杀虫剂。她给蔬菜浇水，旱季的土地，像一个干渴了很久的旅者，汩汩的水流，不一会儿就被张开的嘴巴吞咽得无影无踪了。

干完这些活计，她会稍微歇息一会儿。这会儿，也通常是我吃早餐的时间。我往树下一站，杰内芭就搬来了一把椅子，然后站在离我不远的树荫下，等着我吃完了早饭好收拾餐桌。

杰内芭常常给我熬"古斯古斯"粥。她知道我迷恋这种谷物的香味是从她家的灶台上开始的。我迷恋这种粥以至成瘾。我甚至让杰内芭带我去田野里识别这种作物，妄想知道它的种植方式，以便回国后能够长期食用。当然这是妄想，一方水土养一方人，才是天意。

遇上收获玉米的季节，我们能吃上她家地里的鲜玉米。她用头顶来小半袋子，用小炭炉为我们烤。左手拿蒲扇，右手翻烤。那会儿许是兴奋，她忘记了不笑。她笑得黑洞洞的。一群人站在院子里，忙着啃新鲜的玉米，没人关注她的丑。饱满的鲜玉米，我的男同胞们也吃得很香甜，他们忘记了他们曾经说过的刻薄话，他们的吞咽没有障碍。

（四）

杰内芭似乎一直对我心存感激，她以为她能在这儿工作是我努力争取的结果。其实，我没有做任何事情，是主管发了善心。人心的深处，善的念头像潮水一样，会时时退去却也会时时涌来。

她常常让大女儿法蒂姆，为我送来新鲜的木瓜或芒果。有时也让小儿子玛玛杜送来一袋炒花生。孩子们轻轻地敲我的门，我打开时，他们并不进来，隔着门框递给我。又不急着走，等着我给他们几粒糖。

杰内芭在这个院子里工作的全部报酬，是每月三万西郎。

这笔钱，由我递给她。

五号是发薪日，便是工地的节日，工人们大多穿戴整齐，排成长队。杰内芭也穿上她的新衣裙，紫色的花朵。

我记住了用右手给工人们发工资，他们也一律用右手接过。杰内芭告诉我，《古兰经》上说了，右手是干净的，用来做快乐的事情。

领薪水，确实是一件快乐的事情。贡芭和嘎佳，这两个年轻的姑娘，每个月领了工资都要去七十公里外的大城市锡加索买漂亮的新衣服，做时髦的新发型。然后浑身香味缭绕地回来，站在我面前，等着我的惊讶和赞美。附近村子里的女人们，常来我们的院子里欣赏她们。小院因此热闹起来。她们引领着尼埃纳小镇服装和发型的新时尚。每逢这个时候，杰内芭总是神往地看着这两个姑娘，嘴里念叨着"若力、若力"，神态却是游离的。她知道她不能与贡芭、嘎佳相比，贡芭和嘎佳是主厨，薪酬比勤杂工高出许多。她们又都是年轻的未婚姑娘，用一句很中国的话说，贡芭和嘎佳都是一人吃饱全家不饿的人。况且在我们的院子里工作，一日三餐又是免费供给的。所以贡芭和嘎佳是两个在钱财上无忧无虑的姑娘，她们若有忧虑，那可能是来自于爱情了。

杰内芭的工资收入，要用来做更大的事情。

我在雨季的第一场暴雨来临的时候，看见了杰内芭眼里的那束光芒。

或许是因为每月有了一笔固定的收入，这束光芒映照的理想，似乎不再遥不可及。

她的理想是把她家的两间茅草房顶，换上铁皮瓦，雨季时就不必担心房子漏水了。若是还有余力，那就再在房子外建一圈院墙吧，土坯的就行。

雨的频率越来越稠密，暴雨敲击在铁皮瓦上，铿锵之声像催促的号令。

铁皮瓦，在整个雨季，吸引了杰内芭的全部注意力。

我在那束渴望光芒的暗示下，也开始注意这种普通的建筑材料。我们院子里的房子，因为有着清一色的铁皮瓦，在原野里很是抢眼。在附近的一片茅草村舍中，也偶有殷实人家的房子用到这种建筑材料。在尼埃纳熙熙攘攘、尘土飞扬的周日集市上，我去找过铁皮瓦。售价不菲，少有人问津。

我替杰内芭算过她家的收支情况。我甚至在当地的工人中打听，我知道了一个人维持基本的温饱需要六千西郎。杰内芭有五个孩子，一共需要三万西郎，这恰好是她的工资，是我每月用右手递给她的数目。我在计算器上按下这些数字后，常常暗暗地替杰内芭松一口气。她的孩子们总算是衣食无忧了。但是，紧接着一深想，我又会为她焦虑。这只是基本的温饱，不饿肚子而已。孩子们还要接受教育，土坯的房子在每年的雨季来临前还要加固维护，这些开支，杰内芭去哪里弄呢？自家地里的花生、玉米，树上的芒果、木瓜，都是随天长的东西，没有人去侍弄。非洲农民种地，从来不去伺候庄稼，田野里野草和庄稼平分天下。风调雨顺的年头能顾上一家人的肠胃，遇上灾年，或许就是颗粒无收了。还有穿衣，虽然小一点的两个男孩几乎可以终年赤身裸体，但稍长一些的姑娘们，是断然要像所有的乡村女孩一样，有两件像样的鲜艳衣裙的。更不敢想象的是医疗费。霍乱、疟疾肆虐的地方，一旦感染，治疗不及时，幼小的孩子，被灌木林里的乱坟岗收留，是惯常的事情。

好在尼埃纳这一带，近几年一直风调雨顺，杰内芭家地里的粮食，或许足够孩子们吃饱肚子了。这样，在下一个雨季时，她或许就能攒下两间铁皮屋顶的钱了。

这个雨季，两间茅草房看起来一直安然无恙，但在杰内芭的心里，它们摇摇欲坠。

（五）

在接踵而来的旱季里，我和杰内芭之间保守着一个共同的秘密。

雨暂时退去，杰内芭也暂时收敛了眼睛里那束对铁皮瓦的光芒。她开始着手实现她的另一个理想。她要为她的院墙暗暗地做土坯。旱季正是做土坯的时候。原野里有的是黏性极好的红土，只要有水，有力气。

杰内芭需要的是水，但她不说，她偷偷地用一根长长的胶皮管，接在我们院子水井的水阀上。管子在杂草的掩护下，伸向铁丝网外的原野。

我早晨跑步经过一块空地，听到了夯土的声音。

一直跟着我的非洲狗胖胖，发出了欢快的叫声。那是嗅到了熟悉气味的叫喊。

我拨开草丛，看见了杰内芭。

在那里，杰内芭在杂草丛中，平整出了一块空地。用来掘土的镐头和铁锹，放在汩汩流淌的水管边。一个半大的小伙子，是杰内芭的帮手，我猜想大约是亲戚或是乡邻。

我发现了杰内芭的秘密。我看见杰内芭慌乱的神色，我诡异地冲她一笑，我告诉她我会帮助她隐藏着这个秘密。她只是在干完了院子里的活计后，才去制造她的土坯的，这符合我缄默的原则。至于水，本就是这片土地之下的蕴藏，本就是属于她的。

我曾经还一度想把每天的健身项目改成夯土坯，但终究觉得那还是需要一些技术的，就作罢了。

不久之后，杰内芭的秘密就不再是我和她的秘密了，大家都知道了。我的一些男同胞们在结束了一天的工作之后，一半像游戏一半是好奇般地帮助她夯过土坯。那片小空地上，黄昏时常常人声嘈杂，非洲狗胖胖上蹿下跳，一派融洽景象。

我常常避开人声，独自穿过灌木林，去杰内芭家。还是不进去，远远地张望。法蒂姆正在给玛玛杜洗澡，用半个葫芦瓢舀着水，淋在泥鳅一样光滑的小身体上。过不了多久，这里就会有一个院落了，紫色芒果树下的世界，是不是一下子变小了呢？小到杰内芭和孩子们觉得安全、安然。

某一天，紫色芒果树下的杰内芭，这个小院落的女主人，她可以高声大气地吆喝她的孩子们，指挥八岁的女孩加戈加翻晒花生，指派十岁的女孩乌木给弟弟玛玛杜洗澡，让十二岁的法蒂姆去井台打水。在雨季的夜里，他们睡在有着铁皮瓦屋顶的房子里。

……

我没有等到杰内芭实现她的理想，就离开了尼埃纳小镇。我去了另一个驻地杰杰纳。那时马里的局势开始紧张了，政府军和北方沙漠里的反对武装激战正酣，尼埃纳这个驻点，出于安全因素，撤销了。

那些天，杰内芭情绪低落，常常失神地看着天空。她知道我们要撤离，先是忧虑从此失去了一份工作，继而又突然很是兴奋。她找到善良的主管，恳请把房子上的旧铁皮瓦，低价一些卖给她。她攒下了这笔购买旧铁皮瓦的钱。

她以为那房子是要拆除的。

她不知道，根据协议，我们院子里的房子，要完好地交给当地政府。

她瞬间就变了脸色，像突然得了疟疾一样，无力、虚弱。

……

我离开的那一天，杰内芭给我熬了"古斯古斯"粥。法蒂姆戴了一条缀着亮片的新头巾，在我们满地狼藉的院子里，我们告别。法蒂姆揽着我的腰，说她很喜欢我送给她的旧连衣裙，她一连说了一串"若力若力若力"，禁不住的欣喜，漾在她十二岁的脸上。玛玛杜破天荒地穿了一条短裤，用刚抓完泥巴的小手，从短裤的口袋里给我抓了一把花生。

那一天，刮着大风，浑黄的天空里，漂浮着撒哈拉吹来的沙子。

杰内芭，站在乳油树下看着我。眼神，像这浑黄的天空一样。

天地间茫然一片。

雨季，是不是就要来了？

桉树林

　　上午八九点钟的时候，我想到桉树林里去走一走。不是远处的那个大桉树林，是离我较近的一片小林子。虽然红土路那边的那个大桉树林更有国内北方白桦林的韵致，但终究是太远且偏僻，我独自不敢去。好在这片小桉树林，虽然林子不茂密，但桉树笔直地伸向蓝天的身姿，也能把人带回遥远的北方。

　　这个时候，胖胖不在身边。这段时间它已然厌倦了我每日在院子里来来回回枯燥的跑步，早就窜出大门跑得无影无踪了。如果它知道我今天要穿过原野去桉树林，一定会不离不弃地跟着我。其实它不跟着我倒是很好，我正好可以一个人安安静静地走走。

　　大家都说今年西非的冬天好冷，确实是的，我也前所未有地穿了两件衣服，感觉也随之很新鲜，仿佛加一件衣服就把我带回到了另一个时空。这里终年的炎热，使我对服装的变化日渐迟钝。几年前，服饰在季节之间的跳转，我是很敏感也很热情的，像所有的女人一样，各式搭配总是走在季节变化的前端。如今，三年了，一件体恤衫包裹了我不变的四季。在体恤衫外面罩上这件牛仔衣，一个简单的动作在瞬间和光阴这个有些伤感的词联系上了。在套上牛仔衣的那个动作完成以后，我就想到桉树林里去走一走了。牛仔衣是从国内带来的，三年里从未穿过，正打算把它送给邻居小男孩乌力呢，今天就派上了用场。最近的一次穿它，就是在三年前国内北方的秋天，那个北方的秋天，秋风里哗哗作响的正是一片茂盛的白桦林。

　　今天的阳光，也一改往日的热辣。它好像隐在一层薄薄的轻雾之后，宛如劳作过度而虚脱的壮汉一样脸色微微苍白，失却了血色。

我在这样的天色下，独自走出院子。这样独自的机会不是很多，几条狗的追随，令我在这一带的乡村游走，总是显得前呼后拥。

我写过那些狗。我写过虎子、写过小泉，写过它们的爱情。也写过胖胖。胖胖来的时候，小泉已经在公路上被汽车撞死了，虎子也已经失踪了。胖胖不认识它们，不知道它们的故事，它没有见过小泉眼里的光泽，没有看到小泉在虎子身边咽下最后一口气时，虎子眼里的绝望。其实在胖胖之前还有两条狗，我按照它们的体形分别叫它们瘦瘦、壮壮。我没有写过瘦瘦和壮壮，它们跟着我的时间太短，还没有让我看到故事之类的东西长出来，它们就死了。

我沿着红土路走，我记得红土路的那端有段残垣。在这片原野里，没有什么标志性的建筑，一株树、一段墙、一个茅草房，都是我行进的路标。我几乎能记住每一个微小的标志。这样真好，如果约好了人，我不必像在都市里那样，说我在哪个哪个路口、在哪栋哪栋大厦的后边等你。然后我只能蜷缩在大厦后边的阴影里，我抬头只能看见楼与楼之间一片狭小的天空，我在这片狭小里变得灰暗灰暗的。这里多好，我说我在那株最绿最绿的金合欢树下等你，我在那片挂着大花朵的藤子旁等你。你瞧，你走来了，带着一身的阳光，而不是一身的汽油味和找人的焦躁。而我，我站在一阵阵的鸟鸣中，你一眼就能看见我。这样是不是很好？是不是更富有诗意呢？

我就这么走着，那段残垣很快就被我找到了，接下来我只要往左拐，再走过一小段田埂，就会到达小桉树林。不远处有牛群慢慢走过，带起略微的灰尘。我站定，让牛群先过去。放牛的孩子还是经常见到的那一个，他和善又调皮地冲我打着呼哨。今天他也穿了外套，衣服显然不是他的，是一件成年人的衣服，松松垮垮地耷拉在他身上，因而显得他更瘦小。

这个孩子让我想起了乌力。不知道邻居小男孩乌力今天是不是也穿了外套。我好几天没看见他了。想起来好几天没见到他了，我有点心慌。这儿乡野的孩子被一场疟疾夺走小生命的事惯常发生。上一次见他，是在村子的井台上，他在排队打水。我没有喊他，我知道我要是喊了他，他就会跑过来，那样就影响他干活了。乌力小小的身子板，干活却是一把好手。顶水时稳稳的，走得飞快；放羊放牛，身姿敏捷。去年的宰牲节，我们买了他家一头羊，在院子里架起柴火烤食。同事们一人拿把小刀围着火堆，脸被火烤得通红，食欲和兴奋又令这通红发光发亮。那天我也拿着小刀，一脸油光地站在火堆边。随后我一抬眼，看见乌力顶着一桶水从大门口经过，瘦小的身子板很快被灌木丛掩没，就像羊群淹没了他一样。在原野，他放羊，总是被羊群掩没，他赤着脚裸着上身，也像一只小小的羔羊。

那天我手里的刀子没有派上用场，我离开了火堆，后来我又离开了院子，去红土路上跑步了。

就是这条红土路，远远地能嗅到桉树气味的红土路。

这会儿，我又嗅到了桉树的气味。我喜欢闻桉树略带刺鼻的味道，从第一次就喜欢，仿佛有提神醒脑的作用，大概和这里炎热的气候有关吧？人在燥热时总是渴望有一种气味能令人清醒的。

我还喜欢它们的姿势，笔直的树干指向蔚蓝的天，枝丫都是向上的，也是收敛的，它们顾及着自己的同伴，不张扬不恣肆不出格，在原野的风里合唱同一首歌。

此外呢，其实我也是喜欢桉树的树皮的。微微泛白的树皮，脱落时是一层层褪去的。一层层的，像纸。层层展开，又层层空白的纸，无字的信笺。

桉树似乎不是西非的原生树木。这儿的荒野上伫立的最多的是猴面包树、乳油树或是金合欢树。这几种树，即使不开花结果，我也认得，它们的树形有强烈的识别特征，或者主干高大，或者树形完美。还有一些树只有在开花的时节，我才能识别，像木棉、凤凰木，红艳而密集的花朵令它们在干燥的原野，像点燃火焰的火把一样。这些树大多形单影孤，以单独的个体进入我的视线，是原野上傲立的壮士，是把花开成血的烈妇。桉树却是成片的，在我有限的植物常识里，我认为恶劣的环境下，成林的树木，必是人工的栽培吧。

后来从龙翻译那里，我知道桉树林是早年法国人种植的。据说当年的一家法国公司在这一带修路，工程的进展大约是毁坏了一些植被，作为赔偿，也是按照合同约定，便种植了几片桉树林。

现在，我靠在一株碗口粗的树上，端详这片林子，树干上有薄薄的树皮正在剥落，风掠过林梢，树影婆娑。这情景令我更想念北方的白桦林了。传说剥落的白桦树皮是爱情纸，把爱的愿望和期盼写在上面，寄给远方的爱人，能心想事成。青春时的我曾经采集了很多片薄如蝉翼的白桦树皮，在上面写一些字，都是很重的字，坚决的誓言、一辈子的爱什么的，夹在笔记本里，锁进抽屉。后来就忘记了。最终它们一片片碎掉，碎在我的笔记本里，也碎在光阴里。幸好记忆还没有碎掉，白桦林还在那里。在相信爱情的人们眼里，白桦林依然是一片爱情林。

桉树林呢，我无从知晓桉树林有什么典故或传说，或许它什么都没有，它仅仅是一种植物，甚至是以赔偿的姿态来到这片原野的。然而作为植物，它却是霸道的。它的气味令飞虫和小动物望而却步。它对水和肥的占有，也使其他的植物不得不退避。据说，只要十年，桉树就能称霸一片土地。

这很符合赔偿的定律。赔偿这种行为，本身就是霸道的。你还给我的，不是原来的，我却必须接受。

这也有点像白桦林里的爱情。爱情这东西来去都很霸道。又往往说不清从何时开始毁坏的，过后只能用怀念进行赔偿。这怀念占据记忆的时间可以很久很久，亦是一种霸道。

不知这片林子是否有十年，我抬头看着林梢，这个高度应该有十年左右的树龄了吧？或许更久。回去再问问龙翻译吧，这片林子是哪一年种下的。

这时，白晃晃的太阳已然爬上了天空的正顶，但我不知道具体的时辰，我没有带任何时间的计量器。这段日子没有人也没有事能令我想到时间。我散漫而无拘无束，我只要看着太阳就够了。没有任何重要的事情了，很多事情都过去了。过去以后回首再看，都不重要了。

我仍然靠在这株树上，它的斜度恰好，我的视线也刚好可以看到林子外面的一条小路。偶尔会有骑自行车的黑人从这里经过，也会有去附近灌木林砍柴的孩子路过。他们都不从林子里穿行而过，他们选择绕行。我想他们大约都不喜欢桉树刺鼻的气味吧，他们大多喜欢浓郁的芳香。砍柴的孩子扭头看我，他一定奇怪我为什么不选择一株树阴浓厚的芒果树来倚靠呢？这附近就有很多。他当然不明白我喜欢一片桉树林的原因。在这里似乎没有人喜欢桉树林，仅从功利的角度说，一片不会奉献果实的林子，一种没有低处的枝丫提供燃料的树木，谁又会喜欢它们呢？

可是，我还是愿意倚靠在这株树上，在这个酷似北方秋天的日子里，怀念一些与桉树有关又完全无关的事，碎掉的和没有碎掉的事。

太阳西沉的时候，我离开桉树林。在回去的那个路口，放牛的孩子也暮归了，灰尘再次扬起。他身上那件肥大的外套不见了，黑瘦的小身体掩在一群牛里，令我几乎找不到他。

这个孩子令我再次想到乌力。我想回去以后到乌力的家里去看看他。不和他说话，也不和他拉手，只要知道他没有生病，只要看看他在院子里干活的小身影就行了。

我站着等牛群经过。暮归的牛群走得很慢。那一会儿，我有些疲惫，在尘土里又心生悲凉。我觉得红土路好长好长，我沿着红土路走，走了很久。是很久，虎子来了又走了，小泉来了又走了，喜欢追咬自行车的瘦瘦也走了，扑咬小羊的壮壮也走了，你看，我走得真够久的，我走完了虎子和小泉的爱情，走完了瘦瘦和壮壮的一生。

站在那个路口，我突然想，或许我可以建议我们公司的赔偿计划，是在驻地附近种植一片桉树林。

这么想着，一片林子好像已经繁繁茂茂地长起来了，我带着胖胖在林间小路上走着，或许还会有一个故事在这片林子里生长。

我真这么做了，我对龙翻译讲了。

很长一段时间之后，龙翻译对我说，根据合同，赔偿树木的事由专门的绿化公司负责，我们只要负担费用就好了。言下之意，种植什么树，由不得我们；在哪里种，也由不得我们。

这世界，这么多事情，就是那么由不得人。

一如这光阴，深处、浅处，抹灭什么又滋生什么，都由不得你我。

悠游四方
第二辑

垭口

　　春天里，我老是忆起一个小镇的一条巷子，以及在这条巷子里走来走去的一个女人。

　　原本就是一个令一切埋在深处的东西萌芽的季节吧，包括记忆。

　　也包括巷子边又高又直的两排毛白杨，它们也在春天，把捂了一个冬天的心事，以杨絮纷飞的形式，慢慢悠悠地释放出来。

　　这两排毛白杨大约都是雌性植株，一公里左右的巷子，被纷纷扬扬的杨絮弥漫，像雪花一样地飘落着，漫天飞舞。落到地上，薄薄的一层，又像是散落的棉絮。在地上，它们轻飘地存不住身，被风逐到墙根儿处，白花花地一片。

　　巷子的中间是一所小学校的后门，大门总是紧闭的，少有人进出。巷尾有一间小书店，书店的主人看起来似乎不以此为生，不大的一间屋子更像是一个书友们的聚会之地。

　　有一段日子了，我在小巷里穿行。那期间，我暂居小镇。我每天中午，穿过一公里的小巷，去巷尾的小书店，在那里待一会儿，再原路返回。中午是一段慵懒的时光，僻静的巷子里几乎没有行人。

　　那个女子，如我一样，也在这条幽静悠长的小巷里穿行。

　　细碎的阳光从嫩绿的杨树叶子间漏下，我们都踩着悠然的步子，穿行在春日里。她仿佛总是先我几步拐入小巷，我首先看见的，是她的背影。那背影苗条得近乎瘦弱，如弱柳扶风。我们朝着同一个方向往巷尾走。她不走直线，像漫无目的的散步，步伐轻飘得也如一朵没有目标的飞絮。我越过她，稍后她又超过我。我们像风追逐着杨絮，又像杨絮牵引着风。离得近的时候，我能看见有那么几朵絮花，落在她的头发上，绒绒的，柔柔的。甚至，女人之间天然的亲昵感，还促使我几乎想伸出手去，替她摘下那粘腻在她头发上的杨絮。

也有细雨霏霏的时候，她不撑伞，只穿一件带帽子的透明雨衣。步伐不会因为下雨而加快，依然轻飘而散漫。

是一个悠闲雅致的女子吧？我猜想。看起来也有了一些年龄的积淀。在众生浮华之后，能把几分浪漫情怀留给一条安静的小巷，留给杨絮飞舞、细雨飘洒的季节，这令我对她充满好感。

但愿，她眼里的我，也是这样的。在一次超越她时，我侧着脸，送过去一个会心的微笑。

那个春天，我在小书店里停留的时间越来越长。我承认，有一些与季节无关甚至与书籍无关的东西令我着迷。然而，不论我在那儿待多久，我迈步走出小屋，置身小巷中，还是能遇见她。她在小巷流连的时间比我长得多。

春天最融暖的时候，关于她的一些猜想被一群孩子打破。

学校的后门，在一个午后，破例打开了。几个小学生结伴从门里叽叽喳喳涌出。她停下了脚步，望着孩子们，神色有一些无措。这样愣了一会儿，她突然跑向孩子们，像一只老母鸡展开她的翅膀一样，用长长的手臂把他们拦住，脸上是惊恐的神色。年长些的一个男孩，打了个呼哨，大喊一声，快跑，疯子来了。

瞬间，孩子们就没有了踪影。

只剩下我和她，在空寂的小巷里。她并不看我，她目光游离、空茫。在太阳的光辉之下，她苍白得像一个失血的病人。她睁着失神的眼睛，絮絮地自语着："不能从这个门出来，不能。"而后，她掩面而泣。

我扭身看着学校的后门，那个铁栅栏大门，在放出了那几个孩子后，又像从未打开过一样，紧闭着，被一把大铁锁勒得紧紧的。

她是指这个学校的后门吗？这个门里锁着她的过往，又放出了她的惊恐吗？

此后，我断续知道了一些关于她的传言。

在某一年的春天，也是杨花飞舞，她的孩子在这条小巷里，被一侧高楼上的坠物砸伤致死。那天，那孩子，本应该从学校的正门走出去，走进春天欢快的阳光里。

而后，据说那孩子的父亲又背弃了她。

从此，每逢春天，她必在小巷徘徊。像一朵应季的杨絮一般，飘过来又飘过去。

她只走在春天里，她走不出小巷的春天。

又是一个正午，我在杨絮飞舞中走出小书店，一脚踏进幽幽的小巷，有几分恍惚。我踩着来不及随风躲到墙根儿去的杨絮，仿佛听到了嘎吱嘎吱的破碎的声音。我正在踩碎一个故事。绵软的春天、正午的阳光、飞舞的杨絮，这些都是令我恍惚的因素。还有这个小书店，不久以后，书店和它的主人将从小镇消失。我再次跌落进我奋力挣扎而逃离的某段往昔时光，这段不愿提及的时光又延伸到了小巷。而半空中，一朵朵、一簇簇的絮花正交织起来，像一张网，向我罩下来。它们缠缠绵绵，聚了又散，散了再聚。它们被风揉搓，成线，成网。这张网令我跌落进去，深陷其中，无力自拔。我仿佛陷落进一个充满前踪旧迹的春天的阴谋之中。这个阴谋温软而要命。

那一天的我，情绪低落、烦躁。我狠狠地抹掉一朵落在前额上的杨絮，也想抹去刚才的恍惚。我意识到我心里开始厌恶这些杨树了，也厌恶这漫天飞舞的杨絮。

她走来了。在小巷最狭窄的一个拐角，我们迎面相遇。那一个时刻，我不敢看她的眼睛，我觉出了我们在一个很深的地方，似乎有一根相似的琴弦，宿命的手指轻轻一拨，这个春天，细雨飞花中，或许，我就是她。

她伸出手，摘掉我头发上的一朵絮花，像对待一朵蒲公英一样，吹飞了它。

我希望那是这个春天的最后一朵杨絮。

我果断离开了小镇，背着我的行囊，沿着川藏线，去游走我神往的高原。

我在内心极度困惑迷茫之时，妄想用一次自虐的行走拯救自己。

一路西去，火车，汽车，马匹，徒步……越来越短促的呼吸，提示我，海拔正在攀升。

在川西的长坪沟，我找到了向导老唐。他答应带领我，从长坪沟翻越卡子山到达毕棚沟。

在长坪沟的尽头，我扎好了帐篷，老唐捡一个树棍，在地上给我画卡子山垭口的地形图。他说："山与山相连，当你翻不过它们时，它们之间，一定会有一个天然的通道，这个通道，海拔通常最低，就是垭口。明天，我们就是要找到卡子山的垭口，翻越过去。"老唐没有高深的文化，他只是一个山民。山民老唐在那些天里，常常语出惊人，就像一个哲学家。

老唐在我崇拜的目光里，洒脱地扔掉小木棍，用浓重的四川话说："幺妹儿，明天要早起哟，翻垭口的路很重的。"

那果然是一次艰苦卓绝的行走。

卡子山的垭口，海拔4600米，崎岖陡峭。有积雪的地方，深至膝盖；积雪融化的阳坡，是寸草不生的碎石坡，举步维艰。几乎每前进一步，我都要停下来喘息。汗水顺着我的头发、顺着我的脸颊、顺着我的脊背，往下簌簌地流淌。帮我们驮行李的那匹马，蹄子踩在陡滑的碎石路上，也开始跟跟跄跄。终于它再也不愿往前走了，嘴里翻着白色的泡沫，任老唐怎么吆喝，就是倔倔地不再动弹。老唐只好让小马夫赶着马，原路返回，沉重的背包就落在了我们自己肩上。往前看，离垭口的路，还很远很远，碎石夹着积雪的小路，就像挂在两个山峰之间的一条灰白色的带子，带子的这一端在我的脚下，那一端，曲曲折折地，仿佛悬在天际。

我抬头往远方看，看到了在山峰间翱翔的苍鹰。它仿佛只是轻轻地点了一下翅膀，就越过了险峻的巅峰。

我收回目光，继续如蝼蚁般缓缓行走。

缺氧，疲惫，恍惚。

我在身体的极度痛苦中，想起小镇春天的小巷。

又想到那匹马，它累得口吐白沫、止步不前时，若是仰望飞翔的苍鹰，是不是会增添一点前行的勇气？我不是马，我不敢断言马是不是具有思想，或许马是有思想的，原路返回是它面对无法逾越时最好的选择。

而我，在寻找垭口。这是我比一匹马智慧的地方还是愚蠢的地方？

那远方的垭口，依然在远方，嵌在终年积雪的山峰的缝隙里，嵌在蓝天的尽头。

向导老唐大约是觉出了我濒临体力崩溃的边缘，他善意地将我装着全套野营装备的背包转移到了他的肩上，并不向我追加任何费用。

卸下背包的我，有那么一刻，不习惯，身体反而失重，走路跟跟跄跄。

那背包，在漫长的行走中，已然成了我身体的一部分。

是不是无论多么重的负累，一旦习惯，便难以分割？

我再一次向远方遥望，我终于看见了垭口处色彩绚丽的经幡，五彩斑斓地招摇在炫目的白雪之上，在风中，向近乎绝望的跋涉者，伸出希望的召唤之手。

我和老唐相视一笑。这个山民由衷地夸赞我："幺妹儿，你不简单哟。"我长长地舒了一口气，无言地重新背上我的背包。

站在垭口，放眼卡子山另一端的毕棚沟，三十里风景尽收眼底，就像一幅美丽的画卷，不是徐徐地展开，而是在一瞬间呼啦一下完全地抖开了一样，美丽得让我惊诧，让我猝不及防，让我觉得一切的付出，都得到了意料之中的回报。

垭口也是风口，大风狂做，几乎要将我吹倒。身边的经幡，被狂风吹得呼啦啦作响。在这风里，我突然想到，也许大自然是公正而悲悯的，它在高大的无法逾越的险峰之间为弱小者布下了一个最低的缺口，那是希望的缺口。

一个月之后，我的高原之行结束了。我拖着满身的疲惫和微跛的双腿，还有高原的太阳在我脸上留下的黑红的亲吻，回到了我熟悉的生活中。

日子又归于平静了，好像发生过什么，又好像什么也没有发生。经历是一颗火种，埋伏在我的生命里，什么时候擦亮、点燃，或是照耀迷途，是由命运做出决定的吧？

很久没有再去那个小镇了，不知道那条小巷里是不是依然在春天里飘着杨絮？是不是依然行走着一个迷失的女人？小书店肯定已不复存在，那盛满了几乎整整一个春天的温暖的小屋呢，是否也被它的主人带到了另一个地方的另一个季节？

若是我重回小巷，重新遇到那特别的女人，我会和她说一说垭口的故事。我告诉她：人人都有迷失的时候，行走的途中有一个奇妙的垭口，那里飘着彩色的经幡，走过去，前方是一片绝美的风景，是一段可以重新开始的征途。

我不知道她是不是能听懂，面对她游离的眼神，我也不知道自己能否表达得清楚。

　　或者，迎面相遇，我也为她摘去头发上的杨絮，和她说，被风吹逐的杨絮不是毛白杨的花，是种子。扎下根，就能长成一株新树。

吉祥三宝

　　一个清晨，我从金碧辉煌的拉卜楞寺出来，走在盛夏时节的夏河小城。高原小城在阵阵的微风荡起的轻薄的沙尘里竟有了丝丝深秋的凉意。在街边的小铺子里我买了一个青稞面的馒头，和同行的伙伴们掰开品尝。一直对这种离我们很遥远的、能勇敢地面对高原的寒冷与缺氧的植物，充满了敬意。它在我的心中已经不是一种普通的植物，而是升华成了一种象征，无畏无惧和孤独高傲的象征。我几乎是以朝圣者的心情，轻轻掰下一小块，缓缓放入口中，细细地咀嚼，慢慢地吞咽。希望在咽下这种和普通的小麦没有多大的味觉区别的简单的食物后，唇齿之间能留下一点令我回味的记忆。

　　在不知不觉中，就和同伴们一起，踏入了那家小店。那是一家出售藏族手工艺品的普通的小店。这样的小店在藏区鳞次栉比。店主是一个脸庞黝黑的藏族汉子，很殷勤地介绍着他的琳琅满目的饰品。因为多次到过藏区，购买的各种小物件已经不计其数了，所以在店主的热情面前，我只是含笑地欣赏，无目的地在挂满叮当作响的各种配饰中流连。后来，我的目光就落在了那串手链上。机灵的藏家汉子敏锐地从柜台里拿出了它。我小心翼翼地接过来，就在触摸到它的一刹那间，我就决定要拥有它。

　　那是一串由红蓝黄三种颜色、三种天然石头串起的色彩艳丽的沉甸甸的手链。红色的是珊瑚石，是那种像心口的朱砂痣一样的叫人心疼的嫣红，被磨成算盘珠子般的形状；蓝色的是绿松石，浪漫得惹人遐想无限的天空的颜色，不规则地带着天然的小裂纹；黄色的珠子叫天黄石，闪烁着凝脂般的光芒，透过晶莹的表面，能看到里面清晰的纹理。三种形状和颜色，十五个颗粒的完美组合。红的奔放，蓝的耀眼，黄的绚烂。不规则的形状和星星点点的斑痕，透着天然的不事雕琢的拙朴。我轻轻地把它戴在手腕上，如同裁下了一截美丽的彩虹，我心情的天空顿时灿烂无比。

店家早已从我专注的神情里觉察到了我的钟爱，开始讲美丽的绿松石在藏区的神奇传说。那可是藏王至高无上的王冠上的必备饰品，是佛家神圣的一百零八颗念珠上的主要的珠子和垫圈。藏民族把蓝色的绿松石视为权利和吉祥的象征。几乎所有的藏人身上，总有一件由绿松石镶嵌的饰品。它们或者被直接缝制在女人和孩子的衣裙和帽子上；或者被做成珠串，嵌在女人们精心梳理的一百零八根长辫里；或者直接缠在腰际间，悬在耳垂下，挂在脖颈上……在古老的传说中，绿松石是和灵魂相关的神奇的宝石，女人们佩戴它，可以保佑远方的爱人平安，可以为一家老小祈福。

在店家絮絮的讲述中，我的眼睛一刻也没有离开那串手链。直到他的声音停止了，我才抬眼看着这个聪明的藏族店主。在那张黝黑的脸庞上，我看到一双眼睛闪烁着善意的光泽。那双眼睛把我带到雪域高原。我看见，蓝天白云下，美丽的藏家姑娘翩翩起舞，粒粒绿松石随着她们秀逸的发辫一起飞扬、飞扬，在阳光下闪耀着古朴的光芒。

我戴上了这串美丽的手链，也戴上了一个动人的传说，更戴上了一片诗意的心影，结束了那次旅行。

回到内地后，常常忍不住向我的朋友们炫耀它。一位学地质的朋友，煞有介事地要拿去帮助鉴别它的真假，我当时欣欣然地答应了。可就在撸下它的那一刻，一种警觉掠过心头：我为什么要去鉴别它的真假呢？精密的仪器当然完全可以检测一种矿物的真伪。可是，我不是珠宝商人，这串令我心仪的手链，在我戴上它，走出那家小店后，也已经不是一件需要鉴别的商品了，它的真伪对我已经没有任何意义了。此时，它是一种心情，一种浪漫的心情；它是一份温柔，一份古典的温柔；它是一声祝福，一声远方的祝福；它是一颗心，一颗抒情的心。

这些都是真实的。无须任何鉴别。

于是，我婉言谢绝朋友的好意。

过于实际的东西，常常能钝化人们的敏锐，而保持一份敏锐的品味，却能使多少普通变为美好，使多少愚钝的心性变得神奇而浪漫啊。我为什么要让一台仪器，粉碎我对美好事物的细微感知呢？

　　我一直会记得那个高原之夏，当我欣喜地戴着这串手链，离开那个高原小店时，那个脸庞黝黑的藏族汉子，追出店外，冲我大声说："它的名字叫吉祥三宝。"我回首，看见他在阳光下冲我微笑，洁白的牙齿，和他的笑容一样，熠熠生辉。

　　我也在阳光下举起手腕，细细端详这串手链，端详这串有名字的手链。

　　吉祥三宝。

青山明月不曾空

群山环抱的黔东小城隆里，在一个二月，慵懒在一片温煦的阳光里。

我匆匆的脚步经过这座小城时，青石板的小街上，正午的阳光，温煦得足以令一个年轻的母亲在自家门前井台边的大木盆里安然地为她蹒跚学步的孩子露天沐浴。阳光随着水珠在鲜嫩饱满的肌肤上明艳地滚动。旁边，一位奶奶正倚在一把陈旧的木椅里，在似睡非睡中任她沟壑纵横般的脸，由着这温煦的手指细细地拨弄。岁月里的悠悠远远，从褶皱的深处徐徐溢出。老人家身后是一座有着重重院落的幽深庭宅，檀色的木格子窗棂里正袅袅飘出轻烟，盘旋一阵，又缓缓散去。小街静谧，没有一丝风，也没有任何喧噪。

我站在城南的正阳门前，让阳光从头顶倾泻而下，微微地眯着眼，沿着小街往前看，一直看到粉墙黛瓦的尽头，看到城外是一重苍然的山，山之后又有重重叠叠的更远的山，近浓远淡，像宣纸上的水墨。

这样的温煦和慵懒，还有静谧，仿佛能够挽留一个匆匆的旅者的脚步。这个小城有一种熟悉的气息在二月的空中流淌。我几乎想改变旅行计划，在这个小城停留下来了。在此之前的一个多月的时间里，我一直在黔东南的苗乡侗寨游走。我穿着苗家女子的服装，有时候还佩戴一些叮当作响的银饰，喝米酒，在吊脚楼里打糍粑。不知深浅，常常被米酒灌得醉醺醺，又在笙歌里，随着他们一起舞蹈。

在一个有落霞的傍晚，我从一个寨子赶往另一个，去听一场侗歌大赛。突然想起来这会儿正是正月，大约快到十五了吧？我轻声自问了一句，停下脚步低头寻思了一阵子后，莫名地不想听侗家大歌了，极想看舞龙或者花灯。

那就去隆里吧，朋友说。

踩着正午的阳光，顺着青石板小路，我把隆里小城走了个来回。从南面的正阳门踱到北边的隐门，又从城西的迎恩门走到城东的清阳门，走了很久。

路是用鹅卵石铺的，各种花型。最多的是蜈蚣，其次是古钱币。

每一条街道里，都有气势宏大的府邸。屋顶是青瓦兽脊，山墙为翘角凌空，牌匾是镂空雕刻。高台门阶，侧设护座，院落独立又院院相通。徽派的屋宇风格，在黔东南竟然保存得如此完整。

科甲第、武举第，从名字里便能嗅出百年的书卷气息。明朝隆庆年间，隆里考出的第一位举人，便是从这高门大户里走出的吧。

现在，飞檐仍在，青苔苍然，天井里漏下冬日的暖阳。

怎么能把这样的悠悠小巷、静谧恬然和冷酷的军事城堡联系起来呢？可它确实是一座边防城堡。据史料记载，六百多年以前的明朝，大批来自江南的士卒们携带妻小于凄风苦雨中长途跋涉，来到此地，为边关防御而修建了这座小城。它的格局完全依着战争的需要而建造。深深的墙基是整块整块敦实的青石条，厚厚的墙体是泥土经无数遍夯实而成。堂皇的城门边，有窄小的隐门，隐门下有幽暗的地道，地道一直通向阡陌纵横的田野。街道几乎全部是丁字形结构，暗喻人丁兴旺。在冷兵器时代，对于战争，还有什么比人丁的多寡更为重要的呢？

就这样，一座城池，在滚滚硝烟、隆隆战鼓中，赫然而立于崇山峻岭之间了。

一个坚硬的长方形，孤单单的，周围是苗山侗水，竹楼笙歌。

城里是那背井离乡、怆然涕下的人。

史料记载的隆里的历史，是六百年。战事，在这座城池三百岁后，渐渐零落。大约在清朝，这戍边的城堡，渐渐失去了军事的功能。战火终究是熄灭了，在岁月的深谷里，没有什么是不熄灭的。

一座因战争而生的城堡，被战争遗弃在荒岭之上。

迁徙而来的人，却是再也回不去了。

在一边戍守一边农耕的异乡的光阴里，江南水乡精巧雅致的古楼古宅古树古桥古祠古碑，在这苗山侗水环绕的孤城里，次第铺排。

那回不去的人们，筑一座江南的亭台，邀来故乡的明月；建一方徽派的楼宇，眺望远隔的青山；又在一孔残桥下，植几片飘零的浮萍。斑驳的墙头上，没有名字的青草和藤蔓在一片温煦里舒展它们纤弱的腰身。

思乡之情，一直延伸到他们的身后。无论什么姓氏的宗祠里，青石碑上都有很多名字，他们终老于此。所有的石碑，面朝东方，面朝家乡。

那是回不去的江南，回不去的汉家。

隆里，角角落落都是战争的疤疤痕痕；廊前檐下、案头心头，又是忧郁的思乡之意。

六百年的历史，战争和思乡，贯穿期间。

或许是在外游历久了，又是在正月，面对隆里，我心生离愁。这情绪恰巧吻合了隆里的特质。隆里的乡愁，六百年了，与时令无关。

我似乎找不到除此之外，那如二月的阳光一般令人灿然的主题。

直到我看到了龙标书院。

四个苍劲的大字在一片耀眼的阳光里从我眼前掠过。

我一时迟钝得什么都没有想起来。

却分明，一角青山挑起的蓝天下，大明的旌旗黯然失色，历史以明朝为一个点，往前又移动了足足六百年。隆里，在大唐的浩瀚长卷中，竟然有了一席之地。

这里，是王昌龄的贬谪之地吗？

不是说，诗家天子由江宁令贬为龙标尉时，贬谪之地是湘西吗？怎么在黔东，龙标书院赫然站立于二月的阳光下？

且不去追究这些故纸堆里的争论，就让诗人来吧。

一首《梨花赋》，遭遇中伤，惹怒朝廷。诗人来了，迢迢地来了。

一个在大漠的深处，对着皓皓的明月，高歌过"不破楼兰终不还"的血性男儿，带着他壮志难酬的沉重，带着他不拘小节的痼疾，带着他玉壶冰心的高洁，走来了，走在一条贬谪之路上。

这路好长，好曲折。

从南京出发，往南，折西，过皖南，经九江、岳阳，由洞庭湖至武陵，沿沅水上溯，过五溪水，跨禹门峰，终于在杨花落尽子规啼的时候，来到这个盛唐之下清高文人眼里的蛮夷之地。历经三个季节，秋天、冬天、春天。在路上，他吟咏"水与五溪合，心期万里游。明时无弃才，谪去随孤舟"。他仍旧是那个才情横溢的诗人，狂放、不羁。

在隆里，一住便是六年。这是诗人无比痛苦无比压抑的六年吗？所有的凌霄壮志，所有的冲天豪情，都付之一梦？只能遥对着苍茫的青山和异乡的明月，捋一捋花白的须发，叹一曲远谪的悲苦离歌？

人人都以为是这样的。

错、错、错。莫道、莫道，莫道弦歌愁远谪，青山明月不曾空。在这个他一生不济的官宦生涯中的最后贬谪之所，王昌龄，以他目睹过烽火百尺、黄沙百战的广大视野，以他包容过大漠风尘、青海长云的宽广胸怀，位卑而不敢忘忧国，为政以宽，为民以善；逆境却不以谴谪为意，传教授学，以变风俗；虽是迁客，仍然纵观天下，仍然仗剑千里，离尊不愁，荣辱不惊。只要肩头有琴，只要手中有书，就可以高昂地吟诵一曲"青山一道同云雨，明月何曾是两乡"。

已经不仅仅是诗人了，他俨然是这一方百姓的福星了。他爱民如子，传道授业。百姓作为回报，为他修建了芙蓉楼。千百年来，古楼历经战乱，几度毁灭，几度重修，现在地址已经不详。但是详与不详似乎已经不再重要，就像眼前的龙标书院，历经岁月，诗人当年建造并在此留驻六年的书院，已不知毁灭于哪一场战火，书院重修后，依然完整地再现着盛唐的风貌。没有人去追究它是哪朝哪代重建的。所谓丰碑，屹立在人的心里是最重要的。

很久，很久，我一直凝视着"龙标书院"四个熠熠生辉的大字，就像仰望诗人跨越时空永恒的思想。

湘西或黔东，关于贬谪之地的争论，有什么意义呢？岁月已远去，阳光在这里。孤岛般漂浮在侗歌苗舞环绕的峰林雾海之中的隆里，一千二百年前，汉文化的墨香早于战火，浸润了这片土地。

在又一个有落霞的傍晚，我离开隆里，向着城外青黛色的山峦远去。隆里在我心里不再是一个坚硬的军事城堡，亦不再是一个离愁的小城。

眼前有青山，心头有明月。

居延海之约

　　我一直觉得自己没有足够的心智和勇气去凝望大漠深处如血的残阳……坐在居延海萋萋摇曳的芦苇边，在初秋的凌晨，等待一场大漠日出时，我这样想。

　　而那时，居延海还沉睡在一片黎明前的黑夜中，它是沉默的，没有波澜，也看不到环抱着它的远方的无际的大漠。来得太早了吗？对一场日出来说，真的是太早了，大漠的上空，依然是淡月婉然，星辰寥落。虽然还只是初秋，凌晨的风却很是凛冽，那是大漠一贯的秉性吧？或热烈如火，或凛冽似冰。突然就想起来王维的诗："单车欲问边，属国过居延。征蓬出汉塞，归雁入胡天。大漠孤烟直，长河落日圆。萧关逢候骑，都护在燕然。"正是这一首著名的边塞诗，让我知道了在遥远的大漠深处，弱水河畔，流沙掩盖着一个辉煌的名字。

　　这就是居延海，茫茫戈壁深处的一泓碧波荡漾的湖泊。在一个初秋的凌晨，我风尘仆仆地跋涉了两千多公里后，就那样疲惫地坐在了居延海边，等待，等待即将的日出。我不知道我为什么会在日出的前夕，去遥想如血的残阳？怎么会呢？怎么会在一切还没有开始的时候，就去预料一个不敢面对的结局呢？在什么也看不真切的时候，我轻轻地翕动鼻翼，希望能从空气中嗅到一点什么。我最愿意在这个黄沙漫漫的戈壁里嗅到一丝冰雪的气息，我知道这并不完全是妄想，那应该是弱水河应有的气息。蜿蜒流淌的弱水河，从祁连山麓，带着冰雪的纯情，带着冰雪的无暇，也带着冰雪的骄傲，艰辛地在荒漠中跋涉两百余公里，义无反顾地去赴一个凛然的约会，永不回头地扑入居延海沧桑的怀抱。冰清玉洁应是它生命中固有的气息，可是，没有，无论我怎样调动我的嗅觉，空气中没有一丝一毫冰雪的气息，我知道，它被茫茫戈壁的苍凉吞没了，耗尽在两百多公里荒漠的孤独坚持中，耗尽在居延海如饥似渴的怀抱里，耗尽是它无怨无悔的选择！

那么，我还能在这样的黑夜里，捕捉到怎样的令我怦然心动的气息呢？我突然想，也许在这个曙光就要映红天际的黎明前的夜晚，我不应该用沉重的想象去迎合大漠深处的荒凉。在天光乍现之前，应该有一个轻松浪漫的故事，点缀三千年前的这片丰美的绿洲……

这个故事的主人公是周穆王，只能是穆王！在一个历经八百年才消亡的伟大的朝代里，从来不会缺乏贤德英明的天子，但周穆王挂在后人记忆页片上的，不是他颁布了中国最早的法典《吕刑》，也不是他保留了周天子在位时间最长的纪录，而是这个浪漫的一代天子在那个远离京都的荒僻之地，极富神话色彩地和西王母相爱的故事。八匹飞驰的骏马，载着这个喜好游历的君王，从繁华的中原大地出发，驰骋千里万里，在弱水河润泽下的绿洲上，邂逅了一段惊世骇俗的恋情。那是一次极致的浪漫之旅，天子有情，神女有意，昆仑有宴，瑶池有歌……每一个夜晚都是日出的激情酝酿，每一次日出都是爱情的霞光万丈！那时，那地，没有荒漠，弱水河是一条舞动的绸带，源源不断的冰雪融水，让这片荒蛮之地，处处是萋萋的芳草。居延海三千平方公里的浩浩水面，是上天为他们镶嵌在绿洲里的一面巨大的明镜。明镜里，有流岚有雾霭；明镜里，有朝云有落霞；明镜里，有春来有秋往；明镜里，南飞着的雁，鸣叫着无可奈何的分别；明镜里，萋萋的芦苇，摇曳着缠绵悱恻的依恋……

这个浪漫传奇的故事在我脑海里演绎的时候，居延海仍然在一片黑暗中，波澜不惊，它不知道我胸中已经荡起了层层温柔的涟漪。三千年前的那个如同神话般的爱情故事，会在任何一个坚如磐石的胸膛里，激起温情的浪花！居延海不知道吗？不！居延海什么都知道！它知道，三千年，绿洲经受不住风沙的侵蚀；三千年，湖泊抵挡不了黄土的掩埋；三千年啊，太久远了，浪漫能历经时间的折磨吗？在绿洲上茵茵的青草成片成片地凋零之前，在风沙弥漫、碎石肆虐地在它的胸膛上乱舞的时候，它早已把那个绚丽的爱情故事珍藏了下来，在夜深人寂的时候，细细品尝和回味，而那个浪漫的故事连同它美丽的背景，也在这一遍一遍的悉数中，鲜润如初，如同一滴仍然在绿洲茵茵的青草上永不坠落的露珠！

那一刻，居延海如此宁静，在这个黎明前的黑夜里，它静如处子！那份宁静，让人忘记了它身处沙尘暴的发源地。坐在居延海边，和它一起沉浸在一段温馨里，我坚信，这是一种心有灵犀！是一种跨越了时空的心灵的默契！我被它的宁静深深地感动！因为我知道，在那个登峰造极的爱情故事落幕一千年之后，在绿洲和浪漫一起远离之后，居延海便再也没有了宁静，它是风沙的中心，也是战争的中心。它经历了太多的杀戮和死亡，经历了烽火连天，经历了灰飞烟灭……

我站了起来，站在了居延海边松软的沙地上，而此前我一直是坐着的。这个黎明前的黑夜太漫长了，漫长到有些沉重，漫长到那些在以往只是在书里和我相见的一个个熠熠生辉的名字，也趁了这夜色，聚集在居延海的上空，我不得不仰视他们，我站了起来，从内心到身体，仰视他们！

他们在时间上离我依然那么遥远，两千年！但他们此刻仿佛就站在我的面前，我听得见他们沉重的呼吸，我即使在夜色里，也看得见他们发梢上凝结的秋霜！那个饮马居延海边的，可是一代汉将霍去病？他率领十八万士卒戍守边关，每一天都在生死之间游走。铮铮的铁骨硬汉，可曾在这样的夜晚，遥望远方的故乡？他希望长夜快快地结束吗？每一个日出，都意味着一场新的厮杀的开始啊！将军对于战争，是热爱还是痛恨，这是一个我无法说清的复杂的话题，但是，我知道，居延海一定是在流泪的！它对着嘶鸣着的战马，它对着来来往往的征尘，它对着每一天的血腥，是会流泪的！它早已没有了三千平方公里的波光潋滟，它不再是一面清澈的绿洲明镜，它沉下去，沉下去了，沉成一滴浑浊的老泪……

居延海黎明前的夜晚是如此漫长！两千年前的那一个个大漠日出，也经历了这样的漫长的等待吗？是的，如果那些聚集在居延海上空的灵魂能够说话，他们一定会告诉我的：每一个夜晚，每一个，都这么漫长！牧羊的苏武会这么说！将军百战声名裂的李陵，更会这么说！不同的是，十几年持汉节不变的苏武，面对这一个个漫长的黑夜，在孤独里守望的是信念，收获的也是信念。所有的痛苦和磨难，在他荣归故里后，都得到了应有的补偿，补偿后的痛苦和磨难，升华成了一笔无价的精神财富。而将门出身又降了匈奴的李陵，却在这样的漫长的等待中，不知道用什么来拯救自己。我想，他可能更愿意静静地待在这样的黑夜里，哀怨地思念被牵连诛杀的亲人，他并不企盼黎明的到来吧？每一个黎明对于他，也许已经不再具有希望。当他终老在居延海时，这个从古至今备受争议的将军，可曾将他悲半生、喜半生的所有的哀乐，交付给这大漠深处的日月星辰，一切听凭它们去评说？！

远方的地平线，终于在我略显焦灼的等待中，露出了一抹淡淡的绯红。太阳出世总是在一瞬间完成的，当彩云在水天相接处如锦似缎地为朝阳铺就了一片艳丽的毡毯时，初升的太阳就像一个新生儿一样，把一种可以一眼望穿的纯美，赤裸裸地展现在我的面前了！

面对着一轮新鲜的大漠日出，我似乎明白了，为什么黎明前的这一段黑夜这么漫长？朝阳久久地不肯露出它初醒的脸庞？我想，居延海需要一个长长的暗夜，来抚平它经历过的几千年的沧海桑田般的巨变带给它的伤痛！它更需要在这个长长的暗夜里，用心来销熔它目睹过的彷徨、痛苦、苍凉、绝望，只有经过了这样的长长的暗夜，这一轮喷薄而出的太阳，才能像经过了炼狱之火的轮回一样，鲜纯如初生之子！

朝阳下，每一个人的灵魂都向往赤裸裸。愿意迢迢地去看一场经过久久等待的日出，那就是愿意在一束纯净的目光下，胸无戒备地完全裸露自己的灵魂，这时的灵魂也许是最美丽的灵魂，而无论其是否真正高尚。我敞开心怀，和它交换彼此悲喜的情绪，我大声对自己说："一切都可以重新再来！"这个声音，在大漠的上空回响。这个过程，让我如此释然，如此快乐！

阳光在我的身边一点一点地炫目、一点一点地灿烂起来，直到最后我无法正视它，它用光芒拒绝我的凝视，拒绝我的追崇。我知道，它开始踏上了生命之中必然的路途，那是一次必须孤独的路途，它遥遥地走，它高高在上，它俯视苍生。它看见这片土地上，河流一次次地枯断，它目睹大漠的深处，湖泊几番番地干涸；它看见了古往今来的忠诚，也看见了长叹一声的背离；看见了坚持，也看见了无奈……当它终于走完所有的路程，苍老地垂垂于西天的时候，有多少人可以无愧地面对它看尽炎凉、看透世故的滴血的眼睛？

我没有足够的心智和勇气去凝望大漠深处、居延海上空如血的残阳！但我一定会再来，等我也走过了长长的路，那条路，也许孤独，也许喧嚣，但是必须是走过了；等我积累了足够的经历，等我觉得我有勇气迎接那束满是垂询满是拷问的滴血的目光的时候，我一定会再来，我会静静地坐下来，虔诚地等待居延海的落日，就像我曾经耐心地等待它的日出一样。

走过一条河

你是一条河，一条普通的河，流经我生活的这座城市。像所有的河流一样，该清澈的时候清澈，当浑浊的时候浑浊。时而平静如镜，时而惊涛拍岸。十几公里的绿色长廊，在南北两岸护佑着你，穿城而过，奔流东去。

在春天的每一个早晨，我从你身旁走过。我喜欢朝着东方走，因为那是迎接太阳的方向。迎接太阳，其实是迎接一天的心情，迎接一天的生活。我的心境像朝阳一样蓬勃的时候，朝阳的清辉正洒在我的额前，早春的寒意从后脑一点一点地逃逸。我走着，走着，走过你的草色遥看，走过你的草长莺飞，走过你的细柳拂岸，走过你的桃红梨白……我总是仰起脸，微眯着眼睛，看颤抖着身子在天际飞舞的风筝，心里有一根细细的线，跟着那风筝，在料峭的早春的风里，飘啊飘啊……

走着走着，明晃耀眼的绚烂春光还在此岸荡漾，遥望彼岸时，几天前还是一幅淡淡的细雨飘飞的水墨，不经意间就浓郁成了溢彩的油画。

时光就这样流淌着，被你的惊涛，被你的微澜，从春季，冲刷到了夏日。

在夏日里的每一个黄昏，我从你身旁走过。我喜欢朝着西方走，因为那是追逐太阳的方向。追逐太阳，是想追逐那份灿烂，追逐那份辉煌。夕阳的余晖镀红了我的双颊，我的影子在身后渐行渐长，在夕阳悄然西沉的那一刻霎然隐去。落寞地抬眼望去，水天相连处，你却将那灿烂和辉煌融化在你的柔波里，怀拥锦霞，笑傲天地。

你是一条普通的河吗？不！早在我没有定居这座城市的时候，我就深深地懂得，你不是一条普通的河。你是一条厚重的河，你从远古走来，承载了太多的文化历史，四季奔流不息的河水，谱写的却是最原始的儒家礼乐文化。河洛大地，河图洛书组成了华夏文明的鼻祖。三皇五帝，儒家，道学，玄学，理学，是你哺育的民族的根文化。整个华夏文明的源头与核心啊，藏在你荣辱不惊的波涛里，一泻千里……

我走着，走在你的两岸。我敬畏地读你，读你千年的波光，读你悠悠的古韵。读你东去的沧桑，读你百代的兴亡。我读你的厚重的时候，小心翼翼地走在你的身旁，凝神静听你的呼吸，不忍惊扰你千年的梦境。你滚滚地东流啊，流过夏周王城，流过汉魏江山，流过隋唐东都，流过女皇繁华……"天津桥下阳春水，人影动摇绿波中"，我多想拥有一双穿越时空的眼睛，站在巍峨的天津桥上，揽清风，观晓月，透过迷蒙的千古风尘，遥望你"柳绿袅袅风缲出，草缕茸茸雨剪齐"的彼时风光，品味你"星河隐映初生日，楼阁葱茏半出烟"的遥远意境。

我知道，你还是一条浪漫的河。伏羲氏美若天仙的女儿宓妃，是你永远的守护神。她悠扬的七弦琴音，那优美动听的旋律，引得莺转燕啼，波影流光；引得射日的英雄后羿愁肠百结，爱意悱恻；引得风流才子曹子建睹物思人，神思恍惚。一曲《洛神赋》啊，抒写的岂止是相思之情？感慨的仅仅是怅然之意吗？我听见，你起伏的水波里，女娲唱起了清亮的歌声；我看见，那"翩若惊鸿，婉若游龙"的神女，像太阳一样缓缓地从朝霞里升起，又像是芙蓉站在绿色的波纹上。水光潋滟处，倒映出神女的云髻峨峨；波心清澈里，飘扬着美神的柔情绰态。

我走着，走在你的两岸。怀着浪漫的心绪，品读这个惊艳旷古又缠绵苦涩的人神之恋的故事。我感慨啊，尽管公子有意，神女寄情，然而，毕竟人神殊道。纵使那美妙的爱情，令风神止，让水神静，一惊而醒的时候，却原来是南柯一梦啊！一切美好只能是一种精神寄托吗？只能在朦胧的梦境里芬芳吗？

我走着，走在你的两岸。你滚滚西来，又浩浩东去。承载着千年的文明与浪漫，流过古时的袅袅炊烟，流入现代的璀璨华灯；流过红尘滚滚，流过泥沙俱下。多想与你结伴而行啊，用我卑微的无法与你比拟的生命与你结伴，走向更远的地方。借你的博大，借你的厚重，在我意识的混沌处，抚平庸碌的狂澜，捡拾一朵心意剔透的浪花。

一路嫣红，一路嫣红

　　直到现在才动笔写下这一段经历，是因为我在时隔几年以后的今天，才知道了那种小野花的名字，也知道了那条铺满鲜花的小路，隔了时间也隔了空间，却依然在一个遥远的地方，轻盈着一个人的心！

　　电话是他打来的，这个电话好遥远，我们都远离祖国，都远离那条铺满鲜花的小路。他在南半球的新西兰，而我在烈日炎炎下的西非。

　　他这样说："……还记得吗？小姑娘，那种野花的名字，叫嫣红……"

　　我愣了一下，就像我看见手机上陌生的电话号码一样，一时想不起有这样一个朋友在一个陌生的国度，而嫣红，他遥遥万里念叨着的那种美丽的花，几年以前曾经那么灿烂地开放在我们的路上！

　　是啊，是我们的路！谁又能忘记那样的一条路呢？铺满了不知名的野花，当然，我现在知道了，那是嫣红……

　　我在一个八月里，背着行囊，走在青海的果洛草原上。天空碧蓝如洗，云朵低垂。我沿着一条铺满野花的小路，一直走着，向着远方的闪着神秘光泽的果洛雪山走去。仿佛是走在梦境里或者是童话中。我之所以这样以为，是因为这条小路实在是太美了，它被五颜六色的小花簇拥着，平缓而蜿蜒，遥遥地也依稀看得见前方的目标，那座雪山在阳光下闪耀着神圣的光芒。

　　我不知道这种野花的名字，它们在高原上明净的蓝天下，鲜艳地开放，纤细的茎在高原的风里，不胜娇羞地摇曳。而那时，在我感叹它的无遮无掩的美丽时，我甚至已经记不清自己走了多久了！这也很像是在梦境里！在一条铺满鲜花的小路上行走，为什么还要记忆呢？最好一切都是空白，像一张洁白的纸，让那些低低地在天空下漂浮的云朵，让那些在一片澄净里分外夺目的所有的颜色，自由地浸染上去，而心怀也在这个浸染的过程里，像这条小路所在的原野一样，一点一点地、一片一片地明艳起来！

时不时会有骑马的藏民追上我，很热情地出租他们的马匹。我不说话，只是摇头，看见殷勤和失望在黑红的脸膛上交替出现，依然固执地摇头，依然坚定地走。天空那么晴朗，鲜花遍地，在这样的路上骑马，快快地到达一个目的地，去做什么呢？错过的一定比得到的多！

那时，我并不知道，有一个人，远远地在我的身后，也在这条铺满鲜花的小路上行走，也朝着远方那座神秘的雪山！

是在不经意的一次回头中，发现那个行走的人影的，也是在那一天最后一次对着一张黝黑的面庞和两匹漂亮的马摇头后，一回首，就看见了和我一样背着行囊的他！而那时，我身后的影子，正被太阳一点一点地拉长，满目的花儿却依旧灿烂，在午后的阳光里，它们不只灿烂，甚至娇媚！

我站在小路上，看着两匹马儿驮了它的主人飞驰而去，渐渐远成了一个小黑点。西去的太阳提醒我，是否需要在夜幕降临之前，和这个陌生的背包客结伴走向营地？

而他，这个帽檐低低地遮住半个脸的男人，在走近我时，说了这样一句话："拜托，不要和我一起走，只让我远远地能看见你的背影！"

这是一句几乎能刺穿女人的所有虚荣甚至自尊的话，但我依然认同并欣赏！有一天，在一个地方，我在行走，只想没有思考没有记忆，身外之物如尘埃纷纷落下，寂然中听自己寂寞的心跳。全身的每一个毛孔，都可以在这种寂静中，洞然开放，去感觉风的暖或凉，感觉云的游走或停驻，感觉花的开放或闭合。在一片空茫中，让血液如涌动的潮汐，拍出灵魂最真实的呓语。继而可以自由自在地放声大笑，或是无所顾忌地悯然流泪……而当生命最深处的孤独和苍凉如轮回般潜回心头时，远方一个移动的身影，以人的名义和温度，又时时让这片风景温暖灵动起来！

我不知道这个陌生人是否有如我一样的心思，但在此后的几天里，我们一直保持着一种默契，保持着恰当的距离。我走在前面，我的前方，是一条仿佛永远没有尽头的小路，但我知道它通向由缥缈而逐渐真实的雪山。我的身后是我走过的小路，蜿蜿蜒蜒地铺满了缤纷的野花，一路的灿然，一路的蝶飞蜂绕，一路的畅快和轻盈！还有他，那个帽檐压得低低的沉默的男人……我知道，他一定在时时地看我，就如我常常回头看他一样。那是一幅画，我的眼睛就像相机的取景框，我把他定格在画面的三分之一处，在心里按下快门，然后，静静地看着他，从盈满鲜花的画里徐徐地走出……而在他的视野里，我是缓缓地走进一幅画呢？还是渐行渐远地如袅袅轻烟，飘散在小路的远方？

那时真的希望这一条铺满鲜花的小路不要有尽头！就这样吧，一直走！从哪里来到哪里去都不重要，就这么放松地、自由地走着，一路鲜花相伴，一路云淡风轻，一路经幡飘飘，一路简单纯净……不去攀登什么雪山，不给自己定一个所谓的目标。生活不是一场赛跑，为什么不放慢脚步细细体会？在生命的大幕落下之前，一台正在上演的循规循矩的正剧中，能够照亮整个舞台的，也许只是一道用来烘托主题的闪电！

然而，那条小路，还是终于被我们走到了尽头。既然是路，它就总会通向一个地方。在雪山脚下，冰川湖的四周开满了高山杜鹃，红艳艳的一片，我沉浸在那片鲜艳里，怀想一路陪伴着我们的那种有着八片花瓣、花茎很纤细的、摇曳起来格外动人的无名小野花。冰川湖在黄昏的余晖里尽显温柔。那一个晚上，高原上群星璀璨，我躺在自己的帐篷里，透过小小的天窗凝望一个博大无边的世界。突然没头没尾地大声问："嗨，大侠，你知道那种野花的名字吗？"过了好一会儿，才从他的帐篷里传来一句反问："你为什么不问我叫什么名字？"

我无声地笑了，当然他看不见我的笑。我笑我们这一路走得真好！一路保持着最远也最近的距离，一路学会沉默却并没有冷漠地拒绝，一路试着去注视对方而不是打量，一路收藏起自己的沧桑世故如孩童般无邪，一路如江湖般豪爽，一路口口声声地称大侠，一路快快乐乐地做个小姑娘……

所以，我不会问他的名字以及附着在那个名字上的一切。这个和我偶然相伴走过一段路途的陌生朋友，也许他并不像我想象中的那般美好，也许所有的感受只是我自己营造的空中楼阁，也许整个路途对他而言，只是疲惫和枯燥，也许那些我视若珍宝的色彩、声音以及如小溪一样在心底流淌的感动，在他那里只是一条平淡的河流，无感地流过……但是，这并没有减弱我对他的感激之情！我没有任何理由要求任何人，从一段时光里，从一阵轻风中，从一缕云彩上，从每一个回望和凝视中，获得和我一样多的滋养！

现在，我看着手机上那个陌生的号码，在不太遥远的记忆里搜索那些沉淀的往事，他的模样依然那般清晰，是帽檐低低地遮住半边脸的样子，是小路的那一头一个让画流动起来的身影，是夜幕下的帐篷外，燃着一支烟，仰望高原上辽阔星空的剪影，还有临别时洒脱地留下一个邮箱的轻松淡然的笑。

而这样的一个跨越了万水千山的声音，这样的一个小野花的美丽名字，也让我终于知道了，那样的一条小路，一路的嫣红，留给他的回忆，亦是那般绵长而美好，一如我，一如我！

一抔黄土掩风流

——班超墓前的遐想

　　当"丝绸之路东起点"这个话题被炒得沸沸扬扬的时候,沿着隆起的田埂,穿过抽穗的麦田,我站在了你的面前。

　　远远地望去,这个荒冢耸立在麦田的中央。在这个叫作北邙的地方,这样的荒冢比比皆是。曾听过这样一句话:北邙之上无卧牛之地。作为秦岭余脉的邙山,横亘在千年帝都的北郊,因土厚水深的地质结构和山水走向,与中国传统民俗文化中的堪舆风水思想合拍,皇家陵园将相墓冢鳞次栉比。庶民百姓,也把这里视作茔域的福地。"生在苏杭,葬在北邙"的俚语广泛流传于民间。

　　可是,我真的不相信这个荒凉的被当地老乡叫作"班夫子墓"的巨大土堆里,幽幽的地下墓穴中,躺着你这样的伟岸的将军!你,那个生于史学世家,头顶父兄光环,却不肯久事笔砚之间,毅然投笔从戎,大呼"小子安知壮士之志哉"的血性男人,真的躺在这个荒僻的田野里一千九百年了吗?一千九百年里,多少个日升日落,多少次春播夏收,多少回风吹雨打,你安睡如故?一千九百年里,多少宫阙断成残垣,多少战车碎为齑粉,多少黄沙掩埋古道,你岿然不动?可是,我,我分明听见了从遥远的西北方传来的隆隆战鼓声,分明看见了边塞之外的旌旗拂天,分明感受到了你"不入虎穴,焉得虎子"的万丈豪情!

　　我静静地站在你的面前,与你对视着,你在里面,我在外面……是的,你恬静地安睡在这里。累了!倦了!送走你嘶鸣着的战马,诀别你同生共死的部属，结束了"平生怀仗剑，投笔事戎轩"的战斗生涯，洗去纵横西域三十余年的征尘，带着"满头青丝去，扶杖踽躅归"的辉煌和苍凉，静静地安睡在这里。我想象着，你这个面临险境，总是临危不惧，指挥得当，奇招无数，威名远扬的再铸了丝绸之路辉煌的大漠英雄，在垂暮之年重返帝都并于一月后病逝的时候，茫茫戈壁上，苍野荒漠里，残阳哀哀，狂风泣泣，那是怎样的一个滴血的黄昏啊！我静静地站在你的面前，与你对视着，你在那时，我在这时……

　　历史的车轮滚滚向前，不舍昼夜。一千九百年啊，多少风流，都沉淀成一粒粒的沙砾。岁月的风尘，又阻断了多少双回望历史的眼睛。时空驳离之间，一切都能湮没在漫漫的黄土之下……

一弯冷月伴残梦

这是碛口吗？这就是碛口！我踩着一户一户的窑顶，爬上小镇后面的卧虎山，站在卧虎山顶，面朝黄河，面朝古镇，自问自答着。太阳初升了，暖暖地照着我的脊背，修长的身影，清晰地落在脚下的黄土上。古朴的小镇，浊浪滚滚的黄河，一览无余地展现在我的眼前。早春的黄土高原上，还是一片片的灰蒙。春天，对这片吕梁山深处的苍凉贫瘠的土地，太苛刻，姗姗地迟来。

我知道，我站在号称"九曲黄河第一镇"的碛口，晋陕峡谷中部黄河岸边古老的一个小镇。黄河和湫水在这里交汇。我还知道，碛口不是一个普通的小镇，翻开装订成册的历史，岁月的深处，写满了密密麻麻的字符，它记录着小镇的兴起、繁荣、鼎盛和没落。两百多年的繁华，沉在烟波浩渺的历史长河里，不过是转瞬。然而，对一座小镇而言，却是一个悠长的故事。悠长到足够做一个有舒缓的开始、有辉煌的巅峰、有落寞的结局的完整的梦。碛口，是专为这个故事而生的。黄河悠悠地从它身边流过，船筏的穿梭，驼铃的回响，夕烟的浓淡，暮雨的疏稠，点缀着故事里的事。

碛口是应该感谢黄河的，感谢黄河的泥沙，感谢黄河的惊浪。古老的黄河，在沟壑交错的黄土高原上，没有一泻千里，浩浩东去，而是决绝地转了一个身，奔流南下。这断然的转身，穿坡过岭，裹沙携泥，使得河面急剧地收缩，大量的泥沙，沉积下一段段浅滩，激流涌过，浪花飞溅，漫漫泥沙和阵阵惊浪，阻碍了顺水南下的商贾船舶，水陆运输工具的交换，在碛口成了一种必然，也成就了它两百年的繁华。从清乾隆年间到抗战爆发，这座曾经的中国北方著名的商埠重镇，凭借黄河水运，西接陕甘宁，东连太原、京、津，北达蒙古，南接中原，成为东西经济文化交流的枢纽。

那时的碛口，沉浸在一个华丽的梦境里，我在李家山的沟沟壑壑里穿梭时，在西湾的悠长古巷里徘徊时，一直这样想，这梦境太美妙。沉浸其中，会久久地不愿醒来。尽管今天的古镇，层层楼台虽犹在，雕梁画栋已斑驳。但是，依山而建，错落有致的四合院式窑洞，精雕细刻的门楼，古韵悠悠的檐壁，避简就繁的格局，大气狂傲的牌匾，无一不在诉说着模糊了的辉煌。

尘埃落定以后，碛口还有梦吗？在夕阳西下的黄昏，我坐在碛口萧条的古街上，在七十多岁的盲艺人张树元老人的三弦琴声中，幽幽地听着远去了的故事，老人沙哑地唱着："……奇闻怪事常发生，年长了谁也记不清，二百年兴盛如刮风，世事更改不留情……"是的，一切都远去了，繁华总觉太短暂。有日升就会有日落，太多的是不甘，太多的是沉重。无奈的叹息，不论拖得多久，终究也还是一声叹息！斜阳草树，寻常巷陌，繁华已难觅。那些商贾巨富的后人们，在这贫瘠冷寂的山坳里，过着简单而封闭的生活，他们端着一碗午饭，蹲在门前的磨盘上，晒着暖洋洋的太阳，闲聊着，一直能吃到黄昏。两百多年前，他们的祖先，在这个寸土寸金的贸易要塞，在货物堆积如山的十里码头，在林立的店铺里，在流光的灯火下，在船工脚夫的号声中，俯视黄河，指点江山，只争朝夕啊……现在这一切，都掩在了沟沟峁峁的褶皱里，山山梁梁的沧桑下。抬眼望去，隔壁院落里，一树雪白的梨花，正在怒放着，不远处供奉龙王的黑龙庙，正孤独地聆听着黄河不绝的涛声……

碛口的晚上，有很好的星空，那是在喧嚣的城市里看不到的静谧星空。我走出窑洞，看见每孔窑洞的窗口上方，烟囱正往外冒着袅袅青烟，空气中有烙饼和小米粥的香味。房东家的院子里满筐满筐的红枣，令我回想起沿途大片大片的枣林。那些枣树还没有吐出春芽，光秃秃的枝干，在黄河岸边早春的风里，如同舞蹈者伸向天空的手臂。

我就在这样的星空下，在一弯冷月清寂的淡辉里，面对黄河而立。我的前方是滚滚南下的黄河，我的身后是依着卧虎山而建的一排排窑洞。有温暖的灯光，从裱糊了窗纸的窗口，温柔地泻出，像一张通透的剪纸，贴在小镇孤独的夜幕上。我久久地凝视着那些个窗口，有一些寥然，漫过心头。我会在接下来的几个安静的夜晚，睡在其中一孔窑洞的大土炕上，隔着贴了窗花的窗纸，聆听黄河浊浪排空的涛声。我会久久地难以入睡，为那涛声，弹指间，便冲走了两百年的繁华。然后，会在那催眠一样的有节奏的浑厚的声音里，沉沉地睡去，还会有一个梦，一个在黄河涛声中漂浮的梦，梦里不知身是客，梦里不知今昔是何年，梦里不知繁华已落尽……

于是，陡然地又悲怆起来，仍然站在这静谧的黑夜里，弯弯的冷月下，看不清黄河的面容，只是聆听它真真切切，百年千年的怒吼声。它是在唱一首歌吗？一首无奈的歌，悲壮中有低低的叹息。这是我在碛口的第一个夜晚，心绪很落寞。我分不清，我是带着落寞的心情来到这里的，还是这里的衰败，平添了我的伤感？夜色掩盖了它的破败，但是，我能嗅出它的气息，那气息里有长长的寂寞，从古城墙的每一个缝隙里渗出，缓缓地渗出，幽幽地回荡，回荡在深深的古巷里……

有裹了寒气的风吹来，淡淡的寥然，幽幽的怆然，在这冷风里，随了涛声，在河面上飘摇。涛声依旧，岁月带不走，黄土掩不住。怆然也好，寥然也罢，涛声依旧……

这个夜晚，会有梦吗？会有残缺的故事装点那些梦吗？无论有没有，总会醒来，当窗纸在晨曦中，现出透明的光泽时，所有的梦，都会醒来。这座古镇曾经做过太多的梦，繁华的梦、辉煌的梦、怅然的梦、失落的梦……梦梦相扣，梦梦相叠，梦中有梦，它还需要梦吗？它需要一个匆匆的过客，在它绵延的梦境里，再添上一声无可奈何的哀叹吗？

摘一颗星星送给你

夏日里的星空，总是让人在静谧中产生无限的遐想。我在很多地方仰望过这样的星空，在离天很近的高原，在寥无人烟的大漠，在广袤草原的深处……但我始终无法忘却一个叫作小沟背的村庄，那个小山坳的上空，一片片眼睛样的繁星一直在闪烁。璀璨夺目，却很悲凉地在闪烁。

几乎所有去过的朋友都告诉我：去小沟背一定要在夏日里去，在晴朗的夏日里去。去看那里寂寥的与众不同的星空。于是我去了，正是在一个晴朗的夏日里走进了小沟背。背着野营的装备，带着让繁星洗去我一周疲惫的小小愿望，走进了这个安睡在刀劈斧削般的太行山的缝隙里的小村庄。

它纯美得像一个质朴的村姑，不事雕琢地静立在山脚下，顺山而下的泉水化作涓涓细流，欢快地流淌过。头顶上方是一片天高云淡。偶尔会有几片游走的云朵飘过，漫不经心地悠闲飘过，又会忽然累了般地亲昵地伏在山峦的肩头憩息。小河里有一些见了人不知道藏起来的傻螃蟹，一抓一小盆。我们就在小河边扎起了帐篷，戏水捉蟹赏云聊天，只等夜幕沉沉时，看那没有灯光纷扰的深邃星空。

聊着聊着的时候，就有朋友提议，趁着天色尚早，到对面的山上去看悬棺。六七个响应者便呼啦啦地起身，朝对面山上走去。山路很崎岖，乱石和灌木丛常常阻断本来就不明显的小路。半山腰上一些破败的土坯房子，很久无人居住的样子，想是出行的不便，纷纷搬到山下去了。山坡上略微平整的地方种着小麦，在金黄黄沉甸甸地等待主人的收获了。我们一行人就在这种随意中轻轻松松地嘻嘻哈哈着去看传说中的悬棺。就是在这时，那个挑着水桶的跌跌撞撞的身影，一下子让我们沉寂了下来。驻足看了许久，终于相信那竟然是一个盲人，摸索着，在常人都无法正常行走的山路上，去潭边取水。他不敢往深处走，在很浅的地方，把很浑浊的水往桶里舀。我们几乎是一拥而上地抢上前帮忙，身强力壮的早抢了水桶走到潭中间取了干净的水，不由分说地就要送他回家。我们就商议着：索性不去看悬棺了，去盲老乡家里看看，也许能尽一点微薄之力。半山腰的那几间破败的像是无人居住的土坯房子正是盲老乡的家。

这是一个简陋得近乎破败的家，迎着门有一条老式的供桌，房间的左边是一张大床，右边有一个小床，除此以外房内别无他物。小床的旁边是一个灶火，一个目光呆滞的小伙子正胡乱地往炉子里塞着柴火，满屋里都是烟，呛得大床上躺着的老妇人，在呻吟中剧烈地咳着。这就是一个家，一个由盲人病人呆人组成的家。我们无言地走出房子，在门前的空地上，翻看自己的腰包，尽量多地拿出随身带的钱，默默地塞进盲老乡的手里，嘱咐他给老伴儿看病拿药。他竟然坚决地拒绝，嚷嚷着他有钱，村里每月给他十二元呢。我们从他的反复唠叨里终于听明白，他年轻时因为参加村里修渠，被炮炸瞎了双眼，从那时起村里就每月给他补助十二元钱，几十年了，从未间断也从未变化。从他的语气里，我们明明白白地听出，他对几十年里这种不间断地领取是心存感激的，而对那停滞不前的数字似乎毫无怨言。一双无价的眼睛，在这个淳朴得近乎愚钝的山民心里究竟价值几何呢？

或许是老伴儿一阵紧似一阵的咳嗽声提醒了他，终于收下了我们的钱。我实在不忍看他脸上那卑微的感激的笑，转身离去，走了很远，又辛酸地回头，看见他单薄得如一片枯萎的树叶，在摇摇欲坠中撑起的那个破败的家。

那一晚的星空呢？那一晚我的心里没有星空，只有满天的眼睛，满天破碎的眼睛。星空，永远是那一方星空，遥远而神秘。只是由于地域和心境的不同，在我的情感深处闪烁着或喜或悲的光芒。更多的时候，它们因为需要仰望而充满神圣，因为浩渺博大而令人心驰神往。但至少在这个山坳里，那个盲老乡空洞的双眼，尖锐地刺穿了我的美丽星空。那些夜幕笼罩下，紫陌红尘里，我目光所不及的地方，人世间的哀苦和幸福，孰多孰少？

许多童话故事里都说：天上有多少颗星，地上就有多少个人。一个人即使再卑微，他也一定有一颗属于他自己的星星。那么，满天的繁星啊，请你告诉我，你们之中的哪一颗是属于那个苦难人的呢？

向导老谢

老谢是一个很丑的男人，丑得让你坐在对面吃不下饭的那种。很长的鞋拔子脸，下巴松松垮垮地在脸上耷拉着。被烟熏得黑黄的牙齿东一颗西一颗地延长至嘴巴外面。我在太白山脚下的铁甲树见到他时，着实吓了一跳！吃惊之余不禁暗想：女娲即使打瞌睡也不至于造出这般模样的人啊？也许是那一天女神心情不好，或者情绪极其波动，捏泥巴的手颤抖了一下，就颤抖出了个千古遗恨。

我在被老谢吓了一跳后，远远地打量他：不仅丑，而且脏。我相信初次见他的驴友，一定都和我有相似的感受。编织袋和麻绳被加工成了简易的背包，脚上是一双脏得看不出颜色的球鞋。稀疏的头发，烟不离口的颓废模样。

奇丑无比的老谢是太白山赫赫有名的高山向导。四十多岁，和古稀老母相依为命。他熟悉横穿直穿环穿的各条线路，而且比较敬业，据说曾在暴风雪中勇敢地救了两个日本鬼子的小命。当然，如果穿越队伍里有漂亮妹妹，他就会特别敬业。再如果有足够多的漂亮妹妹，他就会忙得不亦乐乎，除了在队前指路以外，还要在队尾救美……除此以外，他还有一个很高雅的头衔：根雕艺术家。据说尤其擅长摆弄维纳斯。

那是我第一次登太白，也是第一次登海拔超过3500米的高山，没有经验加上高反，常常被远远地甩在队伍的最后。隔着几条溪流看见同伴们的身影掩映在丛林深处，独木桥上湿滑的青苔却让我举步维艰。老谢总是在我最需要的时候，伸出他粗糙而有力的大手，很尽心地扶着我，自己却站在冰凉的溪水里。若是听见我在激流中的孤石上惊叫，他就会迅速返回，站在石头和岸之间，弓起膝盖，让我踩着跃过……看着他佝偻着远去的背影和压在那个背影上的编织袋，我心里有些酸涩。我想：丑男人，也是男人啊！

那几年，太白山几乎成了我们这帮朋友的登山基地，我们频繁地能见到老谢，彼此也熟识了不少。其实老谢不缺登山的装备。几个驴友更新自己的行头时，把几乎是八成新的登山鞋、背包都送给了他。我第三次去环穿太白山时，还受一个驴友之托，给他带去了冲锋衣和冲锋裤。但他从来不穿，依旧是寻常的山民装扮。在太白主峰拔仙台，狂风几乎要把我掀翻时，他扶住我，说了一句能呛死我的荤话："妹妹，冲锋衣也不如哥哥压风呀。"

下山途中，他又凑过来帮忙。我开始躲这个狡黠的山民。他大约也意识到了，不再耍花腔，只在有岔路口时，略略等我片刻。

从未上过网的老谢有一个浪漫而洒脱的网名：太白雪上飘。他和当地山民最大的不同就是爱读书。这个在现代人看来无论怎样也算是优点的特点，在老谢身上却未必。读书，让他在山村里如此另类；读书，使他在乡亲中无比孤独；读书，促使他头脑清醒但灵魂却愈发地痛苦。这个连老婆都讨不到的山民，是个失败的山民。不做向导的日子里，他沉湎于赌桌不能自拔。

在药王殿的草甸营地里，同行的朋友曾打趣地问过老谢：想媳妇儿不想？这个粗陋的山民语出惊人："幻想不等于现实呀，上帝和我开了一个玩笑。"随后，他就和美女们合影去了，还自嘲地说着："蒹葭倚玉树。"看着老谢脸上淡淡的苦笑，一些苦涩也掠过我的心头。

那次分别，我们带了一些老谢的根雕作品。他嘱咐送给几个给过他登山装备的驴友。我们坐上长途车，老谢在车下一副欲言又止的样子。为了表示和解，我冲他笑笑，他说："妹妹下次再来，带些书吧？"然后，回身走了。

现在，我手里拿着老谢漂亮的名片，回忆着这个与众不同的向导，读着他名片背后的他自己写的很煽情一段话："假如我能陪伴你走过一段人生的旅程我将由衷地感谢上帝对我的青睐，无论是幸会还是久仰，我都会珍惜这份情缘。许多年后君会记得，我也会记得我们共同走过的一段路。"不知此时的老谢是带队进山了还是在赌场里不知晨昏地麻痹着自己。那些我送给他的书，他读完了吗？

记起林肯曾经说过的一句话，"人，四十岁以后，应该对自己的容貌负责"，不知道很读过一些古书的老谢，在对着女人痴想的时候，是否知道：一百多年以前，一个著名的外国人说过的这句名言。

满弓扣箭寂无声

我曾经悄悄地去攀登一段野长城。在一个落叶纷纷洒洒地飘向空中又眷眷恋恋地坠落泥土的深秋里，悄悄地去攀爬一段安卧在荒草和杂树丛中五百年的野长城。

我是在夜幕降临的时候启程的，悄悄地启程，有一些不安在悄悄之中弥漫。我知道，那段长城，蜿蜒在燕山的崇山峻岭里、险峰断崖上，是一段尚未正式开放的野长城。它西起居庸关，随山势起起落落，一路逶迤，东至古北口，区区几十公里，却气势磅礴雄伟壮丽。许多地段都修建在海拔一千多米的悬崖绝壁上，其中有一段状如满弓、势如扣箭，因而得名"箭扣长城"。

我登上火车的那个夜晚，那一丝不安，就像一只无声无息的猫一样，静静地尾随着我。是因为这个计划不够周密吗？不是的。我在春天的时候，就开始酝酿这个计划了，那时春天才刚刚开始。春天是一个萌芽的季节，许多事情，许多想法，就像小草小叶一样，都在春天里萌发。我甚至已经整理好了我的背囊，它静静地靠在门后，只要我给它一个会心的眼色，它就会轻盈地一跃，附在我的肩膀上，随着我去走读一段沧桑的历史。是的，是一段沧桑的历史。虽然在长城两千年的漫长画卷中，它只有短短的五百余年的笔墨，但是，万里长城一路走过来，一路走下去，不论年代，不论距离，一段段一截截的烽火硝烟、缠绵哀怨都刻在石头上、铸在青砖里。五百年，足够厚重。足够冗长。

可是，春天实在不是一个让人去面对复杂的季节。春天太炫丽了。在整个春天里，我一直用不假思索的笑脸，迎接每一片温煦的阳光，呼吸每一缕含香带露的空气。我想，我不能用迎接绚烂春天的简单的婴儿似的笑脸，去面对一段写满了慷慨的高歌、低回的浅唱，写满了横戈的侠骨、寸断的愁肠的非凡的建筑。那是一段无法用笑脸甚至无法用一种表情去面对的建筑。我在犹豫中等待，等了很久，春天在我的等待中滑落了。但这个计划却并没有随着春天的远去而走向荒芜。终于，在瑟瑟的秋风中，我启程，带着如影相随的不安，启程了。

我从一个叫西栅子的小山村的后山上，开始登山，进入巨人的视野，感受卧在山岭里的巨人的温度，进入到它均匀起伏的气息里。那是一个巨人，一个离我近在咫尺的巨人，近到我可以用手轻轻地触摸到它的躯体，近到我拂去蒙在它面容上的尘土，与它对视时，它会稍稍抽动嘴角，给我一个并不遥远也并不僵硬的表情。那会是一个怎样的表情呢？将军万里不惜死的豪迈？不破楼兰终不还的悲壮？抑或是醉卧沙场的洒脱？征人望乡的思念？

天空竟然飘洒起若有若无的稀薄的雪花来，我伸出手，看见它们落在我黑色的手套上，结晶细小却完整无缺。我对自己说："真好！"这像长城呼出的气息，它们在长空中停留得太久远了，久远得凝成了雪，久远得结成了晶。现在，这气息亲密地落在我的身上、融在我的脸上，我突然感觉：五百年，是一个多么短暂的时空转换，光阴没有斑驳着老去；英雄仍然屹立在风口，扬眉淡笑，论金戈铁马，论功过是非。

雪，静静地落，雪落长岭静无声，血落长城静无声。

就像打开了一本渴望已久的书，我终于站在了"满弓扣箭"的一座残破的敌楼上。一路望过去，崇山峻岭里，盘踞着一条鳞片残损的长龙，伤痕累累；风雪交加中，安睡着一个弓箭在手的将军，风骨凛然。风夹着雪花拂过我的脸，我并不冷却在颤抖。站在那里，站在那本书的扉页上颤抖。那是一本绝版的书，一本我心仪已久的书。我却不敢翻动，它一触即碎。如同我站在这座砖石残破不堪的敌楼上，不敢轻易地迈动脚步一样。每一块风化的碎石，都在继续破碎，那是一个个裸露的伤口，巨人的伤口。我的腿在这一个个伤口上颤抖，不忍迈步，不舍踩踏，仿佛我轻轻地动一动，它残破的躯体，就会在这个飘着雪花的深秋，轰然倒下一样。

我想，我就停留在这里吧？心存敬畏地停留在这里。明明知道，向往已久的精彩篇章、触目惊心的厚重烙印都书写在那一页页发黄的纸里，可是，我担心它一触即碎，一触即碎。就停在扉页上吧？停在扉页上，隔了岁月去触摸，隔了距离去触摸。不用翻开，我知道，那里有一幅壮丽的画卷，三个方向的长城在此汇聚：嘉峪关、雁门关从北方向此俯视，娘子关、紫荆关从西南向此凝望，将军关、山海关从东方向此回眸。不用翻开，我还知道，那里谱着一曲雄浑的悲歌：五百年前，一代名将徐达在此大战元军，征尘滚滚、硝烟弥漫；四百年前，戚继光镇守于此，顶天立地的抗倭英雄，在这战马嘶鸣的边垣，瞭望他征战半生的东南沿海。不用翻开，我更知道，那里还有斑斑的血、泣泣的泪，有三百年前的骄阳，炙烤着戍卒的血汗，有两百年前的秋霜，浸染着思妇的长发。那些相思，愁了他的眉头，伤了她的心头。

雪又停了，无声无息地停了，就像它无声无息地飘落一样。

我仰望天空，仰望远方修建在绝壁上的、号称"鹰飞倒仰"的、几乎垂直的长城一绝。有苍鹰在峭壁上盘旋。阵阵长雁哀鸣着掠过长空。雪后初晴，日薄西山。山峦静谧，"满弓"沉睡，"扣箭"无声。

我不知道，在即将到来的这个黄昏里会有如血的晚霞吗？当夕阳缓缓地沉落在满弓的臂弯里时，垂暮的巨人，会寂寂地倚在山谷里，于深秋的风中，回忆它五百年的波澜壮阔，悉数它五百年的过往烟云，感叹它青丝成雪的恩怨离愁吗？

会有的，我想上苍会安排一个这样的黄昏，就像会在冷酷厮杀的战场上，在一块背风的石头下，安排一簇温柔盛开的野菊花一样。

还会有一个静静的夜晚，朗朗的星空下，淡淡的清月幽幽地爬上扣箭那锈迹斑斑的箭锋。

只是，那时，我已离开，悄悄地离开了，一如我悄悄地来。但我知道，那个夜晚，时光正撩起长夜里一缕薄薄的月光，静静地擦拭着凝结在箭锋上的风尘。

古北口的老照片

　　我跟在他的后面，三月的阳光在他一米八五的身躯后，投下了一个长长的影子。我常常被他的影子罩住。在背光的城墙下，我们两个人又都被古长城的影子罩住。

　　我们站在一段从一千四百年以前的北齐就开始修建的古长城上。周围是北方三月的景致。北方春来晚，大地并没有吐绿。没有化尽的残雪退缩到墙根儿，奄奄一息。

　　我和我的朋友老狄，走在古北口长城上。

　　老狄气喘吁吁地沿着城墙向上攀爬，间或擦一擦额头的细汗。我也如此。

　　这是一段野长城，除了我们两人，没有游客。

　　当然也没有路。

　　我们从卧虎山下的一个小村子开始进入。潮河的水比去年大了，老狄往远处望了望，这样说了一句。老狄对这一带很熟悉。他是一个民间保护长城组织的成员，多年来，他和他的伙伴们，一直致力于野长城的保护宣传。他熟悉这里的每一块墙砖、每一座碉楼。他以不同时期的老照片为蓝本，实地重拍，用来比对，及时发现损毁，继而向官方或者向社会发出呼声。

　　此行，他的怀里揣着一张纸，是一张摄于一九三三年的老照片的影印件。也是在三月里拍摄的。老狄说拍摄者是一位俞姓的中国国民军的军医。从时间上来推算，俞氏军医应该是已经离开这个世界了。几十年的时间，放在浩瀚的历史长卷里，不过是一瞬间。但对个体，就是一个人的生命史。

　　在山脚下，我细看过这张纸。从看见的一瞬间，我意识到我对这张老照片的关注点，或许和老狄有着差异。我想探究它里面的故事，老狄大概注重的是面上的砖瓦。

我看着老狄像研究一张军事地图一样，把它和周围的地形相互比对。然后大手一挥，确定了我们的攀爬路线。

那张纸上，是一段逶迤的长城。拍摄者显然是站在一个碉楼的箭窗前取景的。构图由近渐远，长城翻山越岭，一路远去。黑白的色彩，北方旷野的清寂、苍凉。

它呈现的画面，令人不由得去联想，甚至去倾听。

好照片是有联想余地的，也是有声音的。

声音是三月固有的。北归的雁群，打着呼哨飞越头顶上方的长空；风掠过原野，拍打城墙；出蛰太早的小虫，躲在枯草里瑟瑟地等待着春暖。

天空瓦蓝，阳光明艳，旷野寂静。

有时我会踩落一块残砖，像做错事的孩子，我并不去看残砖跌落的方向，而是紧盯着老狄的表情，然后，掩饰似的举起我的相机，不再看他。单反的咔嚓声，令这寂静更加清远。

停下脚步喘息的时候，我会想起几十年前的那位军医。在他的三月，是不是也在这样的天空下听到了这些寂静之音？

我很快就否定了自己的猜想。几十年前的那个春天，偌大的中国是个偌大的战场。

仅在三月，就发生过这样的战事：四日，中国国民军六十七军一〇七师，在古北口，和侵华日军有一场浴血之战，史称青石梁之战。战斗持续了三天，五百多名同胞战士，长眠在古老的长城脚下。八日，日军以空军掩护，轮回在低空扫射，步兵在三辆坦克和远程炮轰击下，向古北口大关进攻。十日，日军在六三四团的身后，用许多门小钢炮、机枪，向将军楼、炮筒子沟口长城上、敌楼上所有有守军的部位，猛烈轰击。十一日，中国国民军陆军第六军团第一一二师，在日寇疯狂的空军和炮兵的进攻下，终于难以支持，向南撤退，不计其数的炮弹，遮天蔽日的滚滚硝烟，熏黑了古北口长城的将军楼。万里长城，这是唯一的一座被入侵的炮火炙烤得变了颜色的城楼……

不仅仅是三月，长城抗战从一九三三年的一月一日至五月三十一日，历时整整五个月。后来是失守。然后是长达十二年的被日寇占领的血腥时期。

黑云罩城，山河破碎，哪里还有阳光下的寂静之音。

可是那张老照片，呈现的场景，却是那么静谧。我是个摄影爱好者，我明白一张照片的拍摄者，若是怀着对战争的恐惧，对战火的焦虑，他是捕捉不到世界的宁静之美的。

但一切资料都显示，他摄于三月。

三月，大地怀着春，却久久分娩不下，阵痛的呼号响彻云霄。

我们爬上了一座碉楼。老狄再次提醒我留意脚下的砖，他夸张地说，踩在这些残砖上就像踩在他的心口。他指给我看山坡上的挡马墙和城墙上朝着关外的滚石檑木口。四周崇山峻岭，长城随着燕山山脉的山势蜿蜒起伏。北齐和明朝，两个时期的长城在这里并存。古北口古镇，像被两条弯曲的手臂揽起来一样，尤显安详静谧。

站在碉楼之上，老狄整了整自己的帽子，压低了帽檐。他清了清嗓子，如一位指点江山的将军般说，你看，这儿东有蟠龙，西有卧虎，形成两山相携的阵势，历来是从辽西平原、内蒙古进入中原的咽喉要道；还有潮河，劈开峡谷，又形成一道天然屏障；加上远处的山海关、铁门关、水门关的呼应，理论上可以说是固若金汤。

固若金汤，我知道他指的是冷兵器时代。我佩服我的一些男性朋友，包括老狄，他们谈论战争，总能滔滔不绝、出口成章，也总能彰显运筹帷幄的才华。站在一段古长城上，身为不善谈论战争的女性，我也理所当然地明白，古北口，一千四百年里，为战争而生的长城，是一卷硝烟熏染的兵书。它经历的征尘弥漫，见识的炮火冲天，不计其数。

老狄的慷慨激昂很快被自己的一阵咳嗽打断，就像春天被战争打断了一样。我知道他一直被咳嗽这个顽疾困扰。咳嗽总是看似突然而至，实则病灶潜伏许久。这和战争也有相似之处。我同情地看着他咳，无法安慰。他从保温瓶里倒了一杯热水，慢慢喝。在等待他平复的间隙里，我在碉楼的墙壁上发现了一些刻上去的字。是用刀刻上去的，并非修建长城时烧铸的文字砖。那些字，用力很深、很粗，仿佛带着狠和仇。那是部队的代码、士兵的名字和刻字的时间。"中八兵""木村""昭和八年四月十日"这样的字眼，显然是日军所为。

我临箭窗而站，举起我的相机。从箭窗口俯拍长城，一直被认为是长城摄影的最讨巧的构图。能彰显古长城的巍峨、磅礴，表达苍凉怀古之情。

这个取景的角度，和那张老照片，不谋而合。

只是长城的走势，有着不一样的弧度。显然，这里并不是俞氏军医举起相机的地方。

我们继续攀爬。在一处破损得仿佛被扯出五脏六腑的墙体下，老狄再次从怀里掏出了那张影印件，然后盯着眼前的旧城墙，若有所思地自言自语。一阵没有方向的风，旋转着刮过来，那张纸在风中发出很脆的声响。老狄用长长的手指把照片按在一块残砖上，看着我，一丝得意，不易察觉地漾在他的脸上。他挥手指着前方的一个碉楼，大声说，看，应该在那儿。老狄的语气，权威得像一个考古学者。炫目的光线下，半张脸藏在压低了的帽檐里。

我们终于找到了老照片的拍摄之地。

选好位置，固定好相机。老狄用几粒石子把老照片压在箭窗的台子上。我们试图重现几十年前的一个场景。

阳光透过敌楼的破损门窗，照射进来，在昏暗的空间，如舞台的光束在追赶一段往事。穿堂的风从倒塌了一半的两个相对的洞口，猛烈地对刮。那张纸在风中想挣脱石子的禁锢，却有飞翔不动的重量。

我食指弯曲，搭在快门上。

千分之一秒，眼前的景象就能纳入我的相机。

我却沉重、迟缓。

这个场景注定不是一次单纯的拍摄。

动用食指，令我浮想联翩。

按下相机快门或扣动枪支扳机，对一根食指来说都不是难事。俞氏军医的食指在战地还有另一个强大的功能：在其他手指的配合下，从滴血的伤口里，取出罪恶的子弹。

那根手指，是纤细修长的吧？也应是灵动敏感的。

我们这代人对战争的直观感受都来自影视片。令我记忆深刻的不是那些惨烈的炮火场面，而是战斗的间隙，硝烟散去，世界静了下来，镜头在慢慢地摇，先是一块石头进入视野，继而，我看见，一簇鲜艳的野菊，依偎在石下，灿然盛开。

我想，那位热爱摄影的俞军医，在那个三月，在一个小小的宁静的瞬间，放下枪，放下手术刀。放下。不能永久放下就暂时放下。难得的宁静，炮火中的静谧尤其珍贵。他举起自己不离身的相机。他看见，三月的阳光在古老的城墙上舞动着绚丽的光影；他也看见，春天的小草从墙砖的缝隙里探出纤弱的身躯。他食指一动，那一刻，山河壮丽，落日凄美，侠骨柔肠。

是这样的吧？

我也动了我的食指。残破的城墙，在傍晚的光线下，像一个匍匐在荒岭上的躯体。一段古长城，时隔几十年，以完全相同的角度和走势，定格在我的相机里。

完成拍摄之后，晚霞满天。

我们沉浸在这样的长烟落日里，过了许久，老狄说，不到长城看落日，焉知天下有悲歌。

我看了他一眼，我知道，我们大约在同一个故事里相遇了。

情怀深处
第三辑

天堂里飘来桂花香

　　故乡是什么？《现代汉语词典》说：出生且长期居住的地方。真是吗？

　　那么，我是一个没有故乡的人了。我没有在我的出生地长期居住，短暂的童年时光被几个不同的地方分割成片断，后来又在不同的城市不同的学校住读。在北方生活时，同学们都叫我南蛮子。辗转回到南方，当地人又取笑我北侉子。南腔北调的窘迫，无所适从的尴尬，伴随我度过青涩的少年时代。在这种飘荡的生活中，谈故乡变得很奢侈。像是一叶飘荡的浮萍，总是来不及生根便随波逐流了。

　　但人怎么能没有故乡呢？即使是浮萍，也总有它的来龙去脉啊。只是频繁的迁移使它空洞而遥远，虚无得像天边的游云，缥缈得如同痴人的梦境，淡漠到只是表格里的籍贯而已。

　　更多的时候是伫立在地图前，目光随着父亲的手指在密密麻麻的字符里寻找，位于湘鄂赣交界处的那个普通的地名，那个我祖辈父辈生活过的地方，那个令父亲的眼睛熠熠生辉的地方，在我的心中却只是一个地名罢了。也曾努力地回忆那里的山水人情，但终究是太短暂太遥远，真的如同梦，无论怎样回忆也无法清晰的梦。

　　有了记忆以后，终于有机会随父母去那个遥远的地方过了一次年。那是第一次回故乡过年。记得一家人提了大包小包，扶老携幼地下了火车，转了汽车，然后步行。越过山翻过岭，还脱了鞋子蹚过冰冷的小河。路途的劳累和烦琐的行程，丝毫没有冲淡我的新奇和父亲的兴奋，他滔滔不绝，每一座山峰都有名字，每一条小河都有传说，甚至那一片片的竹林，一个个破土而出的春笋都会扯出他孩童时的一串串故事。

半山腰的那个被烟雨笼罩、若隐若现的山村是在父亲的絮叨和我的诧异中乘着一团雾气飘进我的眼帘的：青山翠竹掩映着暮岚中的小桥流水，湿漉漉的青石板古巷，青砖黑瓦马头墙的古屋依山傍水，暮归的老牛，叮当的铃声，婉转难懂的乡音如歌声一样悠长。炊烟袅袅中一幅幽幽的水墨画，一个沉淀已久的梦境，一点一点地浮现眼前，终于渐渐清晰了。而父亲晶莹的泪光，两腮颤动的微笑，分明告诉我，这个诗意一样的静谧山村，就是我的故乡。

一切都显得那么不真实，因为美丽而不真实。这有点像懂事后初见母亲的孩子，美丽的母亲对孩子而言，是陌生拘谨和疏远。而拙朴的，甚至是粗笨的倒更显慈爱。美丽的故乡对我而言，倒更像一个旅游胜地，我欣赏它，但是无法亲近。它和我走过的许多地方没有区别。在接下来的许多天里，我就是一个旅者，在晨风和暮霭中跋山涉水，在古朴的石桥边流连忘返，寂静的山坳里正午的阳光沐着我少年不知愁的脸庞，远方的阵阵松涛声，如同千军万马的咆哮，堂弟的一句"老虎来了"，让我一个跟头翻进小溪里，那溪水，山泉汇成的溪水，是清甜的。

故乡盛产桂花，房前屋后，山脊山腰遍布高大的桂树，可惜我来得不是时候，父亲说，秋意正浓的时候，遍野的桂花盛开，清逸的桂香终日环绕着你，连晒在外面的衣服都像香熏过般，在衣柜里还"绕梁三日"呢。

乡亲们腌制的糖桂花，也别有风味，一层桂花一层糖，密密地匝实在坛子里，随吃随取，包汤圆，做甜点，像新鲜的一样清香四溢。

那个像旅游一样美好而惬意的春节，在我青春的脑海里，回荡的是轻松的旋律。此后我常常和同学谈起故乡，言辞之间充满自豪，更多的是炫耀。不善记路的我，还大言不惭地许诺带领同学去故乡游玩儿，那口气像极了一个推销"产品"的导游。故乡，让父亲潸然泪下的故乡，在他年轻女儿的浅薄意识里，只是一个有待开发的旅游胜地。

以后的几年，由于工作繁忙，父亲国内国外地辗转，回故乡也变成了全家人的一个遥遥无期的等待，总是说，来日方长。如果时光就这么一帆风顺地平静流淌，所有的变故只是如期而至的话，这种轻松的畅想会伴随我度过青春的岁月。甚至在我老得只剩下回忆的时候，拨开记忆上的尘埃，那份关于故乡的回忆，也会永远是轻松的。

五年以后，父亲又回到了故乡，是在我的手里，在我手中那个沉甸甸的盒子里。那年的春节之行，对父亲而言，竟然是他生命中的最后一次！对故乡怀着拳拳之心的父亲，再也无法踏到故乡的土地，弥留之际，再三叮嘱的，还是回故乡。躯体已经化作青烟。我坚信他的魂魄早已先期到达故乡了。轻轻地把父亲放进祖坟山的墓穴里，一捧一捧的新土覆盖上那个冰冷的盒子。人的一生，真的就是尘世的匆匆过客啊。一切从这里开始，一切又从这里结束。以故乡为圆心，用他短暂的生命画出一个丰盈的圆。尽管这个圆有着太多的缺憾，太多的不甘。然而生命终究不是一种轮回吗？今生不曾索取的，来世也许会得到丰厚的馈赠。

五年，闭塞的故乡几乎没有任何变化。然而在我眼里，青山含悲，碧水送愁。衰草枯立，青苔苍然。故乡，因为它葬着父亲，而和我突然就有了一种血肉的联系。在那些生命如游丝般微弱的日子里，提起故乡，父亲散淡的眼神就会聚起两团回光返照似的火焰，他生活的半径无论多长，也无法抗拒圆心的巨大引力，如同风筝，飞得再高再远，和大地也无法疏离一样。安葬完父亲，走在故乡的青石板小巷里，冰冷的心灵竟开始一点点地温暖。远望群山，那座小小的坟茔安睡在大山的怀抱里。故乡，只有你的肩头，才托得起父亲沉重的疲惫。

那时的我，第一次直面亲人的死亡，那种绵长的痛楚，无助的惶恐，夺去了我几乎全部的眼泪。许多个惆怅的，对前途感到渺茫的不眠之夜，悲伤也常常从黑夜里蹿出，咬噬着我的心脏。泡一杯从故乡带回的桂花茶，一朵朵的桂花从杯底浮上水面，继而又沉下去，浮浮沉沉中氤氲的热气慢慢升腾，杯底的清香缓缓荡漾，继而弥漫整个房间，黯然的心境在这幽幽香气中一点一点地释怀。

二十年的时光过眼烟云般转瞬即逝了。在二十年的光阴里，我极少回故乡，然而，那一树树的桂花，随风飘落着，像雨一样常常打湿我的梦境。一片片的，我总是无法抓住，空灵而充满哀伤，又乘风而去，留下一个个含香的回眸……

最后的温暖

（一）

　　没有哪一个秋天像十年前的那个秋天一样，萧瑟悲凉……从那个秋天开始，我一直在想：祖母一定不肯原谅我。为什么时间已经过去十年了，我每每提起笔来，触痛的，总是自己的心？我对祖母的伤害，在我们踏上返回故乡的征途之前，就已经发生了，只是当时，我浑然不知罢了。

　　我不是医生，也不是护士，我那时却在做着医生或者护士才做的事。我把一支延缓生命的针剂缓缓地吸进针管，我做这些的时候，动作笨拙极了，敲了三次才敲开玻璃针剂的口子，手抖抖地。我不知道这种针剂的名字，很复杂很难记的名字。陈医生只是告诉我，它能短时间地延缓生命。延缓谁的生命呢？需要用一种药物短时间延缓的生命，一定是一个即将永久地离开的生命吧？是的，那是我的祖母，静静地躺在车里的担架上，静得没有一点声息，静得好像睡去，不，祖母睡去是有轻微的鼾声的，我太熟悉这种鼾声了，我听了几十年了，我枕着祖母的鼾声长大，在童年的很多个夏夜，祖母能边打鼾边给我摇着蒲扇；漫漫的冬夜里，被稀奇古怪的噩梦惊醒的夜半，祖母的鼾声赶走了妖魔鬼怪，把我从虚幻的搏斗的天空，牢牢地接到温暖的床上……

　　现在，没有鼾声，祖母安静得就像已经死去，我一直不想用这个"死"字，尽管这辆载着奄奄一息的祖母、载着悲痛欲绝的母亲和我、载着全神贯注的陈医生的车子，千里迢迢地从北方奔赴南方的故乡，就是去赴一个死亡的约会，但我还是不愿意我的受尽人世间磨难的祖母就这样结束自己苦难的一生啊！我宁愿她只是睡着了，我宁愿是我的听力出了问题，可是，她真的安静得就像已经死去。我在恐慌中想起了陈医生的嘱咐，我看了看躺在后座上、疲倦已极、沉沉睡去的陈医生，我壮起胆子，轻轻地抚摸了一下祖母的手臂，在那块皮肤上，在我们踏上路途的这段时间里，陈医生已经注射过很多我不知道的针剂了。我在用酒精棉球擦拭那块皮肤的时候，我的手抖得厉害，我平生第一次给人注射，而且是给一个我至亲至爱的、垂危得毫无声息的人注射。那种毫无声息令我无比悲伤，也让我在悲伤中有了一些果敢的勇气。我生怕扎错了部位，我紧盯着陈医生扎过的那些针眼，高高地举起了注射器，在落下的那一刻，我是本能地闭了一下眼的，我相信所有的医生或者护士，都绝不会在这一刻闭上眼睛，但我不是，我不是医生，也不是护士，我是这个垂危的老人一手拉扯大的，和她血肉相连、疼痛相通的孙女。等我睁开眼的时候，我却惊讶地发现祖母抽搐了一下，几乎悄无声息了一路的祖母，剧烈地抽搐了一下，那是疼痛的最本能的表现！我慌忙拔出针头，奔到后座，晃着陈医生的胳膊，泣不成声地喊道："我弄疼了奶奶，弄疼了她……你说过，昏迷的人没有痛感的，我才敢扎的，可是，我弄疼了她！"陈医生在我的悲戚声中惊醒，职业的习惯又使他很快平静冷静。在很麻利地为祖母重新注射完药物后，守在担架旁，并不理会独自啜泣的我。我就那样一直低低地抽泣着，抽泣着……为苦命的祖母，为那个萧瑟的秋天！秋天，只不过是秋天，空气却悲凉得快要凝固我的呼吸。

我弄疼了祖母，但我知道，这不是我对她的最大的伤害。我对她最大的伤害，是我在无知中，弄疼了她的心。

谁能相信呢？这一辆奔驰在瑟瑟秋风中的车子，千里迢迢地，从北方赶往南方，是去赴一个死亡的约会。死亡的约会？是的，人从一出生，就和死亡有一个约会，尽管不知道这个约期的长短，也无从选择这个约会的地点，但是，那确实是一个无可抗争的约会，无须抗争的服从。只是，向祖母发出这个约会邀请的，并非死亡本身。这个邀请，在五十年前就已经发出了。五十年啊，半个世纪的时光。命运选择了在树叶纷纷辞别枝头，坠向泥土的季节来履行这个约定，是一种神秘莫测的宿命？还是一种无可奈何的凄惶？

五十年前，祖母也是在这样一个悲凉的天气里离开故乡的吗？我不知道，祖母从没有告诉过我她离开故乡时的季节和天气，我反复地问过，或许是她淡忘了，或许是更大的悲伤，令她忽略了当时的节气？为赋新词强说愁的人，才会留意闲愁弥漫时的阴晴冷暖吧？我曾经把祖母离开故乡时，想象成萧瑟的秋天，因为当时祖母的心境是萧瑟的。但是，故乡的秋天，是一年中最美的季节，山山水水间、沟沟壑壑里浸透了桂花的浓香。

祖母第一次牵着我的小手回到故乡时，就是在一个最美的秋天。确切地说，是我自己回到故乡的，祖母只是把我送到小河边的木桥上，她却不过桥，她看着我，走过小桥，就转身离去，不回首！我的小手被另一只大手牵住，我怯怯地，不敢抬头。直到有个声音说："爷爷带红儿回家喽……"我才抬头看，看见一张和父亲酷似的脸，一样的肤色，一样的棱角，一样的温和的目光，又熟悉又陌生，这个人就是我的祖父。我对祖父的印象，远没有对故乡的糖桂花来得深刻，一层桂花一层白糖，密密地匝实在坛子里的糖桂花，浓郁的桂花香气不仅没有丝毫折损，更是增加了甜蜜的味道，那对一个孩子有着巨大的吸引力，那种香香甜甜的味道，在我童年的记忆里，就是故乡。

我是在美美地吃了几大口香香甜甜的糖桂花后，才仔细打量这座被祖父称作"家"的房子的。门前是大片大片的稻田，房后是满眼满眼的翠竹，寂静的小山村在一条清澈见底的小河的臂弯里，像童话故事一样美丽静谧。我不懂，祖母为什么舍得离开这个山清水秀的地方？我更不懂，祖母又为何不肯走过那座进村的小桥？当我几乎被全村的人围在房前的空地上，祖父又不停地让我称他们叔叔姑姑时，我突然地就鼻子酸涩，号啕大哭起来。这一定吓坏了祖父和那些叔叔姑姑们，我只记得有人把我抱了起来，而我怀里还紧紧地抱着一个装满了糖桂花的瓶子。

很多年以后，我回忆那个场景，我想，我不是被吓哭了，我是被温暖哭了。我从没有见过这么多的亲人，从没有。在我和祖母居住的那个离故乡一百多公里的大城市里，我和祖母几乎举目无亲。在我很小，刚刚能勉强地读下来一封信的时候，就隐约懂得"相依为命"这个词的简单含义。因为父亲每一次给我们写信时，都会用到这个词，几乎每一封信都是这样结尾："红儿，你要和奶奶相依为命！"我读到这里时，常常像一个极其听话的乖孩子，紧紧抱住祖母，那时稚嫩的我，对相依为命的最简单的理解，就是紧紧地相拥。和祖母一起读父亲的信，是我们祖孙两个最开心的时候。常常是在黄昏，祖母从她做事的工厂里回到家，我也正好刚刚放学，小方桌上如果有一封信，那一天就是我们的节日！我们不忙着拆开信封，我们会等到夜幕完全降临，我们在温暖的灯光下，祖母织着毛衣，我依偎着祖母，读父亲从遥远的北方，从深山里的矿区，步行几十里到邮局，寄给我们的长长的牵挂。初始，我是轻飘飘地读出这句话的，读得多了，就常常调皮地把这个结尾藏下，不读，祖母就会从快要掉下鼻梁的老花镜的上方，那么看着我，轻轻地哼一声，我就扑哧一笑，倒在祖母怀里，笑过之后，把两行思念的泪水，擦在祖母衣衫的前襟上，祖母就会搂着我，疼爱地说："红儿不想爸爸妈妈，奶奶给红儿做新衣服，做最漂亮的新衣服！等爸爸的工作调回来，妈妈也来，弟弟也来，红儿就有伴儿喽，咱们全家就团聚喽！"祖母说着这些的时候，也常常哽咽。我和祖母就那样久久地相拥着，在那样一个几百万人口的大都市里，有一盏孤寂的灯，灯光温暖地流淌，温暖地抚慰着相依为命的祖孙俩。

祖母懂我，懂我的思念，懂我的忧伤。我总是仔仔细细地读每一句话，想象我思念的父母在远方的音容笑貌。一个常年和祖母相伴的孩子，纵使衣食无忧，纵使少年不识愁，内心深处淡淡的落寞，会在嬉闹过后的短暂静默里，挂上眉梢。我就在这样的淡淡忧伤里，伴着祖母，伴着对父母的无尽思念，伴着小方桌上的一封封越来越厚实的信，慢慢长大。父亲在信里一如既往地叮嘱我，那几个字，仍然缀在每一封信的结尾，把一封封寄托思念的信，缀得沉甸甸的。父亲不厌其烦地重复这几个字，那是因为，祖母有太长的岁月，无依无靠像一只孤独的小船，在冰冷汹涌的河流中，跌跌撞撞地独自漂流。那是一种纵使浑身湿透了、伤遍了，也要独自支撑着走下去的孤苦。

（二）

我是在什么时候，读出了这几个字的深意的？读出了藏在文字后面的对无依无靠的恐慌？读出了飘零过后，渴望依存、渴望温暖的辛酸的？我想，我一直都没有真正读懂祖母和父亲，没有读懂他们之间远隔千里却真正相依为命的浓浓深情，否则，我怎么会那么深地伤害我的祖母？

我不止一次地想象着祖母悲愤地离开故乡时的情景，那到底是一个怎样的季节呢？我仗着祖母的宠爱，念念不忘地追究某个季节某个情景，并一次次地向祖母求证，就在无意识里，拉开了伤害祖母的序幕……

　　可是，我那时一点也没有意识到那是一种伤害的开始，而是在一种自以为是中，将伤害愈演愈深，愈演愈深……我一直很诧异，那么一件和自己的命运休戚相关的重大事件，怎么会模糊了它发生的时节呢？我想着这个问题的时候，正站在故乡的小桥上，经过千里的颠簸，终于和我奄奄一息的祖母，一起在这座小桥上，凝望我的故乡了，只是，我清醒地站着，她昏迷地躺着……我对这座小桥有着太多的记忆和想象。它是走进这个美丽山村的唯一通道，我和祖父一起走过它，和父亲母亲一起走过它，和叔叔姑姑一起走过它。可是，在此之前，我从没有和祖母一起走过它。没有和祖母一起走过的小桥，是一座缺憾的小桥。祖母在桥的这一头，祖父在桥的那一头，我小小的身影，迷茫地独自走过，在祖母的注视下，远了远了，在祖父的目光里，近了近了……这幅画面，定格在我童年的记忆里。

　　祖父也在这座小桥上久久地站立过，久久地凝视过。那时，他离开家乡，奔赴战场。生死难定的慨然冲淡了他渐离渐远的乡愁。年轻的祖父在这座小桥上回望，回望同样年轻的祖母手里牵着我的蹒跚学步的父亲，怀里抱着我的嗷嗷待哺的小叔叔，母子三人，依依地在故乡的风里凝望他远去的身影。那一天，祖母站在这座小桥上，把思念和期盼埋在心里，把牵挂和嘱托送向远方。那一天，祖母一定在这座桥上站了很久很久，她一定想了很多很多，她甚至会想到，即使祖父永远回不来了，她也会在这一方故乡的土地上，坚守着……但是，她一定不会想到，八年以后，祖父平安地回来了，她却会这么坚定地决定离开。

　　祖母悲怆地离开故乡的时候，天空的流云，是向着山外飘游的吗？它们飘过竹林，循着祖母挖笋时留下的脚印；飘过稻田，注目祖母收割时弯曲的腰身；飘过哗哗的小河，青石上祖母洗衣的湿迹，尚未完全风干；飘过吱吱的木桥，那吱吱声追着祖母挑担的背影，很远很远……祖母的目光是决然的吗？她站在小桥上，坚定地决定离开，那份坚定就像她当初顽强地守望了八年的时光，坚信祖父会从浴血的战场平安归来一样么？不一样，不一样的！怎么会一样呢？那八年是等待的八年，是孤苦的八年，可是，那也是希望的八年呀！在那八年里，有一根希望和期盼的红丝线，串起祖母辛劳的汗珠和思念的泪珠，那是一串信念的珠链，挂在祖母的心口，挂在年幼的父亲和小叔叔落寞的眼神上，挂在村头的桂花树上，挂在弯弯曲曲的山路的尽头……八年，那是一个两片嘴唇轻轻一碰，就能轻易滑落的数字，它有多长呢？祖母也许并没有觉得那八年有多么漫长，她必须不停地劳作，养活公婆，养活自己，养活她的幼小的儿子，她没有时间也没有闲愁去计算，八年到底是多少个冗长的日升日落？

八年，两千多个日日夜夜。艰难的生活里滋生过什么？战乱的年代里又湮没过什么？生活艰辛到某一个程度的时候，无数个日子不过是一天的无数次难熬的重复。重复能够令人麻木吗？我不知道，祖母在那八年里，是否动摇过内心的希望？或许，在这八年里，那个盼望祖父回来的希望，不停地在破灭和燃起之间轮回。

八年，崎崎岖岖的山路上，留下了祖母多少深深浅浅的脚印？八年，收收割割的稻田里，记下了祖母几多弯弯曲曲的腰身？八年，哗哗啦啦的河水，冲淡了祖母寂寂寞寞的思念吗？八年，桂花开了又落了，茂茂盛盛的香甜里藏着祖母多少零零落落的苦涩？

终于，祖父影影绰绰地出现在那条日日眺望的山路上了，终于啊！是在半山坡上放牛的父亲，飞奔回去，兴奋地告诉祖母这个让一家人无比振奋的消息的。我不知道，那一刻，祖母会是怎样的心境？她搂住父亲，用粗糙的手，擦去父亲小脸上的灰土，也许就在这一刻，隐忍了几年的悲伤，在终于可以向一个最应该和她一起承担的人倾吐时，喷涌而出！祖母抱住父亲，失声痛哭。那哭声是祖母八年来最淋漓尽致的一次痛哭吧？终于可以在这样的哭声里释放积聚了八年的期盼和焦虑。也终于可以用一次痛哭，解开那根捆绑了她八年的恐怖的绳索了。我能够想象，祖母的哭声一定在那个她同样记不清季节的时辰里，传得很远很远……只有完全放开的哭声，才能越过墙壁、越过田野、越过小桥，直达祖父的耳畔吧？我还能够想象，那哭声还能到达一个地方，还应该到达一个地方：那是山坳里一座冰冷的小小坟茔，那里埋着我的小叔叔。祖母在很长很长的时间里，不让任何人提起小叔叔，一提起，她就会恍惚。可是，那一天，祖父走在回家的山路上的那一天，没有任何人提起小叔叔，祖母还是恍惚了，她紧紧地搂着父亲，却错乱地喊着小叔叔的名字，她陌生地看看怀抱里的父亲，又环顾四周，巨大的惊惶，压上她的心头，她的怀抱里怎么只有父亲了，她的另一个儿子呢？曾经和父亲分享这个温暖怀抱的小叔叔呢？乖巧的小叔叔，总是像一条小小的影子一样地跟在祖母身后的，现在，他去哪里了呢？他怎么会躺在山坳里冰冷的坟茔下？怎么会？坟茔边那些离离的荒草，是因为浸透了祖母的泪水，才在山坳的风里，乖巧地凄凄摇曳的吗？祖母一直不愿意提起的这个不幸的小生命，会怨恨祖母在炸弹被扔下的那一刻，只抱着父亲，逃向竹林深处吗？他闭上了恐惧的眼睛，他永远也不会知道，祖母放下父亲，迅速地返回来，在一地的瓦砾中，抱起他血肉模糊的小小身子时，是一种怎样的肝肠寸断！他更不会知道，祖母亲手埋葬他小小的身体时，坟茔上的那抔土啊，被祖母填满又扒开，扒开再填满！一颗母亲的破碎的心陪他一起睡在山坳的角落里……八年了，一副柔弱的肩膀，怎样挑起了一家人的生计？八年了，只有在这时，祖母才突然感觉到，每天走过的山路，是那样地崎岖；日日挑过的担子，是多么沉重。她有太多的话，太多的委屈，要向那个正在山路上向着她走来的人，倾诉吧？！

　　祖母哭过以后，拉着父亲的小手，飞奔到村口的小桥上，还是这座小桥，吱吱声突然变得那么欢快！还是那条小河，哗哗声也顿时清朗起来！近了，近了……可是，就在近了的那一刻，有什么东西，从祖母的心头，滑落，滑落……就是那串祖母挂在心口上的、日日轻抚、夜夜细数的珠链，被无情地扯断了，扯断了！那些珠子，哀伤地散落，沉重地裹着绝望砸入地里。看着一家人新奇地围着祖父、围着一个年轻美丽的女子嘘寒问暖，那女子羞涩地掩饰着微微隆起的腹部，祖母直到这时才意识到，八年啊，漫长的八年的时光，突然在这一刻，短暂得像一个夜晚，恍然醒来时，一场淅淅沥沥的暗夜里的冷雨，就淋湿了她最美好的青春年华。

　　还有什么好说的呢？千言万语都没有再说的必要了。祖母走上了小桥，悲伤流过她的心。她眼里怎么会有季节呢？无论是什么季节，都是一个冷字。祖母站在小桥上，满含着无助和悲凉。看着河水哗哗地流过，流过她的心，冰冷刺骨地流过她的心。她会去哪里呢？她能去哪里呢？就算是一朵流浪的云，飘累了，也可以挂在树梢上，休憩片刻，祖母连这样的树梢都没有了。她凄惶地拉着我的父亲，她唯一的儿子，久久地站在小桥上，久久地……愤怒渐渐熄灭下去了，愤怒就像火焰，它总会燃烧殆尽，总会熄灭，总会冷却下去的。悲伤呢？悲伤却是桥下的流水，小河里的流水，绵长幽然，那哗哗的轻微的声响，如同心底的不绝的哀叹……

祖母离开了，她带着一个用旧床单包裹着的包袱，离开了，没有回眸。在祖父走回来的那条山路上，坚定地走了出去。留给故乡的山山水水一个柔弱却顽强的背影。

（三）

很多年以后，我远离父母，在那个我出生的城市里陪伴祖母时，祖母很平静地给我讲述这一段经历。我带着一个孩子般的好奇，不厌其烦地追问很多细节：祖母离开时的季节、天气、祖父的态度，甚至详细到祖母梳的什么发式，穿的什么衣服……祖母不厌其烦地回答我，一遍一遍地。我趴在祖母的膝盖上，仰起脸看着她，听她用几十年不变的乡音，幽幽地述说着一个伤痕的故事。有时，是躺在和祖母合睡的宽大的床上，枕着祖母的手臂，一声声地追问："后来呢？后来呢？……"祖母睡意渐浓渐浓的时候，就会搂住我，扔掉悲凉的口气，长长地打个呵欠说："后来呀，我就得了一个眉心天生着一颗美人痣的小孙女……"然后，就沉沉地睡去，轻微的鼾声响起来的时候，我的思绪却还在故乡的小桥上，还在漫山遍野的桂花的浓香里飞来飞去……这个悲凉的故事连同我伤感的故乡，也在我的一遍遍倾听中，被我用想象的画笔，像画一只小鸟一样，添上了一根根的羽毛，添上了渐渐丰盈起来的翅膀。它曾经在故乡的天空上盘旋，一圈一圈地，就是找不到栖息的树枝。而我却并不觉察，我还在这一次次的追问后，拿起画笔，添上了许多不该添上的东西，直到那一年，探亲归来的父亲，激动地摔碎了手中的一只茶杯。

我全然被有料到，一向对我温厚慈爱的父亲，会做出这么激烈的反响。当父亲手中的那个杯子砰然碎地的时候，我的额头，父女惊喜相见时，父亲亲吻过的痕迹，还湿漉漉地散发着不尽的温暖。而我，不过是沉浸在那个永远也说不完的故事里，不过是刚才随意地问了祖母一句："那个女子，真的长得很美吗？"祖母也惊愕了，她搂住我，责备地看着父亲。父亲长叹一声，在我委屈的抽泣声中，祈求似的看着祖母，低沉地叫了一声："娘……"

父亲一直唤祖母"娘"。同样几十年乡音不改的父亲，用悠悠的乡音唤"娘"的时候，就像唱一首抒情的歌一样地好听。父亲每一次呼唤"娘"的时候，祖母的脸上总是漾出最舒心的笑容。我知道，祖母离开家乡，在一个陌生的地方，在一个处处隐藏着险恶的年代，艰难地求生的时候，这一声声的"娘"，是祖母活下去的最强大的动力。一声稚嫩的"娘"，让祖母擦干了悲伤的泪水，坚强地在一个举目无亲的城市，站稳了自己的脚步；还是这一声稚嫩的"娘"，让一个从大山深处的小乡村里被迫走出来的乡下妇女，甘愿过着最苦的日子，却决然地送自己的儿子，上穷人上不起的学堂。这声"娘"，曾经把劳累过度的祖母从晕厥中，呼唤回来；这声"娘"，让深明大义的祖母，毅然地送别自己唯一的儿子，去千里之外的遥远的北方，做自己热爱的工作。父亲唤"娘"的时候，祖母的心，那一颗被沉重的生活和粗糙的琐事层层地压在最底端的几近破碎的心，会突然地抖掉上面的尘土，挣扎着像枯枝发芽一样，颤颤地萌出鲜活而柔软的嫩叶。

那一天，四年没有回家的父亲，就这样低低地轻唤了一声"娘"，然后就哽咽着无语了……我知道，父亲一定有很多很多的话要对祖母说。父亲每一次探亲回来，都和祖母有说不完的话。祖母总是在父亲回来的时候，为父亲铺一张暖暖的小床，从箱底里拿出平日里舍不得用的新被子，在窗外的晒台上，晾晒一会儿，好看的缎子被面和新崭崭的被里，发出好闻的阳光的味道。父亲却在踏进家门的初始几天里，根本不去睡那张暖融融的、新簇簇的小床，他把被子抱到我和祖母的大床上，在床的外侧，紧挨着祖母的被子，铺好，母子二人，头挨头，心贴心，彻夜彻夜地说话，说着一些我懂的和我不懂的话。父亲说，说我的温柔的母亲和憨厚的弟弟，说他的矿区，说他的钻塔，说他在白茫茫的北方的冬天的旷野里，遥望南国的故乡，遥想远方的亲人！然后父亲又问，问祖母的身体，问我的学习，问我们祖孙俩的一切……我常在他们絮絮的交谈中，沉沉地睡去，又在他们柔柔的轻笑里，蒙眬地醒来……那一晚，父亲却没有像我预料的那样，和祖母有着说不完的话，他稍显沉默，他像个孩子一样，像我一样，把头轻轻地倚在祖母的肩胛上，很久很久，祖孙三人就这样静静地躺着，在暗夜里，在静默中，一股暖暖的溪流一样的情感，在我们的心间流淌。还是父亲打破了沉默，他恳求地对祖母说："娘，不要再和红儿说这些已经过去了的事情了，不要再说了！她会怨恨她的爷爷，她没有理由怨恨……"父亲说这话时，似乎用了很大的、蓄积了很久的力气，然后就像疲惫极了一样，静静地偎在祖母身边，不再说话。祖母一直沉默着，黑暗中，有什么东西轻轻地滴落在我的头发上，我伸手摸摸祖母的脸，湿湿的，那是祖母的泪，正一滴一滴地滴落……那一晚，窗外有清长的月光，清清的，像祖母的泪；长长的，是父亲的乡愁。

在那个晚上，我听到了在我早熟的少年时代，不难听懂的一句话，我听懂了，我朦胧地知道了，我心中的那只小鸟，被我用想象的画笔，画上了怎样的羽毛，画上了怎样的翅膀，一笔一笔的，都是沉重。它沉重得无法找到栖息的树枝，沉重得再也飞不起来，于是，我把它藏在心里，慢慢地，它的翅膀，被一个解不开的心结缠绕住，牢牢地缠绕住，再也无法飞起来，再也无法飞回故乡了……直到很多年以后，我走过岁月，走过岁月的风尘，走过岁月的惘然，等到我终于能够恍然地打开心结，想放飞那只小鸟时，就像父亲预料的那样，那只小鸟，它的翅膀上，带着累积的怨恨，掠过之处，洒下的都是对亲人的伤害。而我，却还在浑然不知中，没有意识到，那是一种多么真真切切的伤害。

（四）

我和祖母相依为命的生活，在我读高中的时候，结束了。我离开了那座我出生的、度过了快乐而懵懂的童年、度过了早熟而忧郁的少年、留给我太多太多的记忆的城市，去了北方，我回到了父母身边。祖母却一直不肯离开那座城市，她独自一人留下了，那种祖孙俩相依为命的生活，真的结束了吗？不，没有！就像父亲当初离开祖母一样，一种深刻的、远隔千山万水的相依为命，才真正开始。

我离开祖母的时候，是在一个秋天，暑热在这座号称"火炉"的城市里，才刚刚散去。我和祖母不一样，我清楚地记得那是在一个秋天，天高云淡里，我忧忧地笑着，欣喜着即将和久别的父母的欢聚，忧伤着即将和欢聚的祖母的久别。我一遍一遍地恳请祖母，和我一起走吧，去那座她的唯一的儿子工作和生活了多年的北方城市里，一家人团聚吧。祖母轻轻地摇摇头，摇摇头，就在那个云淡风轻的秋天，祖母幽幽地说："太远了，离家太远了……"祖母说这话的时候，眼睛里有一种湿湿的光泽，湿湿的。我懂祖母那个"家"的含义，因为懂，所以我也有了一点稍稍的恼怒，我几乎是冲口而出："家？爸爸、妈妈、我和弟弟在哪儿，哪儿就是我们的家呀！"我说完以后，就流泪了，但是我并没有像以往任何一次流泪一样，偎在祖母的胸前，我倔强地站着，我倔强地甚至没有和同样在流泪的祖母拥抱一下，就怨怨地走了。

回到父母身边的我，并没有我想象中的快乐。我太习惯和祖母在一起的生活了，习惯了祖母的乡音，习惯了祖母的鼾声，习惯了祖母的气息。我经常在要喊"妈妈"时，脱口而出的却是"奶奶"。我给祖母写信，劝她来北方，成了一个不变的话题。我每次给祖母写信的时候，提起笔来，就会想起来父亲当时给我们的每一封信里那个沉甸甸的叮嘱，就会想起那些个流淌着心酸的温馨的黄昏，就会想起那一盏温暖地照在小方桌上的灯。现在，祖母也会在暖暖的灯光下，读我的信吗？我叮嘱祖母和谁相依为命呢？于是，我就流泪，就怨祖母，就怨那个离她很近、一刻也没有从她的心中忘掉的故乡。

在很多年里，渴望全家人团聚，几乎是我们一家人永恒的主题。我们像做梦一样，盼望有一个时刻，苍天会向我们露出一个灿烂的笑脸。一次次地盼望着盼望着，父亲总是说，等到明年，明年忙完了手头的工作，一定要去把祖母接来，祖母若是还不肯，就是绑架也要把祖母绑架来。我和弟弟，就盼着有一天，睡醒了，睁开眼，听见厨房里有响动，蹑手蹑脚地走过去，看见祖母熟悉的身影在灶台前，给我们煨只有祖母才能煨出来的好喝的藕汤。就在这样的盼望中，父亲说的那个明年如期而至了，祖母来了，终于来了，离开了那座她生活了几十年、她近近地就可以眺望到故乡的山山水水的城市，来和我们团聚了。可是，那却不是一个令人心醉的时刻，那是一个令所有的人心碎的时刻。

那是一个怎样的"明年"呀？父亲没有忙完那永远也忙不完的工作，就躺倒在病床上了，生命短暂到以"月"来计算了。我曾经痛苦地想：如果一家人的团聚，是以父亲的绝症为前提的，这个团聚的代价，太大太大了！它是一种破碎的团聚，我拒绝这样的团聚！

父亲却在生命的最后时刻里，倾情地享受着这来得太晚太晚、太珍贵太珍贵的团聚！他握着祖母的手，一刻也不愿丢开，他像个孩子似的嚷着："娘，我想吃你做的粉蒸肉……娘，还想吃你做的蓑衣丸子……"祖母含着泪，点头，点头……父亲又说："娘，我想回家，回家……"祖母还是含着泪，点头，点头……我们都明白，父亲那个"家"的含义，它远在千里，又近在咫尺，它从没有离开过父亲的心田！在那段最后的日子里，父亲说得最多的一个词就是"娘"，就是"家"，他要把几十年缺失的呼唤，一声声一声声地弥补回来吗？

　　我永远也无法忘记，父亲在医院里弥留的那个夜晚，他用尽了生命里所有的力气，紧紧地轮流握着母亲的手，握着我的手，握着弟弟的手，紧紧地，不放，不放！母亲意识到了什么，低低地对我说："快回家，喊奶奶来！"我飞奔回去，在那样的一个深夜里，一个黑魆魆的伴着死亡气息的深夜里，我一路哭泣着喘息着飞奔回家，远远地就看见家里的灯光亮着，祖母的身影清晰地映在窗帘上，祖母在梳头，一下一下地，在这个深夜里，梳头。她站得笔直，手臂高高地举起，又缓缓地落下……我就在那一刻，愣在了那里。我太熟悉祖母梳头的这个动作了，她总是站得笔直，手臂很有力量地举起，又很有节奏地落下。我和祖母一起生活的那些年里，每当我们的生活里出现了我们几乎无法凭自己的力量解决的问题时，祖母就会这样地梳头，有力地、缓缓地，梳头！我总是用一种近乎崇拜的眼神，看祖母梳头，看了那么多年，看祖母把青丝梳成了白发……那个深夜，我英年的父亲撒手人寰的那个深夜，我古稀的祖母，就在这异乡的土地上，笔直地站着，举起她沉重的手臂，一下一下地，梳她满头的华发！

（五）

　　父亲永远地走了，他理想中的全家人的团聚，短暂得像昙花一现，凄美得像空中的烟花，炫亮过后，半空的落寞，一地的粉碎。遵照父亲的遗愿，两年以后，母亲带领我和弟弟，护送父亲的骨灰，千里迢迢地，回到故乡。把手中那个冰冷的盒子连同我们冰冷的心，葬在了故乡的山坡上。一抔温热的土，一个冰冷的穴，父亲终于回家了，他临终前念念不忘的家，就是山坡上、层层的竹林掩映下的一方小小的土地！安睡在故乡的土地上的父亲，他的心，踏实了吗？人，终究是太渺小了，渺小到需要倚靠一点什么吧？人的灵魂都是漂泊的，只有这样的紧紧倚靠，才能让漂泊的灵魂，回归至温暖吗？！

那一年回故乡，我又见到了年逾古稀的祖父，那是我最后一次见到祖父。苍老的祖父在弯弯曲曲的山道上，默默地迎接我们，他的眼睛在看到我手里的那个冰冷的盒子时，那张满是沧桑的脸，轻轻地抖了几下，却没有泪。或许，上过战场的祖父，经历过太多的生生死死；或许，人活到某一个年纪时，死亡已经不再是一件可怕的事情。祖父，依旧和父亲那样地酷似。在看到祖父的一刹那，我泪如泉涌，不是为陌生的祖父，是为我的父亲，为父亲没有机会享受晚年的沧桑，为父亲竟然不给我机会，看到他沧桑的脸！在那一段忧伤的日子里，我始终不愿和祖父多说话，对我而言，他太陌生了；对祖母而言，他太亏欠了。我在心底本能地拒绝他。这个和我那么陌生却又明明是血脉相连的老人，在那些天里，一直小心翼翼地、静静地陪着我们，很多次，我们单独相向时，祖父会低低地问："红儿，你奶奶……还好吧？……"我从不回答，不回答！却又管不住自己的泪水，簌簌地流。

直到我们要离开的前一天晚上，祖父很坚定地拉着我的手，很短促地说了一句："跟我来。"就急急地领着我，穿过堂屋，穿过天井，穿过昏黑的小巷。祖父走得那么熟悉，走得那么利索，遇到门槛和台阶，就慈爱地关照我："红儿，抬高脚！"我那一个晚上，那么听祖父的话，那么温顺地让祖父苍老干硬的手紧紧地握着我，就像小时候他强壮有力的手，温和地牵着我的小手，走过故乡的小桥一样。祖父领着我，来到山脚下的一个小木屋前，他抖抖地从衣袋里摸出一串钥匙，熟练地挑出一把，咣当一声，门环在那个寂静的山村的夜晚，发出清脆的响声。祖父推开门，在我疑惑的目光里，从怀里摸出一个手电筒，就在祖父拧亮手电筒的一刹那，我惊恐地大叫了一声，我看见，黑乎乎的屋子里，在雪亮的光束下，是三口黑漆漆的棺材。我恐惧地哭着，抱住祖父的臂膀，泣不成声地说："爷爷，你别吓我，我害怕！"祖父直到这时才回过神来，才注意到我的恐惧，他笑着拍拍我的背："红儿，不怕，这棺材是新的，我刚刚漆过第三遍油漆。你们明天就要走了，我想让你告诉你奶奶，我给她做好了棺材。三口，最好的那一口，是给你奶奶的。红儿劝奶奶回来吧，奶奶最听红儿的话。"这是祖父在他的一生中，和我说的最长的一句话。

如果那一年我知道那是我最后一次见到祖父，如果我知道这个我太陌生的、却在血管里和我流着相同的血的老人，在两年以后，也长眠在故乡的山坡上，长眠在父亲的身边时，我会抛掉岁月积累起来的冷漠，摧毁从小埋在心里的怨恨的种子，走进这个走过悠长岁月的老人的内心，解读他经历过的许多坎坷和无奈吗？我怎样向发誓永远也不想再见到祖父的祖母描述那三口并排摆放在小木屋里的黑漆漆的棺材呢？对祖母而言，那到底是一种死亡的等待？还是一种温暖的召唤呢？

我该怎样向祖母描述呢？留在了北方的祖母，在以后的许多年里，在这座远离故乡的北方城市里，平静地和我们生活在一起，没有细雨霏霏，没有乡音绕绕，祖母也不再和我们提起远在千里之外的故乡了。可是，故乡真的远离了祖母吗？祖母在北方冬日的艳阳里，晒着暖融融的太阳时，会说："这么好的太阳，在河边的青石板上洗衣服，不会太冷……"在秋高气爽的季节里，我带祖母去郊外散心，祖母会深深地吸一口北方的干燥空气，自言自语道："有桂香就好了！"是的，只有我知道，故乡其实一刻也没有从祖母的心里散去，没有，没有，我知道，没有！

每当我静静地凝视祖母的时候，我的脑海里就会浮现出祖父苍老的手，颤颤地打开那间小木屋的情景。祖父一遍一遍地漆着那三口棺材的时候，也正是祖母在暖暖的阳光下，带着老花镜，专心致志地为自己缝制寿衣的时候吧？祖母会认真地问我："红儿，这朵花儿，绣得不够平展吧？"我无言，我知道祖母并不真的期盼我的回答，更多的，她是在说给自己听，就像那套花枝招展的寿衣，又会期盼谁的喝彩呢？人，走过了遥遥的路，疲倦地来到一个终点，从容地为自己准备遗物，冷静地将身体摆放停当，然后，静静地等待，等待手脚慢慢变冷，等待意识渐渐涣散，等待灵魂像一缕轻烟一样缓缓地从肉体上飞离、飞离，这个过程，也是漫漫人生的最后一个体验吧？祖父和祖母，五十年没有相见，他们却几乎在同一个时刻，做着同一件充满了向往的事情。我无言，我只能无言。

可是，我真的能劝说祖母，在她生命的最后时刻，重新踏上中断了五十年的归乡之路吗？不，不，我其实不是要劝说祖母，更多的，我是要劝说我自己。我愿意祖母再踏上那一条她洒满了伤心的泪水的乡村小道吗？我愿意祖母再站在故乡吱吱作响的小木桥上，回忆祖父八年的杳无音信带给她的痛苦吗？我愿意祖母为了那一口棺材，去成全一个伤她最深的人的灵魂的自我救赎吗？还有，还有，还有随后五十年的孤苦无依，五十年的既不能走进又不愿远离的无望的守望……我能吗？能吗？

于是，还是在一个有着暖洋洋的太阳的午后，祖母在阳光下，再一次地展示她的精美绝伦的寿衣时，我对着满脸是泰然的宁静的祖母说："奶奶，我们不回去。我在这里给您买一块最好的墓地，最好的。我和弟弟有空就去看望您，给您带……"我话还没有说完，就发现祖母眼睛里跳动着的憧憬，一下子黯淡下来，祖母急切而不安地问我："你们不同意我回去吗？不让我回去吗？"我突然恍然了，恍然以后，是一种有一些恼怒的愕然。我冲动地说了一句我为此终生痛悔的话："奶奶，您不能回去，爸爸能回，您不能！您不能为了一口棺材，没有骨气！那个伤您的人，想用一口棺材，救赎自己。我懂这个，我长大了。"

祖母惊呆了！长长的沉默，长长的。紧接着，她就倒了下去，祖母中风了。

这是我平生和祖母说的最深奥的一句话。最深奥啊！我长大了，我长大了吗？如果说长大了，就意味着伤害的开始，我为什么要长大呢？

（六）

谁能回答我呢？当我经过千里的颠簸，终于扶着祖母的担架，站在故乡的小桥上的时候，小桥的吱吱声能回答我吗？我为什么会那么深地伤害祖母呢？哗哗的河水，能冲去我再也无法挽回的痛悔吗？

祖母回来了，五十年前，祖母站在这座小木桥上，选择了愤然离开，从此，一别五十年！五十年后，她深深地昏迷着，又经过这座小桥。我知道，这吱吱声，一定在她漫长的异乡的梦境里反复响起过，否则，祖母怎么会在五十年中，念念不忘她梦中的家呢？看着我美丽的故乡，听着河水哗哗地从脚下流过，如果不是怆然离开，如果不是慨然归来，如果只是淡然地从桥上走过，这吱吱声和哗哗声，真的就宛如一首遥远的童谣般地美好了！那是一种能唤醒一点温柔的回忆，能唤起一些朦胧的想象，能让一种情愫从心底缓缓地涌上来的声音……可是，现在，祖母昏迷地躺在担架上，昏迷地经过这座她当初发誓再也不会踏上一步的小桥，我的心怎么能够淡然？我的脚步声和着这吱吱声，在她离别五十年以后重新响起在故乡的小桥上的时候，我昏迷的祖母，她能听见这如同一首辽远的歌一样悠悠地唱起来的声音吗？

祖母回来了，回到了故乡，用顽强的昏迷坚守了遥遥的千里路程的祖母，终于在故乡的土地上，咽下了最后一缕微若游丝的气息，那一刻，窗外整树整树的桂花，正浓郁地怒放着。那口黑漆漆的棺材，终于等来了它走过千辛万苦、迢迢归来的主人。盛装的祖母，被轻轻地放了进去，轻轻地，就像她还活着，一直活着，只是深深地睡着了，不能弄醒了祖母，更不能弄疼了祖母，只有在那个深深的梦境里，祖母才终于找到了她最后的温暖。

山坡上，祖父和父亲的坟茔，松柏苍翠，青竹茂然。还有那几十年前夭亡的小叔叔，他小小的坟茔已经湮没在一片青翠的竹海里。用不了多久，祖母的坟茔也会青草萋萋。父亲几乎一生都没有享受过祖父的关爱，当他长眠在故乡的怀抱、长眠在祖父的身边时，那种他从未品尝过的父爱，会通过粒粒温热的土壤，直达他无时无刻不在企盼的心灵吗？我久久地站在父亲的坟茔前，用泪水告诉他我对祖母深深的伤害，我能祈求到父亲的一个慈爱的笑，告诉我，他已经说服祖母，原谅我了吗？

我就那样在那个山坡上久久地站立着，看着我的故乡，故乡在我的心里，是一座座坟，一座座悲伤的坟，一座座凄苦的坟，更是一座座温暖的坟。

……

此后，每逢秋天，在某个温暖的午后，空气中有缕缕的桂香飘游的时候，我就会坐在祖母生前最爱坐的那一把老式的木椅上，深深地想念我的祖母，一遍遍地在心里请求她的原谅。泪水会无声地流出。那时，我牙牙学语的儿子，趴在我的身上，用他胖乎乎的小手，拭去我的泪水，稚声稚气地说："妈妈又在想老太吗？妈妈不哭，妈妈把老太种在了地里，明年就会长出一个新老太。"我就抱着我的儿子，失声痛哭。

是的，我把我的亲人们都种在了地里，种在了故乡的地里，他们都长成了一棵棵树，他们的根在地下相连，他们的枝在空中相拥，他们的叶在温暖的阳光下，在轻柔的微风里，沙沙地响着，那是他们在释然地诉说，诉说着前世今生的故事。

中药的味道

　　"谁给你熬中药？"远方的朋友在电话的那一头，轻轻地问了一句，很普通的一句话，我却在电话的这一头，泪流满面，隔了万水千山地泪流满面了。一只手握着电话，另一只手缓缓地拭去泪，仍然淡淡地闲聊，不让自己的声音哽咽。挂了电话，便再也抑制不住涌出的泪，它们顺着我的腮，流进我的唇。伸出舌尖轻舔，仿佛就舔出了一种中药的味道，是的，那是中药的味道，中药就是这个味道。

　　没有人知道，我为什么会为中药流泪。我想，人，也许就是这样的：在某一个时刻，被某一件小小的事情触动，有一些记忆的碎片，有一些伤感的回放，有一些微微的痛楚，就会被一根细细的线，从心底的一个静默的角落里牵扯出来，先是丝丝缕缕地缠绕，慢慢地就会弥漫整个心间。就像现在，在这暮霭里，在这乍暖还寒的春风里，恍惚中，中药的味道就在空气中弥散开来，一直飘呀飘，它们飘进我记忆的深处，在那里盘旋，不肯离去，又拽出尘封了很久的悲伤，氤氤氲氲的，伴着中药的味道的悲伤。

　　这是我熟悉的一种味道，仿佛融进我的血液里。那时，父亲被所有的医生判决为绝症，所有的，中国的，外国的。生命日复一日地衰竭下去。所有的人都在绝望中，在父亲的痛苦煎熬中，等待一个可怕的时刻！那是一个眼睁睁地看着火焰从一个正值壮年的鲜活生命上，摇曳着衰弱下去，暗淡下去，直至完全熄灭的悲惨时刻。母亲，我柔弱的母亲，每天几乎不说一句话，在那些被悲哀和沉痛压抑得快要窒息的日子里，眼里只有一件事情，那是一件比天还要大的事情：熬中药！锲而不舍地坚持为父亲熬中药！母亲相信，相信那一个个面容矍铄的老中医。母亲说："你瞧，这方子是专为你爸爸开的，不像西医，那么多人用同一种药。"母亲说这话的时候，是笑着的，难得地笑着！那是我见过的最坚定的一种笑容，就像茫茫的黑夜中，唯一的一颗星星，在遥远的天幕上坚守，微弱而顽强！母亲细致地看那药方，不放过每一次的药量的变化，就像不放过那些老中医脸上每一个细微的表情，尽管许多时候，根本看不到他们的表情，但母亲就是相信，相信他们的淡然，是因为父亲的病情根本就不足挂齿。

我总是看见疲惫的母亲，拖着灌了铅一样的沉重的双腿，摇摇晃晃地从医院回来，手里拎着大包小包的中药袋子。母亲进门的那一刻，憔悴的脸上，目光呆滞而绝望。可是，母亲一走进厨房，就像换了一个人，很敏捷地洗药罐，打开中药袋子，把药倒进罐子里，又磕磕纸袋子，不放过最细小的碎末，把药也是把最后的希望，倒进罐子里。那希望是那么殷切！而我们相信母亲，相信母亲在炉火旁一站，氤氲的热气弥漫开来的时候，空气中就能嗅到希望的味道，能嗅到的！母亲总是一动不动地站在灶台边，盯着药罐子，聚精会神地盯着，就像盯住了希望，它就溜不掉了一样。母亲的眼睛，只有在为父亲熬药的时候，才会聚起两团跳动的光亮。那光亮，在幽暗的灶台边，伴着火焰，一闪一闪地，比火焰还明亮。召唤着我和弟弟就像两只小雀一样，围在母亲身边，叽叽喳喳地争抢着去倒药渣。

"妈妈，让我去倒，我倒得好，我知道，药渣要倒在路边，要让人踩！使劲踩！"

"妈妈，我去！我去！我比姐姐倒得好，我听话，我知道，倒完药渣，不能回头。我昨天回头了，我今天一定听话，一定不回头。"

常常在争抢中，药罐砰然碎在地上，母亲就兴奋地喊："破了！破了！好了，不用吃药了，不用了……"可是，紧接着，她又会恐惧地哭，抱着我和弟弟哭。

那是黄昏的厨房啊，是一个家庭最温情的时刻。是一个家庭最温暖的地方。那是饭菜飘香的地方，是暖暖的灯光下，母亲从锅里夹一块肉，放进父亲嘴里，柔声地问"味道好吗？"的地方啊！

现在，在那些个黄昏的厨房里，没有人关注饭菜的味道，那里只有一种味道，我们只能闻到一种味道，那是苦涩的中药的味道！可是，在那段日子里，我还是愿意闻那浓浓的中药的味道。我和弟弟放学回到家里，总是第一时间冲进厨房，看见母亲在，看见药罐在，看见母亲眼里希望的火焰在，竟然是那样的温暖！甚至盼望家里能永远弥漫着这浓浓的中药味道，只要它弥漫着，父亲就不会离开我们吧？只要它能阻止父亲的远去，它就是一种最甜美的味道。

母亲用心在熬，在熬自己的心。纵然是把心作为药引子，父亲也还是在英年之际，永远地走了。家里没有中药的味道了，没有了。

"把它烧了吧。"母亲站在台阶上，自言自语道。失神的眼光里有一些切切的恨意。我知道她是指那些中药，那些父亲在去世的当天还在吃着的中药，那些再也没有人吃、再也不用劳神费心地去熬了的中药。它们被整整齐齐地摆放在一个很大的盒子里。我看了看已经无泪可垂的母亲，很乖很听话地把它们从袋子里倒出来，枝枝杈杈的中药，在院子里聚了一小堆，就像一堆剪切得很讲究的小小的柴火。我点燃了它们，它们噼噼啪啪地燃烧了起来，就像一堆真正的柴火一样燃烧了起来，有柴火一样的黄色的火焰，白色的轻烟，却仍然有着中药的味道，只是那味道已经不是炉火上的药罐子里冒出的、微微翻腾着希望的味道。这是绝望的火焰！绝望的味道！我第一次闻燃烧的中药的味道，感觉不到苦涩，感觉到的全部是绝望，像母亲的眼神一样，全部是绝望！

火焰熄灭了，一个生命远去了。也许，我们可以用轮回来安慰自己。那么，一段记忆呢？新枝可以掩旧枝，新雪能够压旧雪。记忆，我拿什么来覆盖你像伤痕一样，烙在我心口上的印记呢？

远方的朋友，我想告诉你：我不敢不忍更不舍让母亲给我熬药，虽然是小恙。母亲的心头，有比我深得多的伤痕啊！我喝着从医院的机器里煎熬好了的，像生产车间的流水线一样也罐装好了的中药，仍然有淡淡的苦涩，但和我记忆里中药的味道，相去甚远。我看不见它们原来的模样，不知道它们的名字，不清楚它们的分量。看着包装精致的一个个小塑料袋，就像许久没有见过面的老朋友，乍然相见，恍然隔世。

也许，我错了，我应该让母亲给我熬药。让母亲亲自给我熬药。让她站在温暖明朗的厨房里，把她的希望，把她的柔情，把她浓浓的爱，融在这熬药的过程中。让母亲看着我喝下她亲手熬的药，看着我健康起来，快乐起来。让母亲帮我擦掉挂在嘴角的药迹，我会抱着母亲的肩，撩开她的白发，对着她的耳朵说："妈妈，你熬的药，就是好！"

　　也许，这才应该是中药真正的味道。

童话不落幕

许多年前的一天——童话故事往往以这样的句子开始，我写的这个故事也和童话有关，姑且也这样开篇吧。那一天，我在一本书的扉页上郑重地写下一个人的名字，是规规矩矩的正楷，还附加了拼音。这意味着这本书从此属于他，这是他人生的第一本正式读物，而此前的那些小画册是不能算作正式的。那天适逢早春，阳光从微开着的窗户挤进来，洒落地板，照在一个正在玩积木的孩童身上，他牙牙学语，口中念念有词。那束阳光像舞台上的追光灯一样罩着他。他在这光束里颤颤巍巍地站起来，摇摇摆摆走向我，小手去抓他的书，然后捧在怀里，坐下来，低头用乳牙去啃，口水顺着书脊流了下来。我望着他，我的儿子，我并不去阻止。在这春风里，我满怀憧憬，我想，若他是个善感的孩子，日后还会有眼泪来浸润这本书。优秀的书有资格饱吸人类的眼泪。

那是一本《安徒生童话集》，作者汉斯·克里斯蒂安·安徒生。

确切地说是我开始了阅读。这是我一生之中第二次读安徒生的童话，第一次当然是在遥远的童年。

是不是所有的孩子都曾经拥有过这样的一本书呢？而首先的阅读者都是母亲？

许多个夜晚，牙牙学语的孩童终于停止了喋喋不休，沉沉地进入他的梦乡。我拿起这本书，像从没有读过一样，在童话的宫殿里把自己还原成一个四处乱撞的孩子。

台灯撒下橘黄色的柔光，世界静谧。丑小鸭、海的女儿、卖火柴的小女孩……我在童话世界中穿梭、跌宕。这些故事家喻户晓。绮丽的幻想、诗意的表达、浪漫主义和现实主义的完美结合。爱是这本书全部的要义，而善是雨露，滋润每个字。

一百多年以前，三十岁的丹麦青年安徒生做出了一个决定，他给他的朋友写信说，他要开始为下一代创作了。而此前，诗歌、剧作和小说已经使他享誉丹麦，但是他决定了，他说，为未来者写作才是他不朽的工作。

我要多么感激安徒生的这个决定！绝不仅仅是我，全世界八十多种语言覆盖的地方，一百六十八篇童话故事的阅读者，都会感激这个把智慧和生命献给未来一代的人。

在接下来的更多个日子里，我给儿子读这本书，用我的语调、我的理解和我的想象。有时候是通篇读，有时候选取段落。《丑小鸭》的描写多么细致，诗一样的语言：小麦是金黄色的，燕麦是绿油油的，干草在绿色的牧场上堆成垛，鹳鸟用它又长又红的腿在散步，田野和牧场的周围有大森林，森林里有很深的池塘……我相信儿子的眼前一定会有一幅画面，他晶亮的眼睛告诉我他看见了天空蓝如锦缎、河水清澈见底、烂漫的鲜花是行进的路标、纷飞的蜂蝶是传话的精灵。

而后，我仿照着这本书的风格，也像个纺织娘一样，在春夏秋冬中不停地编织自我创造的童话。没有什么比读童话或者编织童话更令我乐此不疲的了。在我的故事里，男孩儿英勇正义，女孩儿美丽善良。妖魔鬼怪强盗恶人被压进大山、沉入海底。而听故事的这个孩童，时而愤怒、时而焦急、时而遐想、时而满足。

后来他识了一些字，他坐在地板上翻动他的这本书，用有限的识字量在书中找寻他想要的东西。他神态专注，仿佛想钻进书中变成某个王子，或者变成一把王子手中的利剑也不错。有时候穿窗而入的阳光照着他，他的头发上便有阳光的晕圈。有时候没有阳光，但他满脸阳光的样子。

时光之钟的嘀嗒声昼夜不息，孩童在光阴流转中长成了少年。

也是在一个春天，窗户开着，风吹进来，撩动窗帘。他坐在春光明亮的书桌前，他在读书，是一本关于安徒生的人物传记，《从丑小鸭到童话大师：安徒生的生平及著作》，作者伊莱亚斯·布雷斯多夫。他央求我买的，这个孩子开始读人物传记了，他早已经读透了那部童话选本，现在他几乎认识了所有的常用汉字，他坐在汉字搭建的小木船上，沿着一条河逆流而上，去探究童话的源头。他的眼睛依然晶亮，鼻梁上架了一副眼镜，镜片后面的眼睛里，有了更多的内容，少年的探索和探索中的迷茫。

我，默默地看他读书的侧影、读书的背影，像农人望着田垄里的禾苗。

我们几乎是在同步读这部传记。他放下，我拿起，两枚书签在书页中你追我赶。

安徒生，穷鞋匠和洗衣妇的儿子，出生在棺材板拼制的床上，十一岁失去父亲，去工厂当童工，被沉重的活计累得头晕眼花。瘦弱、多病。十四岁独自一人离开家乡小镇去首都哥本哈根谋生。陌生的都市，茫然的少年，最后几枚钱用尽而流落街头。当歌唱家的梦想也因久咳不愈而坏了嗓子，痛失舞台。后来转写剧本，剧作在皇家剧院公演，获得巨大成功。而后，我前面提到的那个伟大的决定使安徒生开始了四十三年的童话创作，直至生命终结。这一决定使安徒生不再仅仅属于丹麦，而是属于整个世界。

是什么让安徒生，这个从小与疾病、饥饿、寒冷纠缠不休的人，却在一幕幕童话故事中编织温暖、善良和明亮？又在尝尽人间悲惨滋味后对人类未来充满美丽的想象和愿望？

这个问题是一块巨石，安放在源头的某个山谷里，等待阅读者的探寻。

而这个读者，他已不再是一个于童话故事中追问"后来呢？后来呢？"的孩童，而是一个在一本成年人阅读的书籍里质疑"为什么？为什么？"的少年。这就是成长吧。时间偷走了一个懵懂的孩童，书籍是帮凶。它们还给世界一个思考的少年。

这个少年终有一天会知道，真实横陈在美丽童话的另一面，它的真相和本质绝不是如童话般善良和完满，生命与生俱来就伴随着流血和疼痛。

而更多的问题是无解的，尤其是关乎人性的问题。

我想起来法国作家夏多布里昂说过：每一个人，身上都拖带着一个世界，由他所见的、爱过的一切所组成的世界，即使他看起来是在另一个不同的世界里旅行、生活，他仍然不停地回到他身上所拖带着的那个世界去。

这个比安徒生年长五十七岁的法国作家的话，似乎就是预留给安徒生的。

安徒生的身体里拖带着一个童话的世界，是上苍放进去的。所以，安徒生是一个长不大的孩子，他眼里只有美、善和暖。

许多年以后，这个读书的少年会理解这段话吧？我也希望他的身上拖带着一个童话的世界，这样，他一次次从某个探索的源头回来的时候，仍然有不落的童话世界与他同在，他仍然爱这个世界并获得蓬勃的力量。

阳光暗房

　　有些事情适合一个人去做，比如在暗房里冲洗照片。这个道理，我是在很多年以后才明白的，可惜等我明白时，暗房里的那个人已经离我远去了。到后来，等我爱上摄影的时候，干脆连胶片时代也仿佛退出了摄影的主舞台。但那间小小的黑屋子，挂了厚厚的黑红色的丝绒窗帘、亮一盏暗暗的红色的小灯的静谧的黑屋子，就像一张照片一样，定格在我记忆的胶片里。

　　那是酷爱摄影的父亲自己动手改建的一间简陋的暗房。在打开大门、拉开窗帘的时候，我常常进去，没有什么特别的地方，一个冲洗的池子，几台仪器一样的东西，一些装了液体的小瓶子。那时，小小的我，怎么也不明白，为什么只要关上大门，拉上窗帘，拧亮那一盏小红灯，父亲就能从这间黑屋子里，变出那些我从来没有见过的遥远的地方的山山水水，变出那些陌生的却有着可爱的笑容的面庞，而那个在家门口一株熟悉的树下傻傻地笑着的小人儿，可不就是我吗？而此前，我一直以为，这些神奇的照片，是只能从照相馆里取出来的。

　　那间小小的暗房，就这样成了一个孩子心中神秘的魔术屋，只要看见父亲进了暗房，反锁上房门，我就会满怀希望地等待，甚至焦急地在暗房外徘徊，却不敢进去，那种未知的神秘感令一个懵懂未开的孩子心生敬畏之情，而那些等待的徘徊，又是多么折磨一个孩子什么都想知道的小小的心。

　　终于，在我的一再请求下，父亲答应在他冲洗照片时，我可以在旁边观看，但是，在整个过程中，不能开窗、不能开门、不能开灯、不能开口，不能乱动。其他的条件我都能模模糊糊地理解，"不能开口"这一条，着实让我莫名其妙了好一会儿，但机会是多么难得啊，我几乎是跳跃着答应了这些我懂或是不懂的条条款款，像一只快乐的小猫一样，哧溜一下就溜进了暗房。

门关上了，窗帘拉上了，小红灯发出黯然的光芒。一个小身影站在黑暗的角落里，紧闭着小嘴巴，好奇的目光紧盯着父亲的一举一动。瓶子里的液体被倒出来了，镊子轻轻地敲在托盘上，发出静谧里的脆响，哗啦啦的水声，父亲凝神的目光，耐心的等待，失望时一声轻轻的叹息，惊喜时一段悦耳的口哨，以及惊喜和失望交替的表情……一个冗长而枯燥的不言不语的上午，对任何一个好动的孩子，大约都是一种难熬的忍受，但对我却不完全是的，我安静得就像墙角里那张大大的蛛网上的蜘蛛，那么细致地观察着父亲的一举一动，对桌子上那叠越来越厚的照片展开一个孩子尽其所能的丰富的联想。我想，我大概就是从那时起，喜欢在一旁静静地看一个男人入迷地做他喜欢做的事情时的那份专注的神态。而入了迷的父亲，大概忘记了我的存在，在暗房的门被打开的一刹那，刺眼的阳光把父亲拉回到小风轻拂的外面的世界的时候，他竟然眯着眼看着同样也眯着眼的我，问了一句让我瞠目结舌的话："红儿，你一直在暗房啊？"我听到这句话，眼泪就铺天盖地的涌了出来。整整一个上午，我乖巧得连呼吸都谨小慎微，而父亲竟然没有意识到有一个小小的身影一直站在蜘蛛网下的角落里，一双忽闪的眼睛，在黯然中紧紧地跟着他，没有错过他的在幽暗中每一个细微的表情。

父亲一定意识到我被他严重忽视了，他明白了我的委屈，作为弥补，他马上很郑重地布置给了我一项令我兴高采烈的任务：给每一张照片取一个美丽而动听的名字。他说："来，红儿，这个任务交给你，给每一张照片取一个好听的名字！"他是这么说的，一字一句我都记得非常清楚。从那一天以后，这句话在父亲在世的日子里，被重复过很多次。有时是在他刚刚满意地从暗房里出来的时候；有时是在某一个轻松的夜晚，很温暖的灯光下，一家人围坐在一起，翻看父亲精心制作的一本本影集的时候。那些影集的每一幅照片下，都用很漂亮的字，写着一段故事、一首小诗、一句感怀……而从那一天以后，这些照片又将拥有专属于它们自己的名字。

给每一张照片取一个美丽而动听的名字，那是一件多么快乐的事情。我一次次地趴在桌子上，拿着铅笔，在那一大堆照片里，选出我喜欢的、选出我懂得的、选出能承载一个孩子稚嫩而无边的想象的，然后一笔一画地写在照片的背面，期盼着这些名字，我取的名字，能被父亲用漂亮的美术字体，画在影集上，然后在一个个温馨的夜晚，有风儿吹动窗帘、有月光洒落窗棂、有栀子花香萦绕鼻尖的夜晚，父母和他们的朋友们，传看着，小声诵读着，啧啧称赞着……一个孩子可以被理解和包容的虚荣心，被最大限度地满足着。

在我专心致志地做这件令我无比快乐的事情的时候，父亲从不打扰我。而是在不急于去忙工作的时候，静静地站在一旁，默默地看着我，一如我在那间黑黑的暗室里，静悄悄地看他冲洗照片一样。一样吗？不，一样的只是默默无言，不一样的内容更多更多。有时我会悄悄地把一张名字取得不是很美妙的照片藏在一边，而把那些我认为最美丽最贴切的，高高地放在最上端。我知道父亲正默默地看着我的小把戏，但他不会插话，更不会揭穿。我的后背能感觉到那目光的温度。温存透过镜片，宽厚地罩住我，而我又能在这片笼罩里自由地驰骋。有时我会扭头，就会和父亲的目光碰在一起，在那双眼睛里，除了鼓励和慈爱，还隐约有一种特别的成分，那种成分不是那个趴在桌子上用铅笔写着稚嫩的文字的孩子所能懂得的。他的少年不识愁的女儿，除了赋予那些照片一个孩子眼里最美好的想象外，还能额外地理解更多的东西吗？

在那个需要和同龄人游戏、需要在野外的骄阳下疯跑的年纪，一张张父亲拍自遥远地方的山山水水的照片让一个黄毛小丫头，格外沉静在那张只有写作业时才肯端坐在前的书桌旁，只为送给那些露出筋骨的山、泛着波纹的水一个充满了情感的名字。而那高远天空下一排排钻天的白杨、广袤原野里一片片离离的劲草，又在一番番的独自思索和自由遐想中，给了这个孩子多少对远方的朦胧的向往啊。

待我真正地长大，能读懂那些对面迎来的目光和覆盖身后的眼睛的时候，等我终于知道，许多事情，是真的适合一个人孤独着去做才能获得最大的快乐的时候，等我想以一个成年人的口气和这个世界上最疼我的那个人做平等的对话的时候，那个人已经永远地走了。

我就常常背了行囊，去行走那些照片上的山山水水。好像有模糊的记忆在指导着我，许多第一次踏上的土地，常常莫名地散发着熟悉而温暖的气息。走在山脊上，落叶纷纷，晚霞似锦，想起年少的我曾经在类似的画面背后小笔一挥，写下"霞光和树叶的舞蹈"几个工工整整的小字，不禁莞尔一笑。又想起在暗房里被久久地冷落，想起父亲深深地沉浸和旁若无人的快乐，又会黯然神伤。很多事情就是那么无情，你拥有时完全不懂或似懂非懂，待你恍然明白以后，时光早已像一条不会回头的河流一样，载着模糊的记忆浩浩渺渺地流远了。这时，还能期盼那些依稀的往事是一叶搁浅的小舟吗？在河边的浪花里风雨飘摇地等你？走一走试试吧，你远远地一直能看见它，却也远远地一直无法真正靠近它。

也带着自己的相机，拍下我眼里的山水。天空并不总是那么高贵地蓝着，很多时候，它灰暗地像一件旧衣服；河流也并不总是清澈见底，污浊的泡沫被忧伤的浪花送上软软的沙滩；斑斓绚丽的红叶背后，都藏着细小的虫卵……但我知道，到了这个年龄也该知道，不必回避。总会有一个地方，可以用来过滤或沉淀。只是我没有自己的暗房，数码时代的到来，令几乎所有的后期工作都能在电脑上轻松地完成。拥有一间自己的暗房，在一些明媚的上午，把阳光畅快地阻在门外，在黯然的灯下，独自一人，沉浸进去，耐心而期盼地等待，等待一个个倾注了心血的影像，悄然定影在一方小小的相纸上，然后打开房门，让阳光涌进来，眯着眼睛，吹着满足的口哨离开……这个过程，成了一个远去了的奢侈的梦吗？

好在，依然可以为这些照片取一个美丽的名字。它们最终应该拥有一个美丽的名字。也让自己年幼的孩子来取，对他说："来，儿子，给每一张照片取一个最美丽的名字！"然后，我在一旁默默地看着他，就像当年那一双眼睛默默地看着我一样。

暖　香

　　有一年的夏季，我住在南方。我天天行走在这座南方城市绿荫如盖的街道上。有时是一些明媚的白昼，有时又是一些幽深的暗夜。空气中总有阵阵熟悉的植物芳香传来。我知道这个城市的大街小巷，是一排排一株株的香樟树，结满了绿色的小果实，它们在夏风里摇曳着。然而，植物的常识使我知道那阵阵熟悉的芳香不是夏季的香樟树散发的。香樟树之所以有这么一个芬芳的名字，源于樟木制品的一种特殊味道。

　　但那芳香，又是从哪里散发出来的呢？

　　我确定是一种植物的芳香。时而淡渺得像是从遥远的地方飘来，遥远到仿佛梦境的深处。飘了很远很远的路，越过了江河，越过了原野，也越过了睡眠和苏醒，到达我的身边时，已虚弱得若有若无。时而浓郁得又像是近在咫尺怒放。在暗夜里，在拐角处，在我看不见的地方，怒放。触手可及，我却找不到它。

　　转过一个路口，我看到了一排排女贞树，也是结着绿色的小果实，像一串串的小青葡萄。光和影在它们的枝头跳跃。一面承受阳光，一面落下阴影。

　　在这样的光影交错中，我听到远方传来了依稀的口哨声。一些文字就那样跃入了脑海。

　　我在一封青春的信笺里写过这样的文字："……春天的时候我们走在路上，路旁种满了女贞树，正开着一穗穗的花，我把手放在额上，遮着阳光，去看那一穗穗的花，淡黄抑或微白，空气中弥漫着浓郁的香甜，父亲走在前面，他吹着欢快的口哨，那是一曲《孤独的牧羊人》……夏天的时候，我们也走在路上，女贞树结满了一串串青色的果实，风细腻如春天般地吹过，但没有了香甜的味道，只有父亲略显忧伤的口哨，那是悠远而怅然的《小路》……秋天的时候，我独自走在路上，女贞树的果实变成了淡淡的褐色，没有香甜的味道，也没有陪伴我的口哨声……"

这篇怀念我逝去的父亲和我青春的情感的文章，是一封没有发出的信笺，像一篇私密的日记，藏在岁月的深处，从未公开过。在以后的很多年里，我每次走过一株开着碎花抑或是结满小果的女贞树时，耳边总有口哨声飘来又飘走，欢快或者忧伤。我设想，在以后，很久很久以后，一个静默的黄昏，一个没有女贞树开花和结果的地方，我要把这篇文章读给一个人听。我如同呓语般地读着，更像是读给自己听，全然忘记了坐在身旁的他。太阳刚刚落下，空气中有灼热的气息在燃烧，如同燃烧青春的信笺。黄昏里我会抬起蒙蒙的泪眼，突然想唱一首歌，想唱《小路》，想沿着一条小路，走向远方，走向记忆的远方，走向女贞树开花的地方。他会吹起口哨，伴着我的歌声，清远绝尘。周围什么都不存在了，只有女贞树开花的芳香……

走过那个路口，我又站在一排排的香樟树下，我抬头看着那些树，也看到光和影在它们的枝头跳跃。这一面是阳光，那一面是阴影，一直如此。我不知道这些香樟树，在春季里开过怎样的花朵？又有着怎样的芳香？那些花朵，那些芳香，是不是也会勾起一个人沉在岁月深处的回忆？

香樟木的香味，应该是幽香吧？深深的箱子里锁起来的幽香。在种满了香樟树的街道上，不由得想到了香樟木的箱子。在旧时江南的一些地方，香樟树是陪伴着一个女孩子成长的树木。女婴的啼哭声里，墙篱下的一株香樟树发芽了。日月穿梭中，香樟树枝叶婆娑婀娜，宛如女孩日渐丰盈的身姿。探出院墙的香樟树，在原野的风里哗哗作响，召唤着能言善讲的媒人踏薄了女孩家的门槛。待到女孩出阁的时候，成材的香樟树，会被疼惜女儿的父母打制成一对箱子，盛满了或丰厚或菲薄的嫁妆，盛满了父母的不舍之情，陪着女孩远嫁他乡。

以后呢？在以后的岁月里，或许是人人所知的美满，又或许是难以启齿的幽怨。斜阳轻洒窗棂的某个午后，一双被日子揉搓过的手，打开箱子，有幽香，还是幽香。箱子里陈年的幽香，经年累月，在时光里慢慢浸染了旧时的物件，锁住了一个女子沉淀在记忆里的芳华。

我没有见过传说中的香樟木箱子，我的女性长辈里，祖母没有，外婆没有，母亲也没有，她们都没有如此丰厚的陪嫁。

香樟树属于那些深深的巷子里、朱红的大门后，被人层层保护起来的旧时的南国女子吧？有多少这样的女子，在它的幽香中，沉湎悠悠的往事？

如此说来，香樟树是不是还应该有另一个名字呢？叫女儿树？

每一种树，是不是都另有一个被人赋予了新意的名字？而每一个人是不是又都有一种属于自己的树呢？每个人，都应该有一种属于自己的树，就像每个人不论尊贵还是卑微，都在夜的幕布上有一颗属于自己的星辰一样。是不是呢？这样，当我注目一株树的时候，当我在它的枝叶光影里独行的时候，我是在和一个人交谈吧？当我看着春天里它萌芽、夏风里它吐蕊、秋季里它结果、冬日下它落叶时，也一定是这个人在用生命告诉我生命本身的丰富和华美。这样，那个人就从来没有远离过你，即使死亡，也不会真正把你们分开，因为那株属于他的树，一直伫立在那里。在那里，比人的生命更加久长。

想到这些，便想到那些逝去的亲人，便想以他们的名义重新命名一些树。有了这些象征的树，我也就从来没有失去过什么亲人吧？他们，就像一株株树一样，枝叶繁茂，从没有停止过对我的注目，也时时在倾听着我快乐抑或忧伤的呓语。

属于祖母的树，一定是桂树。祖母生在鄂南，那是一个桂花之乡。也是一声女婴的啼哭，催开了一所老屋的后山坡上馥郁的桂花。那桂花不是一株两株零散地开着，而是漫山坡密集地绽放。很多年里我一直在想象那个场景，想象一条溪流穿流老屋门前，覆满飘落的碎花，脆亮的婴儿啼哭，回荡在浓郁的香甜里。我向祖母描述这幅美妙画面的时候，祖母总是笑，那笑容就像秋季的天空，淡然而寂寥。直到时光流逝到祖母的垂暮之年，握着她干如枯枝的老手，我才知道，这个旧式贫穷之家的第三个女婴，并没有像盛放的桂花一样，给这个家庭带来甜蜜的讯息。出生后的第十天，一团足以致一个婴儿窒息的棉花，就被她的亲生母亲塞进了她稚嫩的口腔……祖母述说这些的时候，脸上仍然淡淡地笑着，像述说别人的故事。是生的欲望吧？让这个才十天的婴儿，挣扎中竟然用小手扯出了棉花……我用力握了握那只干如枯枝的老手，想象着千里之外的那片山坡上的桂花树，在那一刻，是不是也屏声静气停歇了芬芳？

　　但是苦难并没有结束，在历经了桂树八度花开花落之际，祖母被卖到了同乡的一个富裕之家，以童养媳的身份，在另一片山坡上做着成年人的活计。还是那样的一个个秋季的天空，云朵如同一个孤儿一样在山坳里飘移，还是桂香缭绕，日子在芬芳中却没有丝毫的香甜……

　　后来祖母被迫独自漂泊他乡，随身携带的旧包袱里，一瓶自己酿制的糖桂花，是她带走的唯一的故乡的牵念……

　　一个孤苦无依的弱女子，她的天穹怎么总是布满了乌云？哪一颗星辰能够佑她渡到苦难的彼岸？或许，直至那一天，她盛装躺在棺木里的那一天的到来，祖母的苦难才真正走到了尽头？

　　令人难以置信的是，在祖母入殓的那一天的那一刻，故乡的山坡上，已经开过一期花的株株桂树，再次浓香绽放……也是在那一天的那一刻，我知道了，桂树可以花开二度、芳香二度。

　　想到祖母，必能想至桂树，必能想至哽咽不止，想至泪流满面。我不知道祖母是否认同我把桂树作为她的生命之树。在她活着的时候，我从未向她提及过。但我想，祖母一定是认可的，她自绣的寿衣上，那束鲜活的桂枝，总是摇曳在我的眼前，让人心碎却并不悲戚，因为我知道，故乡的桂花，一朵朵落地为泥的时候，一定会温暖祖母坟茔下那小小的一方热土。

　　想到祖母，便又会想到另一个和我密切相关的老人，外婆。想到和外婆有关的树以及芳香。

　　外婆，是一株北方的泡桐，开满淡紫色的花朵。

　　总是在春天，响晴的春天。外婆留给我的记忆就是一幅明媚的春天的画卷。北方邙山岭下的农家小院，一院子的泡桐树，淡紫色的泡桐花盛开，空气中流了蜜般甜润。小鸡在树下觅食，大黄狗在南墙根儿打盹儿。泡桐树下的纺车，棉条和线锥，针线筐里绣了一半的枕套……那是有着一双精致三寸金莲的外婆全部的世界吧？

　　也是绣花，也在为自己绣最后的盛装。外婆全无忧伤，像在制作一件精湛的工艺品。枝枝叶叶，惟妙惟肖。在泡桐树开花的春天，坐在树下，怀拥着一院子的淡紫色，将这个世界上最宁静的颜色，铺陈在自己终将走向的那条路上。

两位老人，不一样的人生，无论是苦难还是安详，都把生命中和自己最为紧密的树的花枝，用这种方式，带到另一个安静的世界，去陪伴自己永世的孤单。

只是外婆的墓前，除了一尊高大的墓碑外，并没有她熟悉又钟爱的泡桐树，甚至没有任何树，周围是北方惯有的麦田。或许北方的墓地，没有栽种树木的习俗？每次去看望外婆，这都成了我心中深深的遗憾。我多想这里有一株树，它的根直达地下，传递着世上活着的人对逝者深深的思念；它的枝叶在风中沙沙作响，那是逝者宽恕这个世界抑或感激这个世界的超脱的声音。

我做不了主，在外婆的墓前，栽一株属于她的树，让繁花落地，暖暖生香。

或许，我能做的，是在一个芬芳的春日里，把我的这些心思，说给那一朵朵的泡桐花听？它们正盛开着，散发着温暖的气息。

抑或，也不必说，外婆自己或许早已化作了一朵甜香的泡桐花，回到了她的树枝上。

如此，那些我念想中的芳香，是不是也融合在一起，在这个我客居的南方城市的空气里，在我日日的行走中，于某个街巷的深处，悠悠传来？

或许我永远找不到它，却可以时时嗅到。如同我从没有香樟木箱子那样的嫁妆，却依然可以想象自己拥有那样一只小小的箱子。装几件闺阁的旧衣裳，旧旧的，淡了颜色，散了花边，却有旧日的暖香。如果可以，再装一穗女贞树花、几朵淡紫色的泡桐花、一捧碎碎的桂花。孤寒的时候，在这缕淡远的芬芳里，取暖。

一张报纸

我有时候会突然想起来一些琐屑的故事。

比如，一张报纸。

早晨，故事大多从早晨开始。

祖母在房子大门口的空地上生小煤炉子。她把一卷废纸点燃，再在火焰上放几粒煤球，又把一个小烟囱套在炉口，烟雾便一股股地冒出来。直直地向上，或是随着风向飘移。祖母看看烟雾的方向，挪一挪小煤炉，不让烟雾窜进大门，免得住在我们隔壁的谭奶奶又找由头和她吵嘴。过一会儿，烟雾散尽，煤球被点燃了，冒出蓝色的火苗。祖母喊我把炉子提进厨房，她做早饭，煮面或是炒饭。谭奶奶不是每天生炉子，她家的炉子在前一天做好晚饭后，并不灭掉，而是关闭下方的风门，再多加煤球，熬过一夜。次日清晨，只要拉开风门，放上烟囱，火焰几分钟后便复活了。我知道谭奶奶每天都是这样封火的。我们两家共用一个厨房。我曾经厌烦祖母日日这样生炉子，建议她像谭奶奶一样。祖母不屑地说，那样很费煤。

我吃早餐，一碗汤面或是一碟炒饭。葱香蒜味，是这座筒子楼里寻常烟火的味道。

早饭后，我去学校。步行十分钟，到学校大门口。一块木牌子上写着：武汉市武昌区武珞路中学。我穿过一个小操场，来到初中部的教学楼，上三楼。谢老师总是早早地就来了。她是我的班主任，教语文。那会儿，她中年。像我母亲一样的年纪。也留着和我母亲一样的短发。尽管我很久没有见过在北方工作的母亲了，但我记得母亲是留着短发的，也断定母亲没有改变发型。那个年代，中年或者老年妇女没有更多的发型可以选择。祖母和母亲，梳着一样的发式。不仅仅是谢老师，教数学的施老师、教政治的张老师，也都是短发。

谢老师细细白白的，比我母亲好看。这感觉是最近才明显的。也是在最近一两年，我见了和母亲同龄的女人，喜欢对比她们的容貌。母亲胜出的概率越来越小了。不知道是我对母亲的记忆开始淡漠了，还是我叛逆的青春期悄然开始了。

我喜欢上谢老师的语文课。她常常读我的作文。她的嗓音柔软，纤细。她每每读我的作文时，我的心都在怦怦地跳，脸发着热，有粉色的云朵冉冉升起。

课后，谢老师还让我把作文再抄写一遍。用她给的格子信纸。要工整，她说她要长久保存。要读给下一届的学生听。

中午，我带着喜悦放学，边走边哼一首断续的歌。

祖母在厨房做午饭。谭奶奶也在。她们在各自的锅里炒菜，绷着脸，不说话，锅铲抡得当当响。

我收起我的愉悦，站在厨房默不作声。我知道接下来祖母就该大声喊我给她读信了。读我父亲从北方写来的信。这信已经读过好几遍了。但祖母还是要拖着长长的腔调问我，你爸爸又当上标兵了？她的声音保持洪亮，直到谭奶奶端着饭菜离开厨房。

随后，我们也把饭菜端到房间里去吃。

这一幕情景隔一段日子就会上演一次。

祖母和谭奶奶，女人间的较量。我是个早熟的孩子，我十四岁的眼睛，洞悉祖母和谭奶奶吵架的全部秘密。

最激烈的一次，祖母狠狠地甩出两个字：戏子！

我急忙去翻我的新华字典，上面写着：旧社会对文艺工作者的蔑称。

谭奶奶也不甘示弱，她很愤怒，戏子这个词超过煤烟令她愤怒。她站在走廊里，冲着祖母喊，你懂不懂？我是演员、演员！你个文盲！

这句话，我完全听得懂。祖母确实是不识字的文盲。

文盲这个词，很能打击祖母。在退休的汉剧演员谭奶奶面前，祖母其实是自卑的。这自卑感能令祖母黯然好一阵子。有时候的夜晚，我写作业，祖母在灯下编织，会自言自语地说，要不是从小当童养媳，上山放牛，我也会上学，也会认字。她边说边把手里的毛线球扯得团团转，恨恨的。

只有父亲来信了，才能令祖母从灰暗的情绪里明亮起来。

也是我在厨房读信的时候，祖母眼睛的余光扫到了谭奶奶脸上的落寞。

谭奶奶，没有儿女。

我其实是喜欢同谭奶奶讲话的。只是这欢喜不能让祖母知晓。谭奶奶挽着发髻，这发型言明了她和筒子楼味道的差异。她眉眼依然清秀白皙。祖母不在家的时候，我去过她的房间。我拘谨又吃惊。看见厚厚的书，看见半掩的帐子，闻见说不出的淡香味道。与粗粝的祖母相比，她是另一个世界的人。

那个年龄和时代，我所能想象的女人的美好，便是中年如谢老师、老年如谭奶奶了。

少年如我。

青春期的自恋，不为人知的。

偷空便去谭奶奶屋里看书。看从未见过的仕女画。听她用戏剧道白一样的腔调讲书里的故事。

也越发认真地写作文。让谢老师用柔美的声音一遍一遍地在课堂上朗读。

谢老师拿着我重新抄写工整的作文稿，说要帮我投一投。我没有听明白这个投一投是什么意思，疑惑地望向她。她一笑，不说什么。用手摸摸我的马尾辫。

后来，她就拿来了一张报纸，是《作文报》。我看见我的名字印在上面，比手写的端正了很多，有说不出的严肃感。

我掩盖着自己的惊喜，就像掩饰青春的虚荣。这掩盖后的平静令谢老师有些不解，她问，你不高兴？

我怎么会不高兴？我把那张报纸，细细地折好。有意让折痕错过我的文章和姓名，免得日子久了，折痕处破损。

回去，给谭奶奶看，看她布满细纹的脸，笑得像一朵白菊花。

却没有告诉祖母。以为祖母不认字，她不懂这份喜悦。

其实，祖母怎么会不懂？她敬畏有字的纸，收藏好看的画报。父亲的信是她的宝贝，在箱子底藏着。

如果时间可以倒流，我一定不会这么干。对谢老师、对祖母。

那样，谢老师看见我的喜悦，便也触摸到了自己付出的心血吧。

那样，我的报纸，第一次印着我名字的报纸，就不会下落不明。

我找不到我的报纸了。我坐在台阶上哭，一口咬定是祖母当作废纸，点燃，塞进燃烧的炉膛，化为灰烬了。

祖母也哭了。她不承认她烧了我的报纸，她只说可能是一时找不到了。还说，会有找到的一天。

谭奶奶也这么安慰我。她说，你奶奶怎么会舍得烧你的报纸？叠得那么齐整，不像是废纸。她一定是替你收起来了，在她的箱子底。谭奶奶这么说着，还打开了自己的箱子，从箱底拿出一张发黄的报纸。我看见一个古装的美女。那是谭奶奶的剧照。

我就那么相信了。相信那张报纸被祖母收藏进了她的箱子。那箱子是锁着的，报纸藏在祖母珍爱的绸缎被面里，她说过，那些被面是将来给我做嫁妆的。

我的嫁妆包裹着我的梦想，它们在一起，大约是最好的。

后来，升高中的学习压力日渐沉重，关于那张报纸的疑问，被更多新鲜的事情覆盖了。

时间就那么不急不缓地过去了。

很多年以后，中年的我重回武汉。筒子楼的原址已是一座摩天大楼。祖母已经葬在祖籍的坟山上。谭奶奶想必也已经不在人世。武珞路中学仍在，旧的木校牌已经没有了。学生们来来往往，但是谁又能忆起一个叫谢慧敏的语文老师呢？

那张报纸，也沉淀进岁月的深处，成了一个永远的秘密。

不散的水席

    我久居一个古老的城市，这个城市古城深深的街巷里，从豪华的酒楼到简朴的饭店，都经营一种流传了千年的筵席，号称洛阳水席。很多个周末，和朋友们一起在老城的青石板路上寻古探幽之后，就会顺理成章地去品尝著名的水席。常常是在一个深深的巷子里，简洁的院落中，古旧的八仙桌，拙朴的长条凳，几个人围桌而坐，一株古槐的树荫，罩住桌上的盘盘碗碗。盘盘碗碗里盛了些什么，我并不在意，更多的时刻，我在意微风拂动槐树的沙沙声。看着树影扫过门前的青石板，仿佛聆听时光的碎碎的脚步声。喜欢水席，也不是喜欢那些以汤汤水水为主的菜肴，而是喜欢它宛如流水般上菜、仿佛从远方流来，亦仿佛永远没有尽头的那份情致。

    而真正领略洛阳水席的精华，是在张元纯老师的赠书宴上。那是一桌纯正而豪华的水席。百年老店"真不同"，富丽堂皇的包间里，杯光酬酢，菜香徐徐。精致的菜品在着唐装的女子手中，如流水般一一奉上，整整二十四道大菜，暗合着一个女性王朝二十四年的辉煌鼎盛。悠悠古韵中，张老师侃侃而谈。每一道菜品，都有一个悠远的传说。每一个传说都和一千多年前的那个叫作媚娘的奇女子有关。这个非凡的女人在这个她一生中无论为后还是为帝都无比热爱的城市里，留下了太多的痕迹，千年不灭。或许，和女子有关的传奇，更能称之为传奇吧？千百年来，人们津津乐道的是她一怒贬花、捐钱凿佛的故事。十万脂粉钱，就让伊河之滨的卢舍那大佛的眼角眉梢，至今仍挂着她魅力的微笑。而水席上那个著名的头道大菜"洛阳燕菜"，它一定勾起了女皇在感业寺的感伤情怀，因而才备受钟爱的吧？历经了多少高厨们的精思妙想，历经了一代代文人骚客的浓墨渲染，一个普普通通的东关萝卜，被时光之手雕琢成了一朵朵盛开的牡丹。牡丹静静地在柔如发、白如玉的萝卜细丝的铺垫上，绽放，千年不败！这才是真正的洛阳水席，它诞生在宫廷，因而有着王者的身份和气度。

　　两本书写水席故事的厚实的书，《真不同》及其下卷《洛阳水席人》，就在这个豪华的盛宴上从张老师手里递给我，封面上的一行字映入我的眼帘：文学的翅膀扇动中国烹饪文化飘香。

　　笑盈盈地接过书，淡淡墨香袭来。那一刻，我突然就想起一个和水席有关的爱情的故事。文学的翅膀是不是更擅长扇动爱情的故事？

　　一个和筵席有关的爱情的故事，是否熏染了太多的人间的烟火？是否就格外容易老去？

　　千年以前，武皇的爱情和这个奢靡的筵席有关联吗？

　　就在这片土地上，或许就是这条街巷里，大唐的天后，大周的天子，至尊的红颜，在十万宫廷乐班的华丽乐舞中，又是和谁一起，享用这种她万般钟爱的菜肴的？上阳宫里，可是日日铺筵席，朝朝陈尊俎，汉音唐韵时时绕栋梁？谁的眉目含情？谁的裙袂在飞？谁临风而吟？谁把酒唱诗？

　　一代女皇天天期盼的，不会是爱情的天长地久，而是江山的万古留长。

　　然而，席如水，歌如水，女皇的江山亦如水。

　　流水般的事情总是酣畅流利，亦总是一去不复返！

　　那时我静静地坐在这个华丽的筵席上，默默地看着那一道被一个敬爱的伟人重新命名过的"牡丹燕菜"。这些牡丹花，它太精致了，也太无忧了！它开在一只温热的汤盆里，不知道什么是被贬离别的忧伤，不理解什么叫不畏权势的孤傲。它娇艳欲滴，令我不忍下箸！

　　时光总是在相似的场景里，令一些往昔的故事重新浮现。

　　多年以前，这个爱情故事的主人公，美丽的表姐是不是也如我一样，面对着一盘精致的"牡丹燕菜"，和她心爱的人面面相觑，不忍下箸？

　　那是一场只有两个人的筵席，简洁得只有两道菜的筵席。

　　那也是一个天高云淡的秋天吗？他们坐在一张仅仅摆放着两道菜肴的古朴的桌子旁，一朵牡丹花，在他们面前，静静的绽放？那个人来自遥远的南方，爱情使他风尘仆仆地来到这个北方城市，在一个落叶随着秋风滑过晴空的正午，他们一起坐在这个百年老店里，面对着千年的筵席，久久地沉默、久久地凝视、久久地不忍下箸？

不忍的，还不只是这些吧？还有那敲击在青石板路上的脚步声。那一天，表姐站在丽景门的古城墙下，指着高耸而斑驳的古城门，用沧桑的语气对远道而来的他说："若问古今兴废事，请君只看洛阳城。"说完，她就沉默，她一定担心自己说得过多，语气里不经意的轻慢，辱没了这个她敬重的城市的厚重。她把自己隐在城墙巨大的阴影里，渺小的像一只钻进历史尘土里的蝼蚁。他们沉默地走着，像在细细地默读历史存放在这座古都的折页。鞋跟轻轻地敲击着延伸在街巷里的青石板路，那声音像从很远很远的地方传来的梆子声，悠悠地，诱着他们走向更深的地方。更深的地方有着更深的风景，也有着更深的寂寞，更深的孤独！

我一直觉得，正在相爱的人，是不宜去走访一座古城的，它令人心生沧桑！探访历史，回望历史，又总是使人过于清醒！

在古钟楼下，表姐抬头望望正午的天空，那时，千年老街上的新鲜阳光，肆意流淌。在深秋的正午，把嵌在他眉间的川字纹，照得像沟壑般深刻，如同钟楼墙壁上的一蓬枯草下，两个深深地刻在青砖上的篆字。

那一刻，灿烂阳光下的表姐会不会心生苍凉？

是那两个斑驳的篆字，提醒了表姐，应该带他去赴一个古老的筵席吗？或许，能够和这个城市相匹配的，只有这千年的水席？

两个人的筵席！两道菜的筵席！他和她都笑着说，二十四道大菜，一年品尝两道，足足有十二年的光阴呢！这是一个诺言吗？牡丹花听见了他们的絮语，悄悄地绽放了……礼仪烦琐讲究的宫廷水席，在他们俩的筵席上，简单得只有两道菜，简洁得只有一朵牡丹花，古老而鲜艳地开放着……

表姐的爱情也会如流水般一去不复返吗？

那个远方的人离开这座城市时，深秋的阳光依然温煦。凝望着他远去的背影，火车站几十米的通道上，他回了十二次头，不多不少，十二次！深灰的风衣在人潮中牵着表姐的眼睛。表姐站在护栏外，就那么一下一下地数着，数着……像数一朵朵盛开的牡丹花！

我知道那个远方的人，从此再也没有踏上北上的旅途，他没有了为爱而旅行的激情。表姐也远赴海外了，她也失却了为爱而等待的力量。爱情就以这样的姿态，凝固了一个十二年的诺言！

　　每每路过"真不同"，门前的广场总是人头攒动，我知道，一场场流水般的筵席正在歌舞升平中拉开序幕。女皇的辉煌时代远去了，王朝的筵席散了，水席的盛宴从未散去，它跌入民间而得以千古流传，飘香在这个千年帝都的寻常巷陌里。而作为非物质文化遗产，号称"天下第一宴"的"洛阳水席"，已不仅仅是为了满足人们的口腹之欲，它从历史的深处走出来、走出来，成为享誉海内外的一朵奇葩！

　　而我，其实更喜爱在某一个闲暇的日子里，无论雨后春晴，抑或秋阳温婉，和三五好友坐在小巷深处的那个简朴的院落里，在古槐的树荫下，安静地品尝千年不散的水席，让纷纷繁繁的事情如流水般远去，不烦扰，亦不幽怨，静听岁月滑过的声音。

咪咪的爱情

咪咪是一只猫。

我第一次在表姐家看见咪咪，就被那种高贵的美丽惊呆了，一只猫竟然能够如此美丽。

那是一个冬日的下午，温暖如春的客厅里，咪咪在表姐的怀里，优雅地吃着一小块鸡肝，优雅得像一个公主，细嚼慢咽，目光傲然，旁若无人。吃完以后，从容地站在沙发上，纤尘不染的洁白身体，精致得像一件易碎的瓷器。两只前脚呈半八字微微并拢，抬头扬脸，像极了气质出众的芭蕾舞演员。做过舞蹈演员的表姐也极其优雅地抱着双臂，倚窗而立。那时，窗外的天空上正飘着轻灵的雪花，轻灵如飞扬的乐曲。白色的窗幔散散地垂落，屋里的一切，就像一出舞台剧的背景，闲闲适适中让人期盼会有故事，会有情节从窗帘的褶皱处一幕一幕地抖落出来。

一个怎样的故事呢？当然是爱情的故事，只有爱情最容易发酵故事。咪咪的爱情故事，似乎与表姐无关，表姐从不谈爱情，即使谈起来，也是淡淡地笑，嘴角微微上翘，听不见声音，却有一种藏得很深的冰冷，被微翘的唇角勾上来，无声，却很冷，冰封千里。可是，咪咪有爱情，尽管它是一只猫。

美丽的咪咪是表姐的一个朋友送给表姐的，那时，刚出生不久的咪咪在表姐朋友的手掌上，像一个洁白的小雪球一样可爱地颤动，一下子就把表姐给迷住了。从此，表姐心里就放不下那团小雪球了，咪咪满月以后，就成了独身的表姐家里的第二个成员。

如果不是亲眼所见，我不会相信，表姐能把一只猫调养出舞蹈演员的气质。咪咪走路时，缓缓又款款，每一个步子，都由内向外晕开一种韵味；咪咪静坐时，从不会东倒西歪地散了架子，它的前脚从来都是微微并拢的，头很高傲地扬起；咪咪进食时，粉红色的小舌头在牛奶盘子里一伸一缩，轻轻柔柔地就像舔在你的手心一样地酥软。骄傲的咪咪在表姐家里过着公主一样的优雅生活，表姐爱咪咪就像爱自己的女儿，工作以外的走亲访友抑或是驾车出游，咪咪总是不离左右。表姐白皙修长，一袭黑衣的表姐轻轻盈盈地捧着洁白的咪咪，低眉抬眼间的温柔，美得就像一幅画。朋友们都知道，去表姐家做客，可以不给表姐带什么，但是要想让主人高兴，就一定要给咪咪送一点小礼物。

我相信，咪咪也是爱表姐的。咪咪晚上睡在表姐的枕头上，洁白的身子盘成一个半圆，小脸埋在表姐如瀑的黑发里，表姐的黑发和咪咪的身体散发着同一个品牌的馨香。早晨，咪咪会用小脸柔柔地蹭表姐的脸，唤表姐起床，然后她们一起去小区的花园里散步。表姐上班离开家时，会依依不舍地搂住咪咪，那副欷疼的神情，就像把一个无助的孩子独自留在家中一样，牵挂中有悠悠的缠绵。

春天就在这样的平静中来临了，草长莺飞中，咪咪就像一个日渐成熟的少女，开始了情窦初开的躁动，它不再像以前那么安静温顺，喵喵的叫声里，有了从未有过的渴望和冲动。表姐就像一个细心的妈妈，心中有数地静静观察了几天后，替咪咪相中了楼上蔡大姐家的波斯猫黑宝宝。黑宝宝英俊傲慢，血统纯正高贵，身手矫健，来如风去如风，像一条黑色的缎带在屋里舞动。表姐在一个春风沉醉的晚上，抱着咪咪去蔡大姐家，培养咪咪和黑宝宝的感情。表姐柔声细语地对咪咪说："咪咪，去和宝宝哥哥玩一会儿吧。"富富态态的蔡大姐笑容可掬地看着表姐和咪咪，她们的神情，就像一对儿撮合儿女亲事的准亲家，很热闹地忙碌着。

黑宝宝一眼就爱上了美丽温柔的咪咪。它从蔡大姐的怀里挣脱出来，目光灼灼地向咪咪扑过来。可是，咪咪不爱威风凛凛的黑宝宝，柔弱的咪咪躲在表姐的怀里，委屈地喵喵着，不肯下地，表姐硬把它放下来，只见咪咪就像逃避敌人的追击一样，嗖地一下，窜向蔡大姐家的窗台，又敏捷地爬上窗帘杆，在窗帘杆上惊恐地徘徊，黑宝宝眼疾腿快，像一道黑色的闪电，也朝窗帘杆逼过去，咪咪略略迟疑片刻，抛开淑女风度，似一道白练滑过，从微开着的窗缝里，逃之夭夭了。可怜的黑宝宝急得像热锅上的蚂蚁，烦躁地在屋里乱窜。表姐和蔡大姐面面相觑，就像面对叛逆的孩子，想不明白的事情太多太多。

咪咪的逃跑，让黑宝宝得了相思病。蔡大姐一见表姐就抱怨地唠叨，心疼她的黑宝宝一连一个星期茶饭不思，在房间里嗅着咪咪留下的气息，一遍又一遍地沿着窗帘杆烦躁地徘徊，衣带渐宽，形容消瘦。表姐和蔡大姐一样不明白，咪咪为什么不爱高贵英俊的黑宝宝？在她们眼里，咪咪和黑宝宝，一个娇俏，一个洒脱；一个温柔，一个威风；一个是白色的飘逸的公主，一个是黑色的洒脱的王子。天造的一对，地设的一双，为什么就擦不出爱的火花？表姐在向蔡大姐致歉的时候，还不知道，在这个春天里，还有更加不可思议的事情，令她无比困惑。

咪咪相亲失败以后，安静了一段日子。表姐在这段日子里，像一个尽职的家长，继续托朋友替咪咪物色门当户对的如意郎君。阿黄就是在这时天天到表姐家窗外"唱歌"的。表姐隔着窗子只看了一眼，就从心底里开始怜悯阿黄，因为阿黄是一只太其貌不扬的野猫，淡黄色的绒毛没有细润的光泽，目光没有黑宝宝高贵威风，甚至连叫声也没有黑宝宝威武雄壮。高傲的咪咪怎么会理睬一只来路不明的流浪猫呢？

阿黄却很执着，不论咪咪对它多冷漠，仍然一如既往地在窗下深情歌唱。刚开始，那歌声缠绵悠扬，咪咪却懒洋洋地在屋里睡觉。而后，在阿黄锲而不舍的歌声攻势下，咪咪开始轻言细语地回应。那场面让我联想起中世纪狂放不羁的骑士，跨马执剑，在贵妇名媛的窗下，勇敢地表白粗野的爱情。后来，歌声就不那么动听了，阿黄唱哑了嗓子，可它仍然在唱，那声音就像一把尖利的剑，从肺腑里刺出来，凄厉得让咪咪再也坐不住。表姐一直坚信，咪咪既然能够坚定地拒绝高贵的黑宝宝，就一定能够抵挡住卑微的阿黄的诱惑。

这是在春天，春天真的就是一个容易有故事的季节，故事就像蔓延的藤蔓一样，在阳光和雨露的催促下，潜滋暗长。

窗外的如诉如泣已全然演变成了撕心裂肺。表姐没有料想到的一幕出现了。她像公主一样宠爱有加的咪咪，在一只流浪猫的痴情攻势下，开始不吃不喝，狂躁地在窗台上哀鸣。表姐一直带了几分怒气地忍受着。阿黄和咪咪就这样隔了窗台，开始了恋爱。它们一起声嘶力竭，一起形容枯槁。

咪咪开始拒绝表姐抱它，它睁着燃烧的眼睛怒视表姐，表姐给她洗澡时，它竟然张牙舞爪地抗拒，尖利的爪子抓破了表姐白皙的手腕。看着血一点一点地渗出来，表姐满脸陌生地看着咪咪，这还是昔日的那个优雅的咪咪吗？眼睛里已经没有了天生的高傲和漠视一切的沉静，取而代之的是燃烧的激情和不可遏止的欲火……表姐最终还是妥协了，她不忍看见咪咪备受折磨。在一个夜晚，她长叹一声打开了窗子，瘦弱得盈盈一握的咪咪，甚至连头都没有回一下，就和它的阿黄一起，消失在夜幕里……那个春天特别冗长，风沙弥漫，表姐却依然为咪咪留着一道窗缝，但是，咪咪没有回来。春天过去了，夏天过去了，秋天也过去了，寒冷如期来临，咪咪还是没有回来。我开始钦佩咪咪，一直以为，猫是一种贪图富贵的动物，咪咪为了爱情，却甘愿抛弃舒适，选择颠沛，选择流浪，选择衣食无着。在咪咪那里，爱情是一件多么单纯的事情，没有门第，没有血统，没有利益。

又一个雪花纷飞的日子里，我坐在表姐家的沙发上，那是咪咪曾经坐过的地方。所有和咪咪有关的用具都已被表姐收拾起来，没有人会知道，在这个雅致的家里，曾经有一只洁白的猫，在这里演绎过一个哀伤的爱情故事。我想和表姐说点什么，说说咪咪，说说爱情，我想和表姐说，爱情其实是一件最简单最朴素的事情，人类赋予爱情太多的含义，太沉重的附加。表姐不提咪咪，更不提爱情，她站起来，走到钢琴前，幽幽地坐下，回头，温婉地对我说："我给你弹一支曲子吧！"修长的手指便从琴键上抚过，旋律飘扬回荡，那是理查德克莱德曼的《爱情的故事》："是什么样的感觉我不懂／只是一路上我们都在沉默／其实我不需要太多的承诺／只要你能说声爱我……"

表姐把这支曲子弹得那么忧伤，音符里带着泪水，却依然悠悠地，在这个飘雪的冬天，传得很远很远……

那些桃花开了吗

因为时差的原因，我总是在你的深夜悄悄地潜回这里。我知道，寂寥无人的深夜，你已然在梦乡里。我又多想也随着那一缕清风潜入你的梦乡啊，我的朋友。

在这个万籁俱静的春夜里，我轻轻地问一句，那些桃花开了吗？

曾记否，那一年，我们去看桃花？车子在田野间的公路上奔驰，成片的油菜花映入了我们的眼帘，它们在春风里很灿烂地金黄着。间或有一两棵孤独地伫立在田间地头的桃树，一树树的繁花紧锣密鼓地开着，并不因为荒郊野地无人驻足欣赏，就草草地敷衍自己的青春，它们依然艳丽地盛装登场，隆重地迎接一季中最美丽的时刻。

当我们绕了许多弯路，终于在那个叫做砚凹的小山村里看到一片片粉红色的云霞蒸腾在错落有致的梯田里的时候，我们相视一笑。这才是春天啊，真正的春天就应该这样，无拘无束地妖娆在田野的风里……在这里，春天无须我们费力地去捕捉，它铺天盖地淹没了我们，用色彩，用气息，用无遮无拦的狂野……

这个坐落在山坳里的小山村，四面环山的坡地被整理成形状各异的梯田，方的平整，长的逶迤。山村里宁静得仿佛没有人烟，但我们一直坚信这里住着巧夺天工的大师。每一块梯田都用不同的色彩填充着，单是那粉色，层次就如此丰富：先是羞答答地一点点地淡粉，洇在白色的云雾里；继而撩开羞涩的面纱，娇艳地招摇着嫣红的面庞；后来干脆如激情四溢的少妇，一任这春光里专宠的色彩浓烈地流淌……深绿色的麦田和明艳艳的油菜花，恰到好处地烘托着，渲染着……

　　砚凹是个古旧的村落，很破败，但是，那又有什么关系呢？这是春天啊，有什么能阻挡春光的恣肆呢？摇摇欲倒的土墙，隐约着岁月的沧桑。孤独地耸立着的门楼，是时光木刻在小村心坎上的记忆。我们款款地坐下，没有人流的来来往往，却可以静听，静听岁月从眼前流过的声音，寂寞而温软。还有一株被时光掏空的百年古树。百年啊，古树的年轮里，被一些怎样的故事填满？又被一些怎样的变故掏空？我们相拥而站，在古树下，翻看刻在年轮里的故事，新的情节又像春芽一样从老枝上蔓延而出，悠悠的惆怅胀满我们的心胸。或许只是倚着一个衰败的门楼，或许只是一个乡村土路上的不经意的回眸一笑，那些都是我们在这个春天里，像一阵春风一样，畅快地吹过古旧的村庄，吹过新绿的沟沟坎坎，吹过季节的额头！

　　还有那样的一个夜晚，一个桃花怒放的宁静的夜晚。月朗星稀，在桃花树下扎下我们的帐篷后，我们走在乡村的土路上，去几公里外的小卖铺买酒，为了读一首首诗！读诗，读一首首浪漫的诗，怎么能没有酒呢？而且一定要走着去，心里装着一首诗，在月下的村径上行走，朗月清光流泻，心情如水更如酒！那是一个多么浪漫的夜晚啊，那又是一首首多么浪漫的诗啊！泰戈尔为之欢笑，舒婷为之陶醉。想象中还有彩蝶从风中飞过，它们也在静静地听汩汩流淌的三月的浪漫呢！还有那些老歌，一遍遍地被我们唱起，桃园上空那轮微微含笑的皎月啊，是否也会摆几颗星为琴键，撩一缕云做琴弦，和一首旷古的曲子，为这个花前帐下的三月而缠绵呢？

　　那个夜晚有多少梦呢？梦中有春鸟低低地飞过，梦中有桃园的小径上，铺满细碎的花瓣。一切都像一首诗，写给你也写给我的诗，写给我们的诗，我们写的诗！

　　那一天，桃园的上空，久久地回响着我们说着的一句话：明年还来，明年还来！风儿把这句话咏诵了一遍又一遍，每一朵桃花都记住了我们的话语。

　　那是一个许诺呀，在桃花下允出的许诺，也是粉红色的吧？是不是随意了一些？也轻慢了一些？就像一个一个的春天就在离我们不远的地方簇拥着，准会纷至沓来，永远也过不完似的。而桃花也会按季惊艳，没有止歇。仿佛一切都会在我们的掌控之中，我们手里握着春天，也把玩着应季而开的桃花。

是这样的吗？我们以为是这样的。

北方的春天真短促，因过于绚烂、过于轰轰烈烈而短促。漫山的桃花转眼就凋落了，在春风里像下着一场桃花雪。

后来呢？每一年，砚凹的春天自然是如约而来，那是春天和光阴的约定，与我们无关；桃花也层层重重，开得惊心，那是桃花和春天的约定，也和我们无关。我们呢？我们和砚凹的约定呢？我们和春天的约定呢？我们和桃花的约定呢？我们在桃花下许下的诺言，就是那么随意和轻慢吗？是无力恪守？还是不屑恪守？一个又一个明年过去了，我们在匆匆的人流里行走，走得越来越远、越来越远了。

砚凹的桃花，在我们的身后，开了一季又一季，落了一季又一季。

总有自认为很重要的事情值得我们去奔走，去远离，去违背当初天真的承诺。

许多年以后，时光流走了，我们蓦然回首那些远去的岁月时，那些所谓的重要事情又在我们记忆的长河里留下了多少印记呢？当初放弃了整个春天为之奔波的事情，也许早已因岁月之河的吞噬而毫无意义了，而那片一树树怒放着的桃花，却一遍一遍地化作粉红色的回忆，如此缤纷地点缀着我们日渐稀少的日子。

是这样的吗，我的朋友？在这个万籁俱静的春夜里，我轻轻地问一句，那些桃花开了吗？

我多想隔着重洋也能听见你的回答：开了，开了呢！一树树，千重万重，在砚凹，在春天里，在光阴里。

十　年

十七岁的小乔走进我十六岁的视野时，是一个拙朴的大男孩儿。像许多农家子弟一样，朴素，寡言。不同的是他并不自卑。微扬着瘦削的下颚，目不斜视的眼睛里刻着少年人惯有的些许张狂和骨缝里透出的倔傲。

那时，我们同在一所重点高中读书。我中途转学到他那个班的时候，座位恰巧在他的旁边。这个看起来又傲又倔的家伙，对新来的女同桌视而不见。拿书的手纹丝不动，连目光都不曾游离片刻。从小到大有着公主情结的我，从未受过这种公然的漠视。耿耿于怀中，我便以牙还牙。听课看书，两个并排而坐的少男少女，形同陌路。双方像空气一样无所不在，却又真的像空气一样忽略不计。

从没有见他朗朗地笑过，脸上有着少年不该有的沉重。好像也没有特别的爱好，只是听课极其刻苦，认真到了一丝不苟的地步。偶尔见他的家人来送日用品或粮食，他也只是领着匆匆地到伙房办个手续，随即马上回到教室，继续读书。不像那时的我，每遇母亲来看望，总是像个孩子一样缠绵个没完没了，泪眼婆娑的。

许多次枯燥的数学课上，我飞扬的思绪，常常越过老师微秃的头顶，在校园空旷的天空上漫游，双眼瞪着老师翻飞的口舌，却不知所云是常有的事。结果可想而知，我的数学成绩一落千丈。那一年的高考，小乔以优异的成绩考入一所财经大学，我顺理成章地落榜了。

高考后的那一个暑假，我像一只受伤的猫，蜷缩在家里舔舔伤口。九月里开学的时候，又回到学校，加入了复读的大军。小乔却不曾告别一声就远赴另一个城市，圆他的大学梦去了。我们之间的故事似乎就这样结束了。连开始都没有，就匆匆地结束了，一丝涟漪都没有荡起的平静的水面，倒映着我们曾经同桌过的那些时光。不用过很久，他的名字，连同他的身影都会在我脑海里消失得无影无踪。

可是，事情就像青春的岁月一样，充满着新奇的变幻。开学的第二周，我极其意外地接到了小乔的来信，惊愕得半天不敢打开。写信的小乔热情细腻，开朗明快。和那个冷漠孤傲的同桌判若两人。我想一定是大学里轻松惬意的学习和生活改变了那个沉重的农家子弟，阳光明媚地照耀着他的世界，东风和煦地吹散了曾经笼罩在他心头的阴云。

被青春的热情燃烧起来的小乔，非常认真而勤奋地写着信，一如他对待高中时的学习。在那些热情洋溢的信里，他不厌其烦地介绍学习方法，尤其是学习数学的方法。并且还托他的同乡辗转送给我他那时的数学笔记。我捧在手里时，如同捧着一颗沉甸甸的少年的心。除了谈学习，小乔开始在信里关心我的生活。那一年的冬天特别寒冷，我在教室走廊的尽头，怦怦地读着他真诚而笨拙的关怀，一些朦胧的心事随同呼啸着的北风，吹向远方……

当然，小乔最津津乐道的还是他的大学。他如此地热爱他的专业，对未来充满了美好的向往。仅仅凭着读信，我就对他的大学生活了如指掌了。从公共课到专业课，从教室到操场，从老师到室友……都是他百写不厌的内容。朝气蓬勃的小乔终于在他的大学里找到了他热爱的生活和早就应该属于他的真正的快乐。

后来，我也去到那座城市读书，在另一所大学。周末的时候，他常常来看我，总是带来几本书送我，坐下来，一副欲言又止的样子。我们常常就这样尴尬地坐着，我看着他的手指在膝盖上颤动，空气在颤抖中凝固了。曾经被他抛却了的一些沉重，在这个青春的季节里，又爬上他荡漾的心头。

因为拙于言语吧，虽同在一座城市，小乔却一如既往地写信。这时，他侃侃而谈的大多是理想。才思敏捷，言辞犀利。偶尔也叙说一下家事。我终于知道了让这个农家子弟背负沉重的原因是他年迈多病的双亲和为了他而辍学的妹妹。我每一次都能从他情真意切的叙述中，读出他压抑着的呜咽。

时光如水，两个年轻人之间那层薄如蝉翼的纸，终因他的倔傲和我的矜持，没有被神奇的手指点破。毕业时，他略显拘谨地来向我告别，脸上写着我能读懂的踌躇满志，终于朗朗起来的笑声回荡在初夏的风里。那笑声从没有如此爽朗过，从没有的。我从心底里由衷地为他高兴，为他终于能够实现抱负和回报亲人而长长地舒了一口气。

没有想到的是，去新单位报到以后，小乔便杳然了。那个真实地陪我走过青涩年华、曾经暗恋我多年的青年，就这样悄无声息地从我的生活里消失了。像一滴水，被阳光照耀以后，五彩缤纷地蒸发了。我久久地不解过，思索过。我从心里找出一百个疑问埋怨他，生出一千个困惑鄙夷他，茫然以后，又翻腾出一万个理由原谅他。

疑问困惑和原谅的轮回之间，十年过去了。

很多个夜晚，被怀旧的情绪笼罩时，常读他少年时意气风发青春激扬的信，那些文字里，寄托了小乔多少纯洁的感情和对未来近乎痴狂的憧憬啊！目光从那些文字里拔出来时，也拔出了我无尽的黯然和悠长的落寞。

十年，信纸一遍遍展开，折痕处的字迹慢慢模糊，又渐渐破碎。

我用十年的光阴，编织了很多故事。有时他站在光明里，更多时候跌入阴暗。

如果没有那个消息传来，这些故事大约还会继续。

但那个令人痛心的消息还是传来了。伴随那消息而来的是午后明艳的阳光。那么明艳，明艳得张牙舞爪，掘人心肺。

十年前，也是一个阳光明艳的午后，在报到完毕返回宿舍的途中，一个青春的生命，倒在车轮下的血泊里……

来不及和任何人告别，来不及了，他老病的爹娘、幼弱的妹妹、暗恋的姑娘。

他所有的梦想连同承载梦想的生命都在温暖的阳光下，像肥皂泡一样破灭了，破灭在那个阳光绚烂的午后。

我像被闷棍沉重地击打了一样，没有尖利的疼痛，却久久地缓不过气来。

在他杳然无信的十年间，我设想的无数个他消失的理由中，唯独没有这最惨烈的一幕。在我疑惑，猜忌，甚至把他想的不堪的那些日子里，我青春的伙伴，正行走在天堂的路上。

十年后，我却只能以我无尽的哀思抵偿我对那个远在天国的灵魂长达十年的误解。

天国，那个总有一天我们都要去的地方，小乔，在那里，你过得还好吗？是不是走了很多的路？一直走不到你想去的地方？有没有遇到中意的姑娘？遇上了，就放下你的倔傲，牵着她的手，去漫步云端吧。这段杳然的光阴，于天国而言，就是流星划过天幕的一个瞬间吧？我这里，是整整十年。

歌 谣

　　有一年的秋天，我暂居在一座离故乡很近的南方城市。那座城市在整个秋季里总是飘着细雨，也总有月桂的淡淡芳香，随着细雨一起飘扬，像我记忆中的故乡一样。

　　一天的深夜，我在沙沙的雨声中安静地醒来，如同在每一天的晨光铺展中宁静地睁开眼睛一般自然。眼前有一只蝴蝶在飞，在一条山路上，扑闪扑闪地飞。山路弯弯绕绕，有竹林和溪水。那只蝴蝶闪着鹅黄的翅膀，在竹林里穿行，在溪水上流连，又在桂树的枝影里陷入迷途。我在那个暗夜里安静地看着它飞，并不担心细雨打湿它的翅膀。我知道那是一只从我的梦境里飞出的蝴蝶，所有的风雨都淋不湿它，连岁月都不会令它退去娇艳的色彩。

　　只是我恍然地竟记不起那个梦的全貌了。只记住了那样的一条山路、竹林、溪水和桂树。

　　那是一条通往故乡的路。我走过那样的山路。很多次。记得是和祖母一起，从武汉出发，去她的娘家咸宁泉塘的刘家老屋。刘家老屋大门前是一条哗哗流淌的小河，河上有一座吱吱作响的木桥。祖母站在桥的这一端，指着河对岸的一所青砖黛瓦的老房子对我说："对面就是你们贾家，小时候，你爸妈带你回去过的，你不记得了？"然后她看着我走过木桥，看着我被另一双大手牵起，就折身进了刘家老屋。她从不肯踏过那座小桥。

　　那条小河没有名字，老旧的木桥也没有名字，它们就叫河，就叫桥。也许它们有名字，只因为微小和熟识，没有人去刻意说起罢了。

　　小河的两岸，每逢秋天，弥漫着浓郁的桂香。那是一种令蜂蝶沉醉不知归途的浓香。

这样的一个梦，在这个多雨的秋季，像案头上几枝开放在水瓶里的桂花一样，在我的黑夜里，把时光带走的一些记忆片段，归还给我。或许不只是归还，带走和归还之间，时光作祟，又牵连出一些怎样的枝枝蔓蔓呢？

（一）

那时候有多大？记不清自己到底有几岁。只记得，那时我眼里的祖母，很强壮，很有力气。她肩上背着一只帆布背包。那是一只样式很新颖的背包，在二十世纪七十年代中期的商店里买不到这种背包。那是远在北方地质队工作的父亲回南方探亲时带给祖母的，是地质队员的专用背包，背起来又好看又结实耐用。也记不清祖母是第几次带着我走在一条长长又弯弯的山路上，只记得，那山，延延绵绵无穷无尽。山前面是山，山后面也是山，山的上面还是山。

我们坐长途汽车。汽车刚开始还在平缓的大路上行驶，后来就越来越颠簸。起初我还很好奇地透过车窗朝着外面观望，看见楼房越来越少，平房渐渐多起来，树木越来越密集。后来在这颠簸里，我就睡着了，偎在祖母的怀里。祖母一边拍着我的背，一边往车窗外张望。路越来越窄，树木低矮的枝丫不停地划过车窗的玻璃。

这很有趣，像是在森林中行驶。醒着的时候，我将小脸贴在车窗的玻璃上，明知道那树枝划不着我的脸，还是故作惊恐地紧闭眼睛，或是喊叫一声倒在祖母怀里。这样大约又过了许久吧，汽车终于跟跟跄跄地停在一座桥边，是一座石桥。

也记不清是什么时节了，是炎夏？还是隆冬？只记得，我们过了石桥，就开始爬山。一路上，穿过一片竹林，又进入下一个竹林，好像一直在竹林里绕来绕去，周围青青翠翠，遮蔽了天空。我们还常常脱了鞋子，蹚过急急流淌的小溪，再坐在溪边的石头上，用一块干布擦干冰冷的脚，复又上路。

或许是冬季？否则我怎么会用冰冷这个词？是的，是冰冷。我对那些小溪的记忆，就是冰冷。但仿佛又不对，在依稀的记忆里，我们也是穿过单衣的。我是不是穿过一件鹅黄色的衬衣？图案是蹁跹的蝴蝶？萍表姑说我穿过，我一直记得她说起这件衣服时，那向往的神色。我自己却印象缥缈。祖母一直穿大襟的深蓝衣服，那种颜色和款式，掩藏了所有的季节。

健壮的祖母走路很急，她总把我的一只小手，扯得生疼，又在我赌气挣脱以后，拍拍我的背，重复那一句说了无数遍的话："到了，就要到了。"可是，又走了许久，还是在竹林里和溪水边绕弯弯，还是没有到。我常常就在这时坚定地站住，倚着一根楠竹，倔倔地看着祖母，闭着小嘴巴一言不发。祖母只得俯下身来，把我背起。然后很夸张地把背包扔在路边，抬腿就走。我在祖母背上就会大喊："包，包……"祖母就拖长了音调地叹口气，不紧不慢地说："我只有一个背噢！"于是，我就会从祖母的背上挣脱下来，去捡那个我喜欢的背包。那个背包上面有父亲的味道，有遥远的北方的味道。站在溪水边的祖母，看着我吃力地驮着背包，咯咯的笑声随着溪水的叮咚声一起飘向大山的深处。

这样的场景，在那条山路上一定是反复出现的。否则，刘家老屋的那几个和我年龄相仿的表叔怎么都知道在我发倔脾气时来抢我的背包？好在在刘家老屋，有一个像大姐姐一样处处护着我的萍表姑。萍表姑是祖母的大侄女，是一个健壮又丰满的姑娘，脸庞清秀红润。在老屋的天井小院，向萍表姑学踩高跷，实在是一件充满了乐趣的事。

高跷是竹子做的，比我的身高还要高。这里到处是竹子，屋后的山坡上翠绿绿一大片，山上面还是竹子，没有尽头般一直延伸到天边。有风的时候，在天井院里就能听到竹叶唰唰的响声，像急促的步伐。

萍表姑常在小河对面的田里干活。老屋的前面就是一条潺潺的小河，从大山的里面弯弯流来，又汇集了老屋后面山上的小溪流，再急急地流走。河水清洌洌的，哗哗作响。河上面的那座小木桥，挑着竹担的人走在上面吱吱扭扭的，那节律像哼唱着的一首山歌。

一块一块的稻田，被群山环抱，有的时候灌了浅浅的水，像一面面不规则的镜子；有的时候又是一片碧绿，如柔软的毡毯。到了秋季又是金黄一片。只是在稻田金黄的季节，祖母是断然不允许我缠着表姑表叔们的，祖母说，这个季节是乡里人最苦最累的时候。

通常是在傍晚，在我急躁的等待中，萍表姑回来了。我远远地看见她走上小桥，便飞奔过去，拉了她的手，跑回刘家大院，拿起放在天井边的高跷，笨拙地踩上，不许她松手，一步一挪，从南边的墙挪到北边的墙，再从北墙挪到南墙，生生地拽疼了她的手，自己也疲惫不堪，却不肯罢休。几天的练习下来，正是我对这两根竹子做的东西最上瘾的时候。

那时我还盼着下雨。下雨天，萍表姑不用下田，我缠着她学踩高跷，不会招致祖母的责怪。

山里的雨，似乎总是下不大，薄薄的一层云，从远处的那个山头飘过来，停在天井上空，雨滴就从天井上滴滴答答地落了下来。滴滴答答，敲击起一地的心事。地台上，枯黄了一阵子的青苔，有了这细雨的滋润，又鲜活地绿了过来。

越是这样的天气，萍表姑越是没有陪我嬉戏的兴致。倒是看着天井上的那方天空，一脸的心事。或者搓着自己的手，从某根手指上捻出一根不知何时扎进去的小木刺，再拉着我的小手，揉一揉，说，真软！然后就溜进老屋，听祖母和长辈们聊天。若是她不大一会儿就羞红着脸跑出来，那一准儿是长辈们在说她的婚事呢。

正巧我又可以缠住她，充满艳羡地追问，她是不是可以在雨雪的天气里，把鞋子夹在腋下，踩着高跷，走过小桥，走过稻田中间的小路，如履平地？萍表姑的眉眼间就又有了一些鲜活，但旋即又淡了下去。她并不顺着我的话题，和我说踩高跷的事情，而是看着天井外的一方天空，说："红儿，你那件黄蝴蝶的衣服，真好看！"她说这话时，眼睛里有一层忧郁，像天井上露出来的滴雨的天色。

老屋里，祖母还在和舅奶奶聊天。带着天井的刘家老屋，昏昏暗暗。小小的窗子，开在墙壁的最高端。一缕清淡的光线从窗口散进来。阁楼上常传来老鼠窜来窜去的声响。舅奶奶是祖母的弟媳，是萍表姑的母亲。她们坐在昏暗的老屋里，喝一种用碾碎的花椒和茶叶混合在一起的茶，用山上的泉水冲调，麻酥酥的，却很好喝。我在天井院里玩到口渴时，就溜进老屋，喝几口茶，也支起小耳朵听上几句。她们聊的，无非就是谁谁家的姑娘又嫁了，嫁到了山外的城里；谁谁家的老人又没了，睡上了上好的杉木棺材。我站在昏暗的老屋里，听着这些遥远的事情，朦胧虚幻，距我遥不可及。有时候我会很不解地想，祖母迢迢地从山外的城里赶回来，就是要和舅奶奶坐在这昏暗的老屋里，听着外面竹林的风声，或是天井里的雨滴声，说这样一些琐琐碎碎的事情吗？

我和萍表姑在那些雨天里坐在天井边的石阶上，我的不解和无趣，随着滴滴答答的雨滴一起敲打着凸凹不平的青石板。萍表姑若有所思地说："你奶奶好像在等一个人，等那个人来过了，你们就要回武汉了。"她说完，就又看着那方小小的天空。那方天空里，还是滴雨的天色。惆怅，空寂。

（二）

祖母是在等一个人吗？我长大以后，回想和祖母一起回故乡的那些事情，也隐约地觉得，祖母是在等一个人。大木门吱吱扭扭地响起时，祖母都会喊她的侄儿们快去看看。有时她自己也在大门外，往河对岸张望，又在舅奶奶的目光里，掩饰地一笑，说着田里的稻子、山上的笋子之类的常话。

在这个暗暗的等待里，那个人来了。走过吱吱作响的小桥，进了刘家老屋。她也穿着连襟的深色大褂，瘦削，脸色白皙，挽着发髻，胳膊上挎个蓝布包袱。进门便笑着和所有的人打招呼。见了祖母，她喊一声姐姐，就把站在一边的我揽进怀里，从包袱里摸出个煮鸡蛋，塞进我的小衣袋。又拿出笋干或是腊肉，放在祖母手边的桌子上。也和舅奶奶闲聊几句，讪讪地问起表姑的婚事。祖母一直表情凝重淡漠，并不看她。这样小坐了一会儿，她便起身告辞，又把我揽进怀里，对着少言的祖母说："姐姐，我把红儿带过去，吃餐饭，见见她爷爷？"祖母通常无语，舅奶奶连忙点头答应。她便牵着我的小手，跨过门槛，走出大门，回身和送客的舅奶奶说："吃了饭，我让她姑姑送她回来。"

在很长的一段时间里，年幼的我一直弄不明白我和这个女子的关系，也茫茫然地不知道该怎样称呼她。凭着我一个孩子的感觉应该称呼她奶奶，但祖母愠怒的脸色令我不敢；若是不喊，父母又会责怪我不懂规矩。小小年纪的我，一直在这种复杂的关系里左右为难。但这似乎并不妨碍我喜欢她。她揽着我，我们朝小桥走去。她的手比祖母纤弱很多，不会把我的手扯得生疼。说话的音调也纤细悠扬，口音和祖母、舅奶奶以及萍表姑都大不一样。我猜想她的娘家距离这里，一定不会仅是一座桥的距离。有多遥远呢？像我和祖母走过的山路那么远吗？她的娘家也有刘家老屋那样的天井吗？听得见山上竹林的沙沙声吗？也在昏暗的堂屋里喝麻酥酥的花椒茶吗？她走过了多少座小桥来到这里？为什么她和祖父住着那所老房子而祖母永远不肯走过那座小桥？为什么祖母总是在暗暗地等她却又从不正眼看她？而她依然殷勤地踏入刘家老屋？这么多的不解像小河的水流一样，朝着我涌来，不容我细想又在我身后流走。但这些悬疑一点也不妨碍我怀着小小的欢喜随她一起去河对岸的贾家老屋，只是那点欢喜，我得藏着，不敢让祖母和舅奶奶看出。我装出步伐拖沓的样子。我们踏上小木桥，走向对岸的那一片青砖黛瓦。走到桥中间，回头望望，已经不见了舅奶奶的身影，那小欢喜就再难掩藏，欢快地蹦跳起来。她急忙拉紧我的手。蹦蹦跳跳中，小桥的吱吱声，越发动听了。山峦雾气迷蒙，我们身在一幅水墨画里。

下了桥，就是青石板的街巷。她也欢快起来，和刚刚在刘家老屋的拘谨判若两人。逢人便说，我家孙姑娘回来了。音调拖得长长的，像唱歌一般。又教我喊这个屋檐下站着的人三爷爷，喊那个扛着锄头往山上走的人四叔叔。巷子里挑着担子往田里去的邻人，也往往放下竹箩筐，站在巷子边，待我们走近时，问一句："这就是红儿吧？你家大孙女？"她就更是拖了长长的音，应道："是哦，你看和兰长得一样一样的。"她说完这些，又高声喊："兰，快出来接红儿。"

从堂屋里就跑出个姑娘，脸盘红红的，长长的辫子，手里拎着一只正在拔毛的鸡。她让我喊这个姑娘姑姑。她蹲下来，看着我的脸，端详了好一会儿，说："真是和兰一模一样呢！"似自言自语又像是和我说话。她的脸也离我很近，我看见她白皙的脸上，皮肤薄薄的，几乎没有一颗斑点，眉眼也是清秀的。

兰是她的女儿，我的姑姑。她让我喊这个堂屋里跑出来的姑娘姑姑时，其实还有一句话，她一字一句地说："红儿，她是你的亲姑姑。"这句话，在我当天返回刘家老屋，细细地向祖母讲述在贾家老屋的经历时，我听见祖母重重地哼了一声。祖母坐在刘家老屋深深的暗影里，我看不见她的表情。就像在贾家老屋里，祖父一直坐在椅子上，椅子也在暗影里，我也看不清他的表情一样。这些老屋都有那么黑魆魆的墙，厚厚实实的。都有又高又狭小的窗。小窗开在黑墙上，像一张没有表情的苍白的脸。都有那么幽深的暗影，那么幽深。坐在暗影里的人总是令我感到畏惧，我害怕走进暗影。暗影里的祖父喊我红儿，我应了一声，迟疑着，终究也没有走进那团暗影。他就那么一直坐着，看着我蹦蹦跳跳地在几间老屋子里进进出出，看着兰姑姑她们忙着在火塘的吊锅上煮饭炒菜。然后他喝酒，就着一盘黑乎乎的菜，大约是腊肉吧。我听见他很沉的吞咽酒的声音，仿佛喉头有什么东西哽着。一杯酒，他喝了很久很久。

兰姑姑的出现，解决了困扰我很久的称呼问题，我再向祖母或父母转述我在贾家老屋的经历时，每每提起那个无法正常称呼的人，不用再吭吭哧哧，我就说兰姑姑的娘。我听见兰姑姑喊她娘，就像父亲也唤祖母娘一样。虽然绕口，但祖母和父母的反应都还算平静，我知道他们默许了。

随后又来了更多的人，有本家亲戚也有村人邻居。他们聚在堂屋门前看我吃饭，看我的小嘴巴把两条鸡腿啃得干净溜光。人群里的四叔叔看我吃完了饭，冲着大伙儿说："我家红儿会跳舞。"围观我吃饭的一帮人立刻就在堂屋门前的空地上，围了一个圈。可是我明明不会跳舞呀，我红着脸说我不会跳。兰姑姑却说："红儿你会的，你小时候，你爸妈带你回来，你总是拍着手边唱边跳，你唱的是：红儿跳舞妈妈看。穿着蝴蝶衣服，像只小蝴蝶一样，你跳得可好看了！"四叔叔也附和道："是啊，是啊，红儿跳舞妈妈看，红儿跳得可好看了！"

兰姑姑说话也像唱歌一样，像她娘。她长长的辫子在腰际处荡来荡去，像那个年代样板戏《红灯记》里的李铁梅。她说的是真的吗？我真的会跳舞？那一天，我又跳了吗？也穿着那件鹅黄的蝴蝶衣衫？像山路上一只蹁跹的蝴蝶？我的记忆又缥缈了，甚至是断裂了。我的记忆常常在我以为会是一马平川的时候出现一道断裂的沟坎，它陷落下去了，陷落进很深的地方。我一直指望有一件什么东西，帮助我，把那些陷落进去的记忆，打捞上来。

（三）

那一次，我们离开刘家老屋时，萍表姑拿出一根扁担，把腊肉、笋子和苔干绑在一端,又把我们的地质包绑在另一端。她挑起担子,对祖母说:"姑妈,我送你们到汽车站。"

隔了很多年,我还能记起萍表姑说这句话时,语气里的坚定。她不让她的兄弟们插手,她一个人干得沉静又麻利。她挑着担子,在山路上走得像小风一样。走一段就在路边的石头上坐下来边歇边等我和祖母。她本就话少,那一天更是沉默。她表情凝重,似在思考着一件重要的事情。又像是已经下定了决心,只是等着机会而已。

直到我们坐上开往武汉的班车,萍表姑还是没有开口说什么。她站在路边,扛着一根空扁担,看着汽车驶离。

几年以后我知道萍表姑站立的那个地方叫汀泗桥,那也是我和祖母回咸宁泉塘时下了汽车开始走山路的地方。那是从武汉开往咸宁的班车距离泉塘村最近的一个车站,一座千年古镇。石桥下的那条河流叫汀泗河。我在初中历史书里,看见汀泗桥三个字,就像年幼时看见久别的父母突然出现在我和祖母的小屋门口一样惊奇。北伐战争期间的一场著名的战役,使这个小镇多了一层光环,使它的名字得以跻身一本篇幅有限的中学课本。读完汀泗桥战役的历史记载,我这个初中生似乎意犹未尽,接着又去翻新发的地理课本,找遍角角落落,却也没有看见汀泗河之类的文字。那条石桥之下的河流太小了,地理课本对一条波澜不惊的小河来说太高远了,它流不进去。我略显失望地从地理课本里移出眼光,仍然念想着那条河,汀泗河,它汇集了横隔在刘家和贾家之间的那条更小的河流、那条无名的河流、那条有座吱吱作响的小木桥的河流,一路向北。它流啊流啊,使尽了全部的力气,注入了长江。汇入一条有足够的气势被无数次写进书里的大河,也被这条大河淹没。

那一年的秋后,晒得黑红的萍表姑从汀泗桥坐上了开往武汉的班车。她叩开我和祖母在武汉的那间小屋,站在门口,看着我们羞怯地一笑。她带来了田野的气息。她的脸黑红的时候,必是稻田里的一片片金黄已经被收藏进了谷仓的时候。她也带来了大山的气息,竹笋、腊肉和花椒茶。腊肉是山上的松枝熏制。只是这个城市里没有山泉水冲泡花椒茶。

想必没有山泉水,花椒茶的口感一定缺少一种特有的酥香吧?祖母和萍表姑在灯下絮絮交谈时并不像在咸宁泉塘的刘家老屋一样冲饮花椒茶,她们只是边闲聊边织毛线。中学生红儿在一张方桌上做功课，常常侧耳细听她们的闲谈。

"姑妈，我不想回乡下了，我要在城里，乡下太苦太冷清。"

"你爹娘许你这样吗？"

"求姑妈帮帮我，我以后好好孝敬您老人家。"

"唉！乡下是苦。我和你娘说说吧，再托托亲戚朋友，给你在武汉找个婆家吧。"

......

"姑妈，你教我织蝴蝶吧，像红儿衣服上那样的黄蝴蝶。"

"嗯，巧了，正好有一团黄毛线，我教你。"

"姑妈，红儿那件衣裳呢？我想看看。"

"哦，那件衣服，小了。前几年红儿穿到北方，回来后就没有带回来。"

......

我听出了萍表姑语气里的欢喜。她提到那件蝴蝶衣衫时，已经没有刘家大院天井旁的忧郁，像天井上空的乌云被山风吹散了一样，祖母的许诺令她的天空清澈了，也让她的蝴蝶轻盈了。我没有扭身看絮絮闲聊的她们，我在橘黄的灯光下回忆那件被萍表姑念想过很多遍的蝴蝶衣衫。我想不起来那件衣服，究竟被我遗落在哪里了，甚至不记得自己穿过它。那是一只怎样飞舞的蝴蝶，有着怎样娇艳的色彩，令萍表姑念念不忘？我长大了，它小了也旧了，是到了彼此离开的时候了。现在，它在某个地方的某个角落里，陈旧、皱巴、黯然无光。

那间小屋，在那个秋天的夜晚，在辉煌的城市灯火里，我找不到一只远去的蝴蝶。

好在萍表姑就要拥有属于她的蝴蝶了。那一年的秋天，想必是祖母说服了萍表姑的父母，萍表姑在武汉定亲了。

随后而来的冬天里，在这个大都市的一间小小的房子里，祖母和萍表姑忙忙碌碌。她们买了花花绿绿的被面，买了杯杯盏盏，买了瓶瓶罐罐，这些都是萍表姑的嫁妆。祖母说她没有女儿，她要把萍表姑当作女儿一样风风光光地嫁出去。

然后在一个个夜晚，姑侄二人在灯下，编织毛衣。我一直惊奇，祖母在编织方面的天才。我常常很痴迷地看祖母沉入到她的编织世界里。我成年后认为，那是一种艺术的沉迷，是构思，不亚于任何艺术家沉迷于任何艺术形式。她戴着老花镜，竹子削的几根签子和毛线在她手里上下翻飞，不几天就是一件图案别致的毛衣。我骄傲地穿出去，总引得街坊邻居到家里来讨教织法。萍表姑像祖母一样娴熟，一样灵巧。是不是泉塘刘家老屋出来的女子，都有这种天赋的灵性？不同的是，祖母喜欢用同一种颜色的线编织暗花，而正值青春年华的萍表姑，喜欢用鲜艳的色彩编织不同色调的明花。那只鹅黄色的蝴蝶，就在那些个夜晚，在萍表姑的手指间飞舞，那不再是一种惆怅的飞舞，那是一种憧憬的飞舞，是欢喜的。

　　萍表姑穿着新娘的嫁衣，在一个飘雪的日子里，被婆家娶走了。大红的棉袄里是一件同样大红的毛衣，毛衣的前胸就是一只鹅黄色的蝴蝶，展翅的蝴蝶。那是一只属于她的蝴蝶，它扇动翅膀，飞过山路、飞过溪流，像汀泗河奔向长江一样，融入都市的汪洋大海。

　　那一天，我也穿了一件同样的毛衣，萍表姑织了两件，一模一样的红色，一模一样的蝴蝶。

（四）

　　红毛衣、黄蝴蝶，载着一个乡村姑娘的梦吗？同一年，我穿着这件红色的蝴蝶毛衣，又回了泉塘，又走过了那座吱吱作响的小桥，沿着青石板的小路，走进贾家老屋。

　　也是在一个飘雪的日子，兰姑姑要出嫁了。花花绿绿的被子堆在床上，竹子做的各种用具摆满了堂屋，那都是兰姑姑的嫁妆。兰姑姑哭，兰姑姑的娘也哭。她们抱在一起，泪水打湿了兰姑姑的新嫁衣，也打湿了她娘的蓝布大襟棉袄。她们边哭边诉说，那腔调听起来像唱歌一样婉转。

　　"兰宝呀，你可不能像娘一样命苦呀！"

　　"娘呀，我走了，你可就孤单了呀！"

　　"兰宝呀！"

"娘呀！"

我站在旁边，听着她们哀伤的哭泣，觉得出嫁是一件生离死别的事情。其实，兰姑姑的婆家就在小河的下游，距离贾家老屋不过几里地的路程，她们却哭得这么悲伤。这种悲戚的气氛，很容易感染一个孩子，我沉浸在忧伤中，努力忍住自己的泪水。可是，一转眼，她们哭罢了，擦干眼泪，分明又透着欢喜，笑着去堂屋里招待亲朋好友了。仿佛那哭，只是一个仪式。

祖父依然坐一把竹椅，在老屋昏暗的阴影里，抽一支烟。

他把我喊过去，他说："红儿，你是中学生了，你能听懂爷爷的故事了，爷爷给你讲讲吧？"

那一刻，中学生红儿看着这个总是坐在堂屋阴影里的人，想起了疼惜自己的祖母，心底油然而生了一些愤怒。她趁着兰姑姑和她娘不在跟前的时候，一字一句像背书一样地操着浓浓的学生腔说："我听我奶奶说过你的故事。八年抗战，你在江西打仗，杳无音信。八年后，你胜利而归，带回来兰姑姑的娘。你以为我奶奶已经死了，但她还活着，可是小叔叔死了。"

说完这些话，刚才强忍的眼泪，扑扑簌簌地滚落下来，落在红毛衣上，落在胸前的黄蝴蝶上。

我走出堂屋，穿过小巷，往后面的山上走。我听祖母说，山上埋着被日本鬼子的飞机炸死的小叔叔。那是祖母亲手埋葬的，在一个山坳里。

我曾经无数次地想象祖母埋葬小叔叔时的情景：冬天的山坳，寒风像尖刀一样，血肉模糊的小身体，哭泣，全然无泪的呜咽。

我不认得路。我遇见了挖笋的四叔叔。四叔叔说："红儿别乱跑，松树林那边有老虎。"

我也听祖母说过老虎的事情：山风肆虐的夜晚，她紧紧地搂着她的儿子，战战兢兢地度过不眠之夜。

我和四叔叔说，我要找小叔叔的坟墓。四叔叔放下锄头，轻叹一声："红儿，你还小，不知道很多事情。你爷爷也是九死一生才回来的，你别怨他。他也觉得愧对你奶奶。他做了三副棺材呢，都是上好的杉木，有你奶奶的，在你家柴房里放着，我带你去看看？"

四叔叔是祖父的亲侄子，是村学校的老师，他说的话该是真的吧？

那时，中学生红儿，很识得了一些字，正处在一个狂热的认知阶段。四叔叔说，在前线抗过日的祖父，是一场轰轰烈烈战争的组成部分，虽然微小，虽然永远不会在历史的典籍里有丝毫的显露，但他和他做过的那些事，是历史的旷野上飘动着的一缕云。四叔叔看了看天空，又极其凝重地提问中学生："你能说历史的天空里，没有他的痕迹吗？"

那一天，四叔叔还和我说了很多很多，这个乡村教师倚着一根锄头，给中学生红儿上了一堂历史课。那一天，在埋着祖宗的山上，清泉汩汩，春笋在暗暗地拔节；那一天，一个穿红毛衣的小姑娘，如同一只红色的小帆船，航行在如海的竹林里……

鞭炮声响起了，迎亲的队伍来了，兰姑姑就要被婆家娶走了。她也穿着大红的棉袄，但没有新毛衣。我迟疑了一下，把我的红毛衣脱了下来，送给了兰姑姑。兰姑姑眼睛一亮，抱住我，却无语，下巴颏顶疼了我的肩膀。我看见她眼里起了雾，迷蒙蒙的，快要下雨的样子。她穿上，她像萍表姑一样红润了圆圆的脸。那是一张乡村姑娘的脸，健康、黝黑、饱满。兰姑姑是不是也和萍表姑一样，心里藏着一只蹁跹的蝴蝶？藏着一个梦？她的梦也在远方吗？她不能像萍表姑那样，飞向山外，她得答应她娘，不走远。如门前的桂树，承接了阳光雨露也给了阳光雨露一个应允，年年秋天要芬芳一样。她把她的两根大辫子剪了下来，在两端扎上大红的头绳，放在她娘的柜子里。然后，她走了。

兰姑姑的娘倚着门框，看着小河发呆。她慢慢地坐下，坐在门槛上，一只手揽住我，依然用唱歌一样的声调说："还是离娘家近了好啊，你看，我没有娘家，多孤单。"她似自言自语又像是和我说话，像很多年前一样。她往远处看了看，又收回目光，看着我。我看见她眼里也起了雾，像兰姑姑一样，茫茫的，潮潮的。我知道，她的目光，走过了小桥，走进了飘着花椒茶香的刘家老屋。

堂屋的暗影里，祖父划亮一根火柴，点燃他的烟。在那亮光里，我看清了他的脸。我看清了他走了多少路。他把他走过的沟沟坎坎，都移到了这张脸上。

（五）

我把一首秋天的歌谣，唱给一株北方的桂树。

桂树这树种，喜暖喜湿。北方是少有桂树的。庆幸的是，我家门前刚好有一株。树形不是很大，小小的、弱弱的。一年中的三个季节，它很少被人识出，隐在几株石榴树和柿子树中，不知是谁有意或是无意间植下了它。秋天，那芬芳的小碎花，势单力薄的样子，远没有故乡的桂树开得浓稠。但这淡淡芳香也诱惑着一些人折个一两枝，边嗅边快步离开，做了贼一般。我在窗里看着这一幕，会心一笑，只要这支被折下的桂花，在某个案头的水瓶里能够延续它的芬芳，便好。祖母却不然，她往往会冲出门去，冲着那折花人的背影，大声呵斥。

那时，我们都住在北方了。祖母追着我父亲而来。回望我们走过的路程，我发现祖母一生都在追赶她这儿子，用她的大脚，那双布满了老茧的、走惯了山路的大脚。她一直在追赶。她在咸宁泉塘的刘家老屋时，我父亲在武汉读书，相距一百公里；她去到武汉，我父亲却奔向北方工作，已是千里之遥；她略作迟疑而后北上，她唯一的儿子又远赴异国，两下万里相念。祖母追赶不上那前方的脚步，便停下了自己的脚步，她变追赶为等待，她留在了北方。

时光在祖母的追赶和等待里，走得不急不躁，钟表一格一格地跳动，它不似祖母这般焦急，它拥有无限。祖母是等不得的，也等不起，祖母一日日老去。

我一直觉得是那株北方的桂树帮我留住了祖母。她第一次走进北方，走近我家，就在门口的这株桂树下停住了脚步。她用手挡在额前，眯起眼睛，细细瞅，念叨一声：真是一株桂树呢。

然后她开始施爱。只一株，那么柔弱单薄的样子，像个发育不良的小姑娘。你看，幸亏她来了，祖母心里准这么想。春天，祖母拿一把剪刀和喷壶之类的工具，给这株桂树剪枝除虫，碰巧有邻居们在旁边的时候，祖母便说起她的家乡，说起满山满坡的桂树，说起她亲手做的糖桂花。秋天来临时，这个小姑娘仿佛要感谢祖母似的，在它的整个花期里，拼了命一样，满树满树开得认真，开得筋疲力竭，开得令人心疼。祖母将一把大黑伞，倒挂在树枝上，收集花儿。她舍不得摇晃那树，她等着花儿们自然落下。做好的糖桂花，一小碟一小碟地送给邻居们，学袁家奶奶收了树上的石榴每家每户送一个一样。她用这种方式，证明这株桂树是她的，或者是暗暗地向这株桂树真正的主人示意，请求一份监护权。日子久了，邻居们便以为这株桂树是我家的，是祖母的。

祖母在这株桂树下编织毛衣。那时，家人已经不大喜欢穿她织的毛衣了，我们嫌她织得式样太老旧，我们买商店里的羊毛衫穿。她便把我们的旧毛衣都翻出来，在桂树下拆了它们。毛线弯曲着扯起一些轻尘，像陈年里理不清的往事。祖母把拆下的毛线绕在相距一尺左右的两截短枝丫上，够一束时，从枝丫上取下来，捆好，用滚烫的开水把曲曲弯弯的毛线烫直，再挂到一根竹竿上，晒干，后又缠成线团，放进她的小竹筐。她要来我的羊毛衫，拿尺子比比画画，一五一十念念叨叨地数针脚。她戴着老花镜，坐在桂树下，从眼镜上方的空隙里打量偶然走来的路人，又盯着人家的背影，问石榴树下择菜的袁家奶奶，那人的毛衣外套，是手织的还是商店里买来的。

有一天阳光很好，她在桂树下的椅子里打盹儿，毛衣针从前胸滑落到膝盖。我走过去，给她披一件外衣。她从睡意里醒来，好像刚刚从过去走来一样，无比清醒地问我："红儿，你那件红颜色黄蝴蝶的毛衣呢？我怎么找不到了？"

想来那一天也正是秋季，桂花开着，这种她熟悉的芳香，令她忽然间就想起了一件旧衣裳和罩在旧衣裳外的旧时光吧？

我就打岔，我说："奶奶你再给我织一件吧，那件就是找到也旧了。"她便有些欣欣然，便忘记了追究那件衣裳，便会在接下来的一段时间里，用那些洗得干干净净的旧毛线全力编织一只展翅的新蝴蝶。

可是她却忘记了编织蝴蝶的针法。她生怕我反悔，不让她织。她天天坐在桂树下，织了又拆，拆了再织。几根竹签子扭打在一起，毛线球在小竹筐里也急作一团，滚来滚去。

我在窗里细细看她。秋天的阳光很温煦，照在祖母花白的头发上。这时，她才像一个真正的老祖母，有了一种叫作慈祥的面相。慈祥总是和苍老伴生的。在慈祥跟着苍老爬上她的面容之前，她一直是刚毅的，是果敢的，是在山路上如履平地的，是在家里说一不二的。现在她老了，老得再不和儿孙起争执。她老成了一个真正的祖母。老在一株桂树旁，老在她的编织里。

衰老的祖母一直在等待一个时刻，等待她的儿子从远方归来。祖母以为，一定会有一个时间，是属于他们母子团聚的。

在过去的那些年月里，我父亲从来就没有一个完整的时间是属于她的。他们一直隔着山河，或许也隔着误解。我是父亲安放在祖母身边的一个替代品。只是，从祖母寥落的神情上，我明白，这个世界上没有谁能够真正替代谁。

但是祖母没有等到这一天。出问题的不是我苍老的祖母，而是我壮年的父亲。

谁能料到呢，未知世界的一只大手，颠覆了正常的次序。

这对母子，他们隔得越来越远了，无法相见了。以前他们隔着山河，现在他们隔着阴阳。以前距离的数字以几何级数增长，现在没有数据了。没有数据，在这里不是意味着零，而是无限，无法抵达。

她追不上了，她一生没有追赶上她的儿子。距离的数据彻底消失的那一年，祖母年近古稀，父亲正是英年。

在哀伤平静过后的很长一段时间里，我们避免谈起父亲，只当他是又出长差了，去了远远的某个地方，有保密的任务，不能和家人联系。

日子也就那么过去了。

在不起风也无雨雪的天气里，祖母依旧坐在桂树下。她在编织一件黑色的毛衣，式样是开襟的。这件毛衣不是用旧毛线织的，是祖母特意买来的新线。

也依旧在阳光暖和的午后，她打盹儿。她不去屋里的床上午睡，她说屋里太阴太冷，她越来越贪恋阳光。我也依旧走过去，捡起掉落的毛衣针，为她披一件外衣。她醒来的瞬间，有长长的一声啜泣，是从梦里带出来的尾音。在梦里没有哭完，带到了梦外。只一声，随后就咽下去了。依旧织毛衣。

父亲真的去了远远的某个地方了，连梦都不曾托付，走得决绝。

他葬在了家乡，在家乡的竹山上。他绕过祖母，独自回了家乡。

我们都不去想，也不去说，用一层脆弱的纸包住一个大大的水球，生怕想多了、说多了，那纸破碎了，悲伤的汪洋淹没我们。

祖母的新毛衣织好了，针法细密，样式简洁。

她在一个打盹儿醒来的午后，咽下那声梦里带出的呜咽，平静地对我说："红儿，你清明节去给你爸爸扫墓吧？把这件毛衣带给你兰姑姑的娘，说是我送给她的。还要告诉你爷爷，说我以后回去睡他做的棺材。我要和你爸爸埋在一起。"祖母口齿清晰，思维条理，不像是刚从梦里初醒。她接着干打盹儿前手里的活计，往新毛衣上缝纽扣。黑色的亮晶晶的玻璃纽扣。她缝得一丝不苟。

此前，祖母是发誓不再走过连接刘家老屋和贾家老屋的那座吱吱扭扭的小桥、不再踏进贾家的门槛的，她用这种方式抗议祖父对她的伤害，维护自己那风雨飘摇的自尊。她常常走几十里山路回刘家老屋，除却亲情的需要，隔河相望，她是不是也在时时提醒小桥那边的人家，她、她的儿孙以及那伤害的存在？我在这个过程里，一直充当着一个信使，传递着祖母的暗示。

现在，这一切恩怨，因了一个人的死亡而归于尘土了吗？

此后，祖母再也不回故乡了，刘家老屋，在她生命的残年里，是一所空房子。她在积攒她剩余的力气，最后的那点力气。她要倚着这点力气，走过那座小桥。她只等着最后的一回，这一回，便是永远。

清明，我将开襟的黑毛衣，交给兰姑姑的娘。她摸着像黑眼睛一样的黑纽扣，眼里又起了我见过的雾。

此后，我也久不回故乡了。

我们定居北方。北方也有桂树。秋天，桂花洒落我们的肩头。

（六）

一件黑开襟毛衣，成了祖母的收山之作。从此她不再织毛衣了。她从柜子里找出一个旧布袋子，把所有的剩毛线都收进去，又把一捆竹针用皮筋儿扎好，一起塞进了衣柜最底层的角落。她站起身，拍拍前襟的灰尘，倚着衣柜歇了片刻，似乎是刚做完一件很累人的事。一束窗外照进来的光线里，那些灰尘在轻轻地飞舞。

这很好，我想让她这样。我想让她把过去的记忆，都塞进一个角落，永远不再翻找。

只是记忆这东西，由不得人，它不在白天窜出来，也会在夜间游走在梦境里。

我不知道祖母是不是做过关于故乡的梦。有没有那样的一个个暗夜，往事弥漫，刻骨的思念像荒草一样疯长？

在那些年里，我在梦里是回过家乡的。

弥漫在河上的轻雾揭开了梦的序幕，小桥带着吱吱扭扭的声响一头撞了进来，天井老屋、青石板小路，总是这幅梦的背景，推也推不开。我也梦见过祖父，他仍旧坐在堂屋浓重的暗影里抽烟、沉默，像真实的一样。他一直都没有离开过那团暗影，他在暗影里躲藏了半辈子，他觉得那里安全，没有鬼子的追杀，也不必面对棘手的家庭纠葛。

那个梦境过后不久，兰姑姑就来了电话，祖父过世了。他留下遗言，不劳我们千里奔丧。他睡进自己做好的棺材，葬在了我父亲的身边，他住进了真正的黑暗和安宁。

兰姑姑的电话似乎总和丧事有关。不久以后，她又来电说，四叔叔的儿子，一个好端端的青年，竟然出车祸死了。兰姑姑在电话的那头，语气很平静，她说："红儿，你不用回来了，只是个堂亲，已经悄悄土葬了。"

我和故乡，被这些信息维系着，它们把我和故乡的关系，弄成了一个人和一座坟山的关系。这或许是一个人和他故乡的最深刻的关系？

兰姑姑在那个电话里，还告诉了我由这件事引发的另一个问题：那个突然意外死亡又匆匆土葬的青年，急忙之间用了我祖父做的一副棺材。那棺材，一共是三副的，现在只剩下一副了。那棺材预定的主人却还有两位：祖母和兰姑姑的娘。

我意识到兰姑姑那个电话的真实意图，其实是把一道算术题摆在了我的面前。多么简单，我却想不出它的答案。

那年月，祖母已经改在桂树下做她的寿衣了。她告别了过去，开始酝酿她的未来。她在蓝色和紫色的缎子上，细致地绣花，一朵一朵地，绣得密实，也绣得艳丽。她问我："红儿，你看这朵花绣得平展吗？"

平展，平展，那花儿，像躺在缎子上一样平展，朵朵都睁着眼睛，望着老屋后面柴房里上好的杉木棺材。

有时候我会试探地问她："奶奶，咱以后不回咸宁泉塘了吧？我在这儿给您买一块墓地，这儿多近呀，我可以经常去给您上供呢。"

　　祖母就沉默许久。再开口，语调里便带了一些气愤："怎么可以？你爸爸在那里等我呢。你爷爷一辈子亏欠我，我也该睡他做的棺材。"

　　我们在阳光下谈寿衣、谈棺材、谈墓地，毫不避讳，也不恐惧。一条长长的路，通向一脉绵延着的山岗，祖母走得缓慢。不用急，到达是瞬间，行走却是一生的事情。

　　祖母在北方的暖阳里，慢慢地活着，缓缓地绣她的寿衣。那绝不是一件简单的衣服，那仿佛是一项烦琐的工程。我依然习惯站在屋里，隔窗看着她，看着蓝蓝紫紫的缎子，在太阳下发出幽幽的光芒。祖母是不是在这项走向山岗的筹划里，一步一步，预演了某个仪式？又在这仪式里，增添了对它的向往？

　　我无从知道千里之外的家乡，兰姑姑的娘，现在是一番何样的情景。只听说，这个一生活得柔弱隐忍的女人，在四叔叔的儿子用了祖父做的棺材之后，曾冲进刘家老屋，抓着回娘家的萍表姑的手，用力摇晃，脸色苍白地说："你姑妈，她不会让我的。"萍表姑的手腕上留下了她深深的指痕。从此，她不再殷勤地踏入刘家老屋，不再像往昔那般，常常去刘家老屋和舅奶奶喝一碗花椒茶，唠一些陈年的旧事，听听天井院里滴答的雨声。

　　她是不是活在孤独无助和死后无所依托的痛苦中？她不害怕死亡本身，她恐惧的是那份寒冷吧？她也会在某个有暖阳的日子里，坐在门前的那株大桂花树下，像祖母一样，为自己绣一套参加生命里最后一个仪式的礼服吗？

　　尽管后来，从失子之痛中走出来的四叔叔，背着村干部，偷偷摸摸地新打制了一副棺材，还了那早先挪用的，但在祖母和兰姑姑的娘看来，那不是祖父亲自做的，那是毫无意义的。她们一生都在争夺，争夺一个人的爱，争夺一片家园，争夺一块归宿之地。但她们不会争着去死，她们缓慢地活着，她们都走在那条通往永恒之地的路上，她们听凭上天的安排。这个时候，走向死亡的先后，在她们看来，是上天格外的眷顾还是无情的惩罚？

　　我找不到答案，找不到的。那些我们不知道的，我们把它叫作命运吗？

（七）

　　许多年以后的一个清明，我带着一个少年行走在回故乡的路上。少年从海外刚刚回国，他从未来过这片楠竹茂盛之地，他是城市移民，他从小在迁徙中成长，他对什么是故乡毫无概念。一路上，我们探讨故乡这个话题。我想起故乡这个词，传统的解释似乎是"出生且长大的地方"，这个解释于我，完全不相符合。

　　那条山路早就通了公共汽车，汽车便捷地一直把我们送到小河边。站在小河边，我在河水的哗哗声中找寻一座小木桥。木桥在哪里？桥上那动听的吱吱声又在哪里？我找不到木桥，找不到通向桂花树下贾家老屋的唯一通道，我回不了我的家。少年嘲笑我："妈妈，故乡就是站在这里遥望，看得见门却找不到路的地方。"

　　小山村寂静空落，少有喧哗。只有小河依旧哗哗地流淌，四面的山上，风正走过竹林。小块的稻田、茵茵的秧苗、慢条斯理的老水牛，是这里几十年不变的风景。

　　少年说："我喜欢这里，像一首歌谣。"

　　小木桥没有了。新修的石桥足以承载往来的汽车，只是再也不会有挑担的人和着那遥远的旋律，走进一幅水墨画了。很多老房子都空了，在山脚下仿佛成了一个故事里的道具。死去的人们埋进了山里，活着的人们大多数走向了山外。

　　半疯的四叔叔在屋檐下晒暖。他竟然还认得我，他的记忆停留在过去。因为停留在过去而成了疯子。他呵呵地看着我笑，拉住我的手，睁着直直的眼睛，悠悠地说："红儿跳舞妈妈看……红儿跳舞妈妈看……"

　　我眼前飞舞起一大片蝴蝶，一大片。

　　我对少年说："当你老了，你童年的歌谣还在一个地方唱响，这个地方就是故乡。"

　　我们上山，少年在几座坟茔前，跪拜得好奇也虔诚。他仔细地看墓碑上的刻文，试着选一个合适的称呼安放在他没有见过面的先人身上。

祖父、祖母、兰姑姑的娘、父亲，他们都躺进了山里，并排躺着。他们退出了生活，也平息了恩怨，一切都有了结果。

　　我对少年说："故乡，就是以前住着亲人，现在埋着亲人的地方。"

　　春风吹过山岗，我听见春笋拔节的声音，我也听见地下的亲人们在絮絮交谈，是乡音，像歌谣一样，他们说得悠长，我听得心动。

北邙往事

（一）

从城市下放农村，落户娘家是母亲唯一的选择。

村子有个好听的名字叫南石山。用豫西的方言说出来，那个南字，先挑上去，拖一个长腔，再落下来。像豫剧的念白。

七岁那年，我听不懂豫西方言，村里人也听不懂我说话，我说一口武汉话，他们都喊我小南蛮子。母亲和外婆的对话，我听起来就像豫剧《朝阳沟》里的台词。那些年，收音机里几乎天天都在播，栓宝银环的故事家喻户晓。

外婆把一所老院子的中院借给我们，一株皂角树的浓荫遮蔽了半个院落。树荫下有两间屋子，一间是母亲和我们姐弟的卧室，另一间是粮仓。山墙边还有一块空地，便加盖了半间厨房。

皂角树结出的皂角，要等到落地才能捡，外婆千叮咛万嘱咐，不能碰这株树，它身上有神。外婆三寸金莲点着地，在树下絮絮地念叨，大襟的褂子，挽起的发髻，神秘的表情，像电影里的神婆婆。我不敢靠近皂角树，即使熟透了落地的皂角，我也不敢捡。树身上那个巨大的、丑陋的树瘤，时时刻刻在盯着我。母亲安慰我，说树上住的是神不是鬼，神是来保佑好人的。可是我哪里分得清神和鬼，没有面目和身形，隐蔽于枝叶之间又无所不能，总是令人恐惧的。

母亲收起自己的皮鞋，换上布鞋。每天，她扛着锄头或是拿把镰刀，去井台边集合，与一大群带农具的人听生产队长的派活，去东地或者南坡，做应季的农事，除草或是收割。她戴顶大草帽，一条毛巾搭在脖子上，穿宽松的土布衣服。她是个农民了，要挣工分养活我们。工分多可以多分粮食，她要减轻仍然在城里工作的父亲的负担。除此之外，她还应下了记工员的差事，她的字写得又快又漂亮，还打得一手好算盘。

母亲没有收走我的皮鞋，也没有给我换衣服。她说，你得抓紧穿，转眼就小了。我穿着和村里同龄孩子不一样款式的衣服，粉色的灯芯绒裙子，丁字小黑皮鞋，走过坑洼不平的村道，听见议论声在身后响起。小南蛮子这个绰号没有歧视的成分，同龄孩子的脸上带有些许羡慕。

起先我们母子三人是挤在一张大床上的，母亲搂着弟弟，我睡在他们的脚头。冬天这样很暖和。豫西北邙岭上的冬天和我从小生长的南方有很大的差别，北风尖厉。夜晚风门被呼啸的北风拍打，母亲披衣起床去重新插牢，返回来帮我掖紧被头。后来母亲觉得我大了，应该拥有自己的小床，便央人帮助打通了两间屋子的隔墙，在装粮食的几个瓦罐边上为我搭了一张小床。窗子正对着皂角树，树枝的黑影，浓重地罩住我的小窗。我常常在这样的夜晚，把白天做过的事情在小脑袋瓜里回放一阵子。简单的事情也往往有着简单的好坏标准。哦，我懊恼地想起今天又偷偷地拧了一下告状的弟弟，神一定看见了。我拉上被头罩住脸，闭紧眼睛快快入睡，这是逃开的最快办法。

我不主动和人说话，不得不说的时候，母亲是我的翻译。她常常不耐烦。在帮助我完成交流后，母亲叮嘱我要快一点学会听和说。我要去村中心学校上学，听不懂老师的讲课，是一件糟糕的事情，母亲当然是焦急的。早晨，在院子的皂角树下，她给我梳头、编辫子。她用梳子表达她的急躁，我的头皮被她扯得生疼，两根辫子紧绷绷，她说编得紧可以多管几天。我通常含着眼泪坐在院里的小饭桌边，桌上的黑馒头又令含着的泪簌簌下淌。母亲终究是不忍心了，她返回屋子，从吊在房梁上的一个篮子里，取出一个白馒头，递给我，说，得学会吃粗粮啊，我的小姐，细粮不够的。在南石山，我认识了很多颜色的粗粮馒头，白色的是小麦，黄色的是玉米、褐色的是荞麦，褐红的是高粱，纯黑色的是红薯。我知道浅色的馒头比深色的口感细润，好嚼好咽，逢年过节或是生病了才能放开量吃白馒头。

母亲在小厨房蒸馒头的时候，我站在一边看。我看见红薯面粉明明是灰白的，从笼屉里蒸出来就是黑的了。母亲隔几天蒸一次，每次都要蒸四个白面的，她细心地把白色面团揉成圆形，不像那些黑馒头是不讲究的长方形。我和弟弟都喜欢看母亲揭笼屉盖，我们像两只小雀一样，叽叽喳喳围着她，热气氤氲中，白馒头像乐呵呵的小胖子，挤在一堆黑孩子中间。我们姐弟俩当场就能一人分一个。我们捧着，怕烫，就用两只手轮换，又不停地吹它的热气。这场景更像游戏，手捧细软白馒头的快乐超过了将它吞咽入腹。母亲却舍不得吃，余下的那两个，藏在篮子里，等我和弟弟委屈的时候用来抚慰我们。

中午我们能吃上白白的蒜汁儿捞面，母亲收工回来就在小厨房的案板上擀面条，弟弟剥蒜，我用蒜臼捣烂成泥。起初我干不好，蒜瓣儿很调皮，总往外蹦，久了就老练了。若是再从屋外瓦盆里种着的几株辣椒苗上摘两个小青辣椒，也捣成泥，拌在面里，有清新的鲜辣味儿，捞面就更好吃了。

住在后院的堂舅妈提醒母亲，她说，妹子呀，你不能做得太好吃了，孩子们的肚子是无底洞，不能惯着，天天吃细粮捞面，你真不会过日子，开春青黄不接的时候，你咋办？

我竟然听懂了堂舅妈的话。看来母亲对于我听不懂方言的忧虑实在是不值一提，一个孩子接受语言的能力是很强大的。而关于粮食、关于她的孩子们每天吃什么才是母亲长久的忧虑。

那时候我不懂母亲的忧虑。我能够和村里的孩子们自由交流以后，常常炫耀自己家里的吃食，有时候我还能拿出一块来自武汉的点心，长途邮寄已经使它很硬、不新鲜，但仍能引来羡慕的目光。我站在一株树下，把点心掰成小碎块，让围拢上来的小伙伴们分食，然后他们怂恿我再回家拿。作为回报，在接下来的几天里，我是这个小群体的首领，他们拥戴我、巴结我，直到新的事件吸引走他们的注意力。

逢上父亲回来休假，母亲会选择农活不忙的一天，做大米饭、炒菜、煨汤。我们恢复南方的饮食习惯。我和弟弟像过年一样，闻着久违了的熟悉味道，兴奋得想哭。前院和后院的堂舅堂舅妈们以及他们的孩子，更是围在我家门前，像看戏一样，看一出他们陌生的戏。他们只看到了前台的节目，我在夜晚，听到了幕后的台词。

那是父亲和母亲的对话。他们喊我一声红儿，我不应答，我知道这是在测试我是否睡着。我不像弟弟，这只小猪，早已睡得不省人事了。我在黑暗中睁着眼睛，看着皂角树的影子。住在树上的不论是神是鬼，今晚我都不再害怕，今晚这屋里有父亲。

许是父亲在帮母亲揉肩，因为他们谈到了挑水。母亲每天要从几百米外的井台往家里挑水。她爱干净，院落房间都整洁、没有灰尘，我们姐弟也保持着每晚洗脸洗脚的习惯，我们甚至还经常洗澡，这在缺水的豫西是一件稀罕事。作为代价，母亲常常肩膀疼痛。

后来他们又谈到了粮食。母亲让父亲猜每亩地各种庄稼的产量，地质工程师哪里知道这些。母亲说话的口气很像个老农民了，小麦、玉米、谷子、红薯，母亲一样样地数着，像数院里的鸡、圈里的猪，或者她献给大地田野的一个个日子。

我知道我家每年分到的粮食中红薯最多。我们在深秋收获红薯。深秋的早晨，田野已经十分寒冷，红薯叶子被霜打过，我冻得瑟瑟发抖，跟在母亲身后捡红薯。或许是因为红薯粗贱高产，生产队的分配方式也是粗犷的。一片地，指定给你家，刨出来的便都归你。堂舅站在我家地头一看，说，估计有三千斤吧。母亲便叹息，看着她刨出来的这么多红薯，发愁怎么运回家，若是小麦有这样的产量，日子该多好。但我们仍然没有浪费，每一个红薯都被我们艰难运回。母亲借来了架子车，我们一车车地运。土壤被刨翻得虚松不平，轮子陷进土里拉不出来，母亲往手心啐一口吐沫，搓一下，拉紧车把，咬住牙、屏住气，像一头发狠的牛。车轮终于从土坑出来。我和弟弟拍着手在路边欢呼。下坡路，母亲被重车推赶着一溜儿小跑，我牵着弟弟在后面追。我看见鸟雀从田野飞过，如果我再大几岁，或许我知道那是一只只鸟妈妈，它们在觅食、衔草，搭建过冬的巢，哺育幼雏。

母亲说，小麦产量低，细粮不够，红薯是最后的防线。但我们姐弟的胃似乎不接纳这种在今天被冠之以最健康食品的东西，我们胸口发烧，吐酸水。只要换吃白面或大米，症状又立刻消失。母亲打算用地窖里的红薯再去换一些大米，是去黄河边种稻子的地方换，那儿不种红薯，有些人家也许稀罕，但是交换的条件十分苛刻。

我听见父亲歉疚地叹息。在他们的絮语中我渐渐睡去，在梦里做一道算术题。

乡村小学的算数课堂，老师的例题永远是计算小麦的收成：每亩地产一百二十斤，三亩地收多少？每亩地产二百斤呢？

母亲在检查我的作业时叹口气，哦，要是真的这么涨上去，多好。

……

以为能够住很久，父亲从遥远的南方老家运来了几件家具。我记得小舅舅拉着架子车从二十多里地外的火车站帮我们运回家具时，一群半大的孩子从村口一直跟到院子。这在村子里也是件稀罕事儿，没有人家以这种方式添置家具。其实不过是一个两门立柜和一张写字台。父亲又自己动手把立柜的木门换成了两面镜子。屋子顿时明亮了。一束阳光从门口照进来，镜子接住了光，又侧身把光线送到我的小床旁，被皂角树遮蔽了光线的小角落里，连盛放粮食的瓦罐也一下子亮堂了。

两间屋子里，母亲最关注的就是这几个瓦罐。它们被母亲擦得一尘不染。那里放着各类面粉或者是豆子。瓦罐是满的，母亲的脸就是晴朗的。

春天的果园，桃花开了。稀疏的桃树林里种了豆子。母亲在桃园干活时，会偷偷捎几枝桃花回家。家里有一个漂亮的唐三彩花瓶，插几枝桃花，放在淡蓝色的窗帘后，打开灯，站在窗外看，像一张镶了镜框的画。母亲低头插花，我和弟弟在一旁看。小瓦数的灯泡，光线昏暗柔和。那会儿母亲洗净了脸，搽了雪花膏，安静、满足，也美，红润的脸像盛开的桃花。

（二）

外婆的院子里种了几盆花。最多的是凤仙花。

但外婆从不把它们叫作凤仙花，她说，一把指甲草，粗粗贱贱的，哪里那么娇贵，叫什么凤仙花。

夏天，凤仙花开出大红、粉红的朵儿，很是艳丽。外婆把它们摘下来，在大蒜臼里加明矾后捣成泥。晚上，给家里的女孩儿们染指甲。

鲜嫩的花朵被外婆从枝头掐下来，真像是掐一株草或者墙角架子上的豆角。

逢上染指甲的夜晚，我便留宿外婆的屋子。挤在一张床上的还有大舅舅的女儿，我的表姐。我的八根手指尖被纱布包住，两根食指是不能染的，据说，若是染了食指，鸡啄狗咬。

经过一夜的包覆，花朵的色素渗透进我的指甲。像在宣纸上作画，指甲边的皮肤也浸染成红色，若是花泥放得太多，则整个手指肚都是红的。

凤仙花是草本，每年都要下种。外婆总是留下最艳的那些花，不采，长种子。夏末或初秋，种子熟了，她用一张小纸片，把黑芝麻一样的种子包好，随便塞进一个墙缝里。

我跟在外婆的身后，我担心那种子到了来年春天，找不到了怎么办。或许应该像对待小麦的种子一样，严密、严肃。

但是外婆是个固执的人，她说，粗贱的东西不会丢。

粗贱。外婆巴不得她的院子里什么都是粗贱的。粗贱的粮食产量高、粗贱的花朵开得稠密、粗贱的孩子好养活。

我听母亲讲过一个故事，说是外婆的娘家，曾因偶然得到一幅唐伯虎的画。某天，村道上走来两个人，说是收古画的。外婆的父亲便将那画拿出请人鉴别估价。那两个人说此画是赝品，不值什么钱。外婆的家人也没有将此事放在心上，毕竟庄稼人不做书画生意。但是此后不久，那幅画却失窃了。没有任何破坏的迹象，贼像取自家物品一样，准确地拿走了它。一次镇静的盗窃显示了贼人深远的计谋和暗藏的凶险。失窃也意味着画儿的价值和背后不为人知的故事。外婆的父亲痛悔不已，从小上过私塾、很是读过一些书的外婆语出惊人：幸亏贼人只是巧取，若是强夺，逃不过家破人亡呀，那画儿根本就不是咱这样的人家能有的。

后来知道那画儿是盗墓得来的，似乎还有人命搭在里面。而外婆的父亲偶然得之，哪里知晓其中的玄机。

这个故事是外婆从娘家带过来的，她讲给她的儿女听，她的儿女又讲给各自的儿女听。我的表姐和表兄弟们都知晓这个故事。

表兄弟们都有粗贱的乳名。外婆像随手从土坷垃里捡一块土一样给她的孙子们取乳名。孬孬、二孬、孬蛋，粗贱到尘土里去了。这些随意的乳名，被很多孩子认用。或者说被祖母们互相借用。村子里叫孬蛋的孩子不下十个，又大多同姓，以至于为了区分，不得不在乳名前面加个住所作为前缀，比如前街的孬蛋、后院的孬蛋、坡池边的孬蛋，等等。

其实他们的学名响亮得很。表兄弟们的学名也是外婆取的。外婆看着太阳为她的四个孙子命名，他们依次是旭召、旭升、旭亮、旭灿。从冉冉初露到耀眼夺目。

想必外婆酝酿了很久，从长孙出世，一轮太阳便在她心底扎根，然后徐徐升起，照耀着这个粗朴的农家小院。

外婆每日小脚点着碎步，巡视她的院子。泡桐树开出紫色的花，长得旺盛；一群鸡精瘦精瘦的，但公鸡日日打鸣，母鸡隔天产蛋；圈里的两头猪，一黑一白，吃完最为不齿的食物，拱一身烂泥，偎在墙角打鼾；老黄狗卧在大门口，睡着了，即使有外人进来它也只是抬一下眼皮，农家小院没有需要它看守的家产，它不必过分警惕。

表兄弟们在村中心学校读书，他们光芒四射的名字被老师在简陋的教室唤起。

但在外婆的院子里，这些喷薄而出的名字不许叫。外婆说，安身立命，守住粗贱，才不会横生祸端。

在土地里刨食，就是一粒低微的尘土。

凤仙花就是一把指甲草。

（三）

外公年轻的时候学习经商，而后又回到土地。

这也是我从母亲那里听来的故事。北方冬夜漫长，母亲用家族故事安慰我的童年和她自己的寂寥。

一大家子，乡村里的富裕人家，有田地、油坊，在城里还有店铺。母亲这样向我描述外公家世的时候，我曾经把年轻时代的外公和他的兄弟们想象成电影里的纨绔子弟，四体不勤、五谷不分，或许还兼有仗势欺人的恶习。

但事实不是这样的。这是一个勤勉厚道的富裕之家。兄弟们每人必须学会一样手艺，以便大家庭分裂时能够独立谋生。外公被他的父亲指派到城里经营店铺。

那时外公已经娶了外婆。从村里的家到城里的店铺，二十多里地，外公都是走去走回。村道都是土路，间或还有石子。外公隔几日回来一趟，便向外婆要鞋。外婆的女红在方圆几十里赫赫有名。我见过她纺线、织布、绣花、纳鞋底子，我惊叹外婆做这些针线活时那么灵巧麻利。而我所能看到的景象已经是外婆的老年，年轻时的她就该是天上的织女下凡吧？鞋子要得如此频繁，外婆渐渐起了疑心。有一天她守在村口，远远地看见外公从城里的方向走来，同行的还有几个店铺的伙计。他们边走边做出踢石子的动作。外婆闪身躲在大桐树后面，看这几个小伙子在村口分手，说着今天谁赢了谁输了的话。她惊奇地看见伙计们都穿着她做的鞋。鞋帮上的标记是她习惯留下的。而小伙子们，竟然是边走路边各自踢着一粒石子回来的，他们大概在比赛谁能够把石子踢带的久或者远，用这种方式解除路途的寂寞无聊。而一双手工布鞋，纵使再细密结实，也经不住年轻有力的脚这样不爱惜地踢踏。

我听到这里，低声笑了。我天天见到的那个好脾气的瘦老头，年轻时竟是一个仗义顽童。母亲说，外公是一个心理年龄永远小于生理年龄的人，外婆则恰恰相反。经营不善，店铺倒闭注定要在外公手里变为现实。

大家庭到了分裂的那一天，大至土地、房子、牲畜、粮食、尚存的产业，小至锅碗瓢勺、板凳桌椅被一一分配。没有绝对的公平，大致的公平也谈不上，为了尽量保住家业，理智的父母重新权衡儿子们的才干。经商失败的外公回到田地。他从家族领到十四亩土地的所有权。在一个夜晚，分家的持续喧闹终于结束，外公和他的兄弟们从上房走出，他们的妻子都在夜幕中的院子里伫立等待，夫妻们在黑暗中也能迅速交换表情。

母亲说，那天晚上，外婆神色凝重。十四亩土地，对经验丰富的农民而言是福音，是一家老小衣食饱暖的依靠。但对于外公，却未必。

我无法想象十四亩土地有多阔大，只听说从那时起，外公性情大变。他沉默寡言，他的帮手，一头牛，是他最亲密的伙伴。

夏收以后分到田地，整个秋天，沉默的青年，带领他的牛在他的十四亩土地上，拉犁扶耧，耧耙耕种。有时候，大舅舅和母亲也会被带到地里，他们被外公安排站在犁耙上，用他们不满十岁的体重增加压力，使得耙齿更深地进入土地。待到耩种，已到深秋，外公扶着耩，掌握着方向，来帮忙的亲戚在前面牵着牛，外婆带着孩子们伫立地头。这是外公最紧张的时候，像画家在宣纸上落笔，他让种子落进田野。

但这不是一幅优美的田园画，母亲说不是。

长冬来临，冬小麦在冻土和雪中，藏起农人的希望也掩盖了他的技艺。麦子在雪下沉睡，外公在炕头重重地磕他的旱烟锅。他忐忑。他不知道雪下那些他拼尽全力侍弄的庄稼，来年春天有怎样的长势。天地可以作证他的勤勉，一家老小的肚子却要检验他的成果。待到麦苗有了腰杆，农人在大地上的绘画便见了眉目。田平、垄直、棵旺，这是外公在梦里都想念的情景。

然而，母亲说她饿。母亲关于童年的记忆是丰富的，但是只要提到一个饿字，其他内容便都黯然失色。饿，是她的童年背景。她总是眼巴巴地看着外婆从一口大锅里捞面条。第一碗要给外公，那是家里的顶梁柱；第二碗第三碗是大舅舅小舅舅的，传宗接代的男孩；轮到外婆和母亲，就成了照得见人影的稀汤。

母亲的饥饿童年证明外公是田野上失败的画家。但是他不能罢笔，他必须继续。他牵着他的牛，走过原野，走过小麦地、玉米地、高粱地。他坐在邻居的地头，看人家的庄稼长势，一坐几个时辰，直到外婆来找他。农民的儿孙，怎么就摆弄不好这片土地？自卑的情绪覆盖他的前半生。

母亲讲述到这里，语气里并没有埋怨。现在她也是一个农民，她知道土里刨食的艰辛。

冬天快要结束了，母亲在越来越短的黑夜里，给我讲的故事也越来越短。最后一天的故事，只有一句话：下放农村前，在领导办公室，她大义凛然地说，大不了回家种地，有啥可怕！然后摔门而去。

黑夜中，我感觉母亲笑了一下，接着，她长长叹口气说，土地，它总是成为人的一条退路，从天上摔下来，有地接着。

（四）

我一直清晰地记得在南石山度过的第一个麦假。乡村学校特有的假期，合着庄稼生长的节拍，全部的假期作业就是捡麦穗。

母亲为我准备好了篮子。她说，把篮子挎在胳膊上，下面垫一块手绢儿，要不，篮子重了，胳膊上会勒出血印子。又给我装好一瓶水，放几片薄荷叶子进去，把擦汗的毛巾搭在我脖子上，看着我走进学校的拾麦队伍。

我们去收割过的麦田捡拾从麦秆上脱落的麦穗，然后交到生产队。颗粒归仓的大标语挂在打麦场上。我们很少能见到大穗，放孩子们进来的麦田，往往已经是大人们捡过一遍的，那些逃过大人视线的小麦穗，等待我们的小眼睛发出喜悦的光。偶尔，我也会发现一支大穗，藏在麦茬里，看着饱满，拿着沉甸。我小心翼翼地把它放在篮子最显眼的地方，在它的衬照下，那些小穗瘦弱干瘪，像饥年的孩子。

有时候路过一块正在收割的麦田，我看见母亲正在挥舞镰刀。她没有看见我，她不抬头。割麦子的大人们都没有时间抬头。他们说，割麦子是龙口里夺粮。

小舅舅是我们的领队老师。我们在地头的树荫下休息的时候，他便给我们讲故事。母亲的家族成员都擅长讲故事，小舅舅的故事更是惊心动魄。他讲鬼、讲盗墓贼的故事。以至于我和我的同学们不敢去麦田中央那个大大的荒冢前找麦穗。

北邙之上遍布这样的古墓。我一直想象那些荒冢里或许还沉睡着千年的古尸，或许已经是一个空冢，盗墓贼在深夜手持洛阳铲，走过黑暗狭长的墓道，掀开一口黑漆大棺材，从一堆白骨中，拈出一粒夜明珠。

小舅舅讲的故事害人不浅，我在皂角树覆盖下的小屋，深夜曾从梦里惊叫至醒。

成年后我知道，外婆家所在的北邙岭，是秦岭余脉，这里土厚水低、黄土结构紧密，抗震抗压强度高，黄土的垂直节理又极利于挖掘墓穴。自古以来，生在苏杭、葬在北邙是广为流传的俗语。加之，仰观翠云、俯瞰洛伊的好风水，使得历朝历代上至天子、下至庶民，都把这里当作长眠的福地。帝王们有宏大的地下宫殿，精美巍峨的程度不逊于苍天之下他们生前居住的另一个。

北邙山头少闲土，尽是洛阳人旧墓。贤愚贵贱同归尽，北邙冢墓高嵯峨。那一年，青年民办教师领着一群孩子，在麦收后的田野，在巨大的土冢前，曾经高声诵读。

那诵读声最后成了叫喊，高昂激越的豫西腔调，越过黄土丘陵上的沟沟坎坎，落到我们看不见的地方。他喊得我们惊恐不已，喊得自己泪流满面。

······

那个麦假因为这个故事成为母亲家族的记事时点。两年以后，小舅舅以全县第一的成绩在"文革"后的首次高考中脱颖而出，进入一所师范大学的中文系；三年以后，母亲带领我们姐弟重返城市；五年以后，大舅舅一家定居城市。

我们离开土地和庄稼，我们不再为小麦的产量而纠结。我们拿着城市户口本、粮本，从粮店的自动传输带上购买口粮。

仍然以那一年的麦假为时点，十年以后，外婆离世，她睡进墓穴；十六年以后，外公追随而去。他们合葬在黄土深处，也离开了土地和庄稼，以另一种方式。不，应该说他们从未离开，而是进入得更深，麦子长在他们的身上。

南石山村，以唐三彩为主的仿古业蓬勃发展。与此同时，盗墓行为日渐盛行。要想富、去盗墓，这样的顺口溜是对生在苏杭、葬在北邙的一个嘲讽。

外婆家，空房子、空猪圈、空鸡舍。

土地之下也是一片空虚，盗墓的地道纵横交织、四通八达。

再也没有人焦虑土地之上麦子的产量，这里，家家富裕。

长成一座岛屿

（一）

那段时期，他敏感、执拗。

高考那天，执意要穿一件黑色的背心进考场。我说，不行吧，无领无袖，这属于衣冠不整。他想了想，还是坚持，说这件黑背心是他的幸运衫，几次穿着它考试成绩都不错。我说这次不同，是正式考试，考场不让你进去怎么办？他脸一沉，那我就不考。

我看见他眼里闪过一束光，这光扫向我，有燃烧的趋势。我不敢多说什么，那几天，我察言观色，卑微到尘埃里。

他眼里含着那束光，出了门。

我把一件有领有袖的白色体恤放进提包，尾随着他也出了门。

我看着他的背影，隐在这季节里。初夏，热得汹涌，又似乎会随时退去热度。

这条路，通向他的高中母校，今天是他的考场。十几分钟的路程。他走了三年，从十六岁到十八岁。

这三年，我不在场。我远在非洲。此前一个月，他在电话里说，妈，我高考的时候，你要是还不在场，我不原谅你。我放下电话，就开始订机票。那一阵子，我所在的那个非洲国家正在动乱，机场关闭。好在费尽周折，在他高考的前夕，我从非洲赶回来了。

在考点的大门口，我站在一株树下，看着他拿着准考证，通过保安把守的大门。又看着他沿着小路走向他的考场。教学楼前的一排小白杨挡住了我的视线，在初夏的风中，小白杨哗啦啦地拍着手掌。我仍然不敢离开，我担心他被清理出来，我等着考试的铃声拉响。校园终于安静了，不仅仅是校园，连周边的马路也安静下来。一场决定大多数少年命运的考试，正式开始。一些东西在安静中潜滋暗长。

我就那么站在树下，有些困倦，好像时差还没有倒过来一样。

那天的天空蔚蓝高远。小白杨长势迅猛，直指蓝天。这一排长在校园的白杨，树干上有几只眼睛。我相信它们是来偷窥少年们成长的。它们看见了很多我看不见的东西。他天天从它们身边经过，他被这些眼睛注视了三年。在注视中他一次次走进不同的考场，考试是他前行的阶梯。我知道他的每一步前行都是远离。正在远离。即将离得更远。这和我远离他意义完全不同，我远离他，是有期限的，而他最终的远离我，没有期限。

终考的铃声在另一个傍晚响起，听起来有那么几分欢快，或者说如释重负。

还是在那株树下，我看着他朝我走来。他给了我一个拥抱，潮涩的汗味，裹挟着他和他的幸运衫。

我知道结束了，不仅仅是一场考试。我没有考场的铃声那么欢快，一种未知的开始，正在不远的地方对着我凝望。这凝望让我有些惊慌。

此后的两个月，他忙碌不堪，当然也情绪大好。去驾校练车，和同学聚会，或者长时间地对着电话说着什么。有时候夜里，他站在窗前，看着城市的夜空，独自发笑，还自言自语。他在和那些星星交谈。尽管城市的夜空看不见星星，但他心里是有的，少年的心事，适合说给星星听。

也偶尔癫狂。某天夜晚，他朝着对面楼上雯雯家的窗口，以一种得意的口气说："贾晓雯呀贾晓雯，你，从出生到大学毕业，离不开一座城市了。"

对面楼上的灯光，在那个夜晚是安静的，像那姑娘的名字或性情。

那姑娘刚刚收到大学录取通知书。那大学位于本市。他们是从幼儿园到高中的同学，还在同一所医院诞生。

那夜，他口气狂妄，眼露轻蔑。我知道，他房间的书桌上，放着一所海外大学的录取单。他，如愿获准去他心仪的远方。无论那远方在哪里，也无论怎样，只要足够远，够他展翅，够他飞离，便好。

未知的远方对一个少年的吸引，就像星空诱惑梦境。

接下来，我们去办烦琐的手续，在各种表格上签字，筹措学费，按照要求给他购买正装。

初秋，他启程，去Labuan岛，就读一个稀有专业，伊斯兰金融。这专业也像梦幻一样，玄妙而不可知。

我给他收拾行李，他竟执意不要新箱子，说旧的能用。就用妈妈从非洲带回来的箱子吧，这箱子保佑过妈妈，也继续保佑我，他这么说。我看着他，一时不习惯他的乖巧。那场浩大的考试结束了，它不再折磨他，他回到了他本来的性情里。

又执意不让我们送。拉着拉杆箱，斜挎电脑包，把一个装钱和证件的小腰包揣在怀里，像揣着一头忐忑的小兽。走了，漂洋过海。十八岁的身板儿，像他母校的小白杨。

最终，他在我视线的那端，聚成一个小黑点，漂移出去。

我和他，又开始在国际长途里完成我们的交流。电话线的这端和那端，我们交换了一下位置，依旧隔着海洋，我们像两座岛屿。

（二）

我一直觉得他是弟弟。这幻觉源于他的模样酷似我的弟弟，他的舅舅。也源于他高中三年一直和我的母亲同住。

母亲总在电话里和我说，每天早晨喊他起床去上早自习，要盯紧了，要看着他穿好衣服下地才行，否则，一扭脸，他又趴床上睡着了。这情形和当年你弟弟一模一样，母亲说，好像回到了二十多年前，伺候你弟弟上学的光景里。

母亲没有怨言，说这话时充满了回忆的乐趣。母亲一边体谅我们夫妻的忙碌，一边在外孙身上重温往昔的时光。

我便想象着，那一老一小在一早一晚的日子里，起床、吃饭、上学，纠缠不清的日常琐事，一闪一闪映射在光阴的照壁上。

这也令我时常想起我和弟弟小时候的光景。其实我和弟弟共同生活的时间很短，我们分别在不同的地方成长、求学和工作。成年后探母时间又大多错开了，总是见不上面。弟弟离家求学时，是少年，我记忆里的弟弟便一直是一副少年模样了。

时光的洪流中，能记住的常是小事。后来，我们长大成人，每每回忆和弟弟在同一个屋檐下的日子时，最先涌入脑海的画面，是母亲和弟弟站在一起，望着我，母亲的眼光是责备，弟弟则是仗势，我正在哭泣。那是我们刚刚为了某件事情发生了争执，弟弟获得了母亲的支持和安慰。我的哭泣，早已经不是为了那件事情，是为了母亲明显的偏心。

有一次，我的手腕上有一枚牙印，是弟弟咬的，青紫色。我每天夜里看着那枚牙印哭泣，却并不想让牙印淡下去或是愈合，这枚牙印的存在，令母亲在很长的一段时间里，可着我的喜好做饭并顿顿端到我的小桌前。

像欢乐留不久一样，伤痕也容易自愈，牙印终究是淡下去了，最终没有留下一丝一毫的痕迹。我们都长大了，所有过往成为绝版，再也回不去。我们离家，又各自成家，母亲身边空落寂寥了。

后来，我每年从海外回来探家，母亲身边也有个酷似弟弟的少年，他站在母亲旁边，也以多年以前弟弟那样的眼神望着我，我便总是生出这样的幻觉，他是弟弟。

在和他的语言交流中，我常常语无伦次，我说，咱妈买菜怎么还不回来？他便坏笑，说，这个咱妈是谁呢？

有时，我们也会闹腾一下，为些轻松小事舌枪唇剑。我大多争不赢他，第一时间想到的便是到母亲跟前告状。他也不示弱，一样挤到我和母亲之间，站在那里等着母亲的评判。母亲看看我又看看他。我猜想，那会儿母亲和我一起回到了二十几年前的某个场景里。最后，我们三个人一起乐了，我们在笑声中理清了我们之间的关系。那争论的问题，也在这笑声里，不知去向。

偶尔遇上严肃问题，我想端出妈妈的架势，威严一些，又由于长久缺席他的生活而底气不足。

这时候我们的交流经常很艰难，我需要小心翼翼地绕开一块礁石，我知道我要是碰到那块石头，我会把自己摔得很疼很疼，也会把他摔疼，而我的疼痛又会因他而愈发剧烈。

但礁石在那里。我终于还是在一次关于金钱与学习问题的争论中没有绕开，狠狠地撞了上去。一句重得超过他的年龄的话一出他的口，我的手掌甩了出去。

我眼前一黑，我知道我们触礁了。

然后我开始手腕疼。接着胸腔疼。悔意深入骨髓。

我们痛哭，他在那间屋子哭，我在这间屋子哭。母亲无措地在两间屋子中穿梭。这和二十几年前的场景终于有了一些不同。

后来我们开始写信，这是我们吵架的习惯，我们很会在纸上吵架。他给我写了长信，我也回复了长信。母亲是我们的信使。我们列举一二三，解释自己的行为，也控诉对方。我们下笔很重，稿纸戳得大洞小眼儿，眼泪洒得斑斑点点。

怨气发泄得差不多了以后，我们平静下来，思量着如何道歉。他写道，妈，我气头上的话你不要在意，我小、不懂事，我会长大。我写，我从来就不是个好妈妈，我还动手打人，但我也是第一次当妈妈，请你允许我学着当个好妈妈。我们文绉绉地把这些话写在纸上，下笔轻了很多。在母亲的撮合下，我们从各自的房间出来，有些尴尬，有些生分。我们分坐在母亲两侧，都不说话。那时候，我们真的好像处在同一个辈分，争执、和解，过几天再来一遍。姐弟一样。我们是同一块陆地抛出的两团泥土，各自成型，各自成长。

（三）

有一天夜晚，我做了一个梦，说是他丢了。

那还了得，顿时惊慌起来。梦里似乎没有更多的细节，只是在跟他父亲哭诉，反复说着一句话："我把儿子弄丢了。"哭诉的场面，委屈得惊天动地，不像是自己犯了错，倒像是把自己弄丢了。后来一阵狂乱的心跳后，醒了。

先是长长地舒了口气，知道自己醒了，庆幸刚刚的惊险不过是一场梦。但还没明白过来身在何处，黑暗中听见空调呼呼的送风声，往身边摸了一把，触到了丈夫的手，定了定神，想起来我们是在 Labuan 岛。

Labuan，他的岛，我戏称这是他的岛。此前一个月，我在电话里说，我们要去你的岛上看你。

　　这间屋子，是傍晚我们三个人一起打扫的。他说，一个韩国的学长毕业回国了，空出了这间。他想搬到这间带卫生间的屋子里，但是每月要比另外两位室友多分担五十元的房租，问我们是否同意。说这话时，我们刚刚进屋，正站在这所大房子的客厅里。我们坐了四个小时的海轮，从KK到达Labuan岛，又在码头乘出租车半小时到达这里。他放下我们的行李，脱去汗湿的体恤衫，光着膀子，指着他原先租住的那间小房间说，开学后新上岛的一位同学想搬来这里。

　　我们迅速同意。丈夫说，趁我们在这里，帮你搬了吧。他推脱了一下，说还是等假期结束了，室友返回后再搬吧，我们男孩子有力气。费不了多大劲儿吧，丈夫嘀咕了一句，拍拍他结实的膀子说，你是棒劳力呢。我们说干就干。我去阳台找了一根稍长的棍子，在一端捆上一块湿抹布，举起棍子，去抹那间大屋墙角的蛛网。父子俩在小房间里挪动那件三扇门的衣柜。轻一点，他说，重了就散架了。衣柜、书桌和床，是他在旧货市场淘来的，能用但不经折腾。

　　韩国男孩在墙壁上，手绘了很多花卉，粉红色的。我问他，你这学长是不是正在恋爱呀？他没听清，喊，妈你说什么？我又大声说了一遍，声音在空阔的屋子里回响了一声。那间屋的他听清了，他说是呀，韩国小美女，跟韩剧里的一样。

　　我扫完蛛网，换了一块抹布，擦窗子的玻璃和护栏网。窗子朝西，正好看见一大片绯红的晚霞，在对面的小山坡上移动。小区里树木葱茏，黄昏寂静，霞光缭绕。我停住了手，喊他来看。一米七八的大男孩，站在我旁边，我伸手揽住他，我瞥见他喉头涌动了一下。他站了一会儿，没说话，回到小房间，继续和他父亲挪动那几件不结实的家具。

　　霞光缓缓退去，黑暗围拢上来，我拉上窗帘，看着父子俩把家具摆放在合适的位置。他说，咱们还是先做饭吧，天黑了，吃完饭再收拾。

　　吃什么呢？厨房的冰箱里什么都没有，气味倒是很丰富。得去买点什么，正是过年呢。我和他下楼去小区外的超市买菜，丈夫在厨房收拾橱柜里的碗筷。我说，摸着油腻腻的，得再洗一遍，还有冰箱也得清洁一下。

　　我们下楼，楼道里遇到几只猫，看到人并不躲闪，悠闲地踱着步子。他说，岛上人少，野猫野狗比人多。

路上寂静得像国内城市的深夜。超市的门口，也是只见灯光不闻人声。他在入口处提了大篮子，有些兴奋地说，好久没和妈妈一起逛超市了，妈，咱们能不能多买一些，过年呢，好好吃一顿。然后兴致勃勃地给我翻译英文标签，我像个幼儿园的小孩一样，跟着他。我认得图画和阿拉伯数字，像十几年前的他一样。在蔬菜区，他说，最喜欢吃的蔬菜怎么还是西红柿和土豆呢，像小时候一样，改不了。妈你记得你做的西红柿炒土豆有多难吃吗？我笑着打了他一下，你这家伙爱吃的两样菜，偏偏不能一锅炒，还怪我？他又拿了芹菜，自言自语道，这是我妈最拿手的凉拌菜。说完给了我一个鬼脸。我听出了一点调侃，我想起我一直在蔬菜上和他们父子俩的斗争，我坚持能凉拌的绝不清炒，能清炒的绝不红烧。这斗争不知是不是我赢了，更多的时候我看不到斗争的结果，多年来我一直在远离家庭的地方工作，我不知道家庭的餐桌上每天都有什么，每天都没什么。

篮子满了，他低头看了看，妈，不能买了，这月生活费要超标了。走到小食品区，却又拿起一罐薯片，放进篮子，冲着我吐了一下舌头，夸张地拍着胸脯说，再吃一回垃圾食品，最后一次，妈，请信任我。

我们付账，这会儿我才领教了较之国内翻番的价格。他看着我的钱包瘪下去，突然忧郁，不说话。这眼神我熟悉。多年来我一直默认丈夫"穷养儿子"的理论，即使反驳一些过于严厉的做法，也是关起门来压低了声音争吵。他在成长的过程里大约是隐约听到过我们的争吵吧，有一天这少年突然问我，妈妈，咱们家是不是很穷？他问这话时，就是这样一种忧郁的眼神。

这眼神一直让我很痛。我想我是一个很俗的妈妈，没有他父亲那样的高瞻远瞩和忧患意识。我只看到眼前，我不想让我的孩子，眼睛里有成人的忧郁。

我们往回走，我打破沉默，说，咱们买菜用的时间太多了，爸爸会着急的。

他也恢复了情绪，到底还是个孩子，愁云来得急去得也快。他很开心地说，想起来小时候和妈妈一起逛超市啊，过年买年货啊，好像是很久很久以前的事了。

这话又令我们进入了怅惘。回忆往事大约总是令人怅惘的。

在怅惘中，我们又提起黄昏时分的晚霞。他说，其实他小房间的那扇窗也能看到大片的晚霞在几栋楼宇间的移动。他不知道韩国男孩的窗前，能看到更多的晚霞，能看到晚霞在斜坡上绯红成一片。

据说这个国家，号称世界五大夕阳观赏地，难怪即使一所非旅游区的房子，不同的房间，也有不同角度的晚霞。

其实我很害怕看到晚霞，尤其在 Labuan 岛，他突然这么说，每天最难熬的时候就是黄昏，从学校回来，到处寂静得像没有人烟，野猫野狗在院子或楼道晃悠，天空红得像刚哭过的眼睛一样。

这个大男孩，语气伤感得像个诗人。我走在他旁边，我体会着他的寂寞和伤感。我想他还没有到懂得享受宁静的年龄。他年轻朝气，向往喧哗。他属于朝阳，喷薄而出后一路热热闹闹地走下去。他不属于晚霞的欣赏群体。

一年以前，他曾对着星空狂妄地嘲笑一个叫雯雯的姑娘。那会儿，他以为远方是喧嚣的。他以为只要是远方，就一定是不同的。

这会儿，他在这个远方、在每天黄昏的晚霞中，寂寥和伤感。对生命的历程来说，这是再正常不过的。只是，这些，我觉得我无法和他说清楚。

我们上楼，几只野猫还在那里，或许已经不是下楼时遇到的那几只了，变化总在我们不知道的另一刻，悄然进行。

晚餐很丰盛，至少对我们这个家庭来说是丰盛的。我们家聚少离多，在饮食上总是过于潦草。这次，我终于把土豆和西红柿分开炒了，还做了我的拿手菜凉拌芹菜。丈夫做了牛肉和香菇。他吃得很香，他自夸他一直是个不挑食的孩子，只要是爸妈做的，就很香。他吃得满头大汗，餐厅里没有空调，后半场只好转移到他房间，两把椅子拼成了餐桌，幸好没有很多菜。我们坐在储物箱上。

然后收拾厨房，我把菜用袋子分别装好，放进他的旧冰箱，嘱咐他先吃绿叶菜，土豆可以放放，不着急。又收拾卧室，他从柜子里拿出干净的床单，换掉脏的，动作很娴熟。我说你怎么买这么深颜色的床单，一点不亮。他说，耐脏呀。随后把脏床单和几件衣服放进洗衣机，我抢上前去，拿出衣服，教他，这些要分开洗，他点点头。

当晚，我们住他的房间，他借住隔壁室友的床。那同学趁假期去旅行了。

就在这个房间里，我梦见他丢了。

（四）

早先他在电话里向我描述过Labuan岛。

他说，有时候，偌大的校车只有他一个学生。清晨六点太阳光就已经很亮，明亮的光线照着海岸线，校车沿着海岸线走，也像是沿着一缕光在走。校车里空调开得很足，他不得不常备着一件外套。车窗外椰林、棕榈林、香蕉林，丰富的热带植物，都是他上岛以后才认识的。他喜欢坐在能看见海的那一侧，他喜欢那海的深蓝色。有时候还能看见木船，搁浅在岸边，被浪颠簸着。

他还说，那明亮的阳光和校车内很足的冷气，常常令他产生错觉，以为海岸公路也是清凉的、惬意的，曾萌生去旧货市场淘辆自行车骑车上学的念头。是某位学长帮他掐灭了这个上课健身两不误的念想。学长说，如果你不在意满身汗臭味地走进教室，你就骑车吧。

这些细节都是在我的追问下他才讲的。对于他，我大约是一个善于追问的人吧。但他没有和我说过这儿晚霞铺天盖地的情景，他从没提起过的事情，我找不到那根追问的线头。他把半面天空的晚霞和他浅浅的忧伤，藏在了Labuan岛。

在另一个早晨，阳光也是在六点钟点亮天空。我们仨坐在餐厅里，吃乌冬面。他起床略晚，坐在餐桌前时，早餐已经摆好了。他埋头吃面，吃到碗底，看见一个荷包蛋，便抬头望向我，说，是妈妈煮的早餐。他知道我习惯把荷包蛋放在碗底，像藏住一个秘密。

他边吃边给赵先生打电话，说，赵先生，我想用你的车，送父母去码头，他们来岛上看我。赵先生是岛上的一位华侨，自己有车，常常为中国留学生服务，当然赵先生是收费的，且收费很高。

然后他又给房东打电话，这回说的是英语，大约是商量房租之类的事情吧。

收拾好碗筷，我们在那张餐桌上摊开我们身上所有的外币和人民币。我们今天就要乘海轮离开Labuan岛，然后再乘夜晚的航班离开这个国家，回到我们的来处。我们留够路上的花费，把剩余的全部留给他。他一直在问，你们够不够、够不够？我们一直说，够了、够了。他把这一堆票子，分成几个小沓，边分边念叨，这是房租，那是电费、水费、生活费，又看着人民币说，等汇率高一些，再去兑换。他父亲絮絮地叮咛他，要多吃蔬菜、水果，要健身。他便从生活费那沓钞票里，抽出几张，答应着，嗯嗯，好吧，这是健身费。

我看着他，这个少年，他的脸被热带的阳光晒得略黑，嘴唇周围有绒绒的小须，像春天里长出地表的植物，柔软又盎然。在异国，他应付着学业之外的琐碎，应付着生活。其实这是学业的一部分。人生如此。

赵先生的车来了，他拿好行李，我们下楼。

他坐在副驾座位，和赵先生闲聊，介绍我们的关系。赵先生略感吃惊，然后客气地操着生硬的汉语说，像你的姐姐嘛。

他不言语，摸着自己嘴唇周围的绒绒小须。这动作我也熟悉，有很小的孩子喊他叔叔时，他总下意识地去摸那两垄长出幼草的田埂。我猜不出他有怎样的心情，窃喜或者成长的慌张。

我们绕岛一周，作为和Labuan岛的告别仪式。

海岸线时而笔直，时而有优美的弧度。直或弯，是一座岛屿的形状。是大海对一座岛屿的雕琢。

在码头，我们和Labuan告别，也和他告别。

海轮起航时，我没有回头。我等待着这艘船完全离开Labuan后，再回望。离开一座岛屿，才能清晰地看见这座岛屿。

那会儿，他或许已经离开码头，回到那个小岛安静的深处了。

黄昏来临时，他依然会在晚霞中深感孤独和忧伤吧。

其实，这样没什么不好。他不再是一个对着星空狂妄的小孩子了。

然而，他，我的孩子，在这个年龄他仍然不会明白，我们都是一块漂移的泥土，在一个时点遇到，结缘，又注定要分开，注定孤独。我们站在海洋的两岸，也站在时空的两岸，我们彼此都是对方的岛屿。

很久以后，也会有一块泥土，源自他又离开他，漂移出去，在一处地方，独自生长，直至长成一座岛屿，自成风景。

我想要的生活（后记）

我经常在野外工作。或者说，我借工作之便到处旅行，过着一种漂泊生活。作为女性，这样看似辛苦动荡，但其实那正是我想要的生活。

有人问，旅行更深的意义什么？姑且把我边工作边游走的状态叫作旅行吧。

我赞赏这段话：旅行中最有价值的部分是恐惧。旅行者远离了熟悉的环境，一种模糊的恐惧会随之而来，她会变得敏感，外界一些轻微的变动都会令她颤动不已，人在这个时候，内心会充满疑问，充满探寻自身存在意义的追问。而人类所有的认知、情感、精神世界，难道不都是因为这些追问而起的吗？

虽然我游走的生活状态不至于到了恐惧的地步，但在我漂泊的生活中，的确令我很敏感。人在敏感的时候，心会格外细腻，格外洞察周围的微小变化，也会有不一样的感悟。张爱玲说："低下去，一直低到尘埃里，在尘埃里开出花来"，张爱玲在讲爱情，一种卑微的爱情。我却想说一种状态，一种让自己沉下去，一直沉到最没有掩饰的状态，沉到忧伤里、甚至沉到卑微里去。再用一颗善感而敏锐的心，去发现细微的感动和美。有些细微的美，在情绪处于亢奋、激越状态时，往往会被忽视。

当然我并非在这里排斥激情。激情是创作的推动力。我想说的是，这种"低下去"的状态，其实也充满了激情，是一种平静下的汹涌、苦涩后的回味、忧伤里的美好。

是的，那正是我想要的生活。